La vida que pensamos

Eduardo Sacheri

La vida que pensamos
Cuentos de fútbol

© Eduardo Sacheri, 2013
© De esta edición:
  Santillana Ediciones Generales, S.A. de C.V.
  Av. Río Mixcoac 274, Col. Acacias,
  México, D.F., C.P. 03240, México
  Teléfono: 5420 7530
  www.alfaguara.com/mx

ISBN: 978-607-11-2766-2
Primera edición: junio de 2013

© Diseño: Proyecto de Enric Satué
© Diseño e imagen de tapa: Raquel Cané

PRISA EDICIONES

Quiero dedicar este libro al Club Atlético Independiente. Por el amor que siento por su camiseta. Y porque ese amor me lo regaló mi papá.

Nota del autor

En mi primer libro de cuentos, *Esperándolo a Tito*, me permití estar en desacuerdo con las personas que sostienen que el fútbol no tiene nada que ver con las cosas esenciales de la vida. Y no por afán de discutir con quienes piensan así. Es posible que esas personas sepan mucho sobre la vida. Pero creo que no saben nada de fútbol.

Muchas veces me han preguntado por qué escribo cuentos de fútbol. Se trata de una pregunta incómoda. No porque sea inadecuada esa curiosidad. Sino porque no estoy del todo seguro de tener una respuesta. A veces siento que no tengo ninguna. Otras, que tengo varias.

Me gusta contar historias de personas comunes y corrientes. Personas como yo mismo. Personas como las que han poblado siempre mi vida. Gente nacida o criada en mis horizontes suburbanos. Ni siquiera sé por qué son ésas las historias que me nace contar. Tal vez, porque me seduce y me emociona lo que hay de excepcional y de sublime en nuestras existencias ordinarias y anónimas.

En esas vidas habita con frecuencia el fútbol. Porque lo jugamos desde chicos. Porque amamos a un club y a su camiseta. Porque es una de esas experiencias básicas en las que se funda nuestra niñez y, por lo tanto, lo que somos y seremos.

Creo que todas las historias que contamos buscan acceder, de un modo u otro, a los grandes temas que gobiernan nuestras vidas como seres humanos. El amor, el dolor, la muerte, la amistad, la angustia, la traición, el triunfo, la espera. Y sin embargo, no resulta sencillo ingresar en esos temas de frente y sin atajos. Porque en nuestras vidas esos asuntos no se presentan como abstracciones. Nada de eso. Se encarnan, viven en el entramado de lo que somos y lo que hacemos.

El fútbol, como parte de esa vida que tenemos, me sirve entonces como una puerta de entrada a esos mundos íntimos en los que se juegan asuntos mucho más definitivos. Un escenario, o un telón de fondo, de las cosas esenciales que señalan y definen todas las vidas.

Ojalá a los lectores de este libro el fútbol, y estos cuentos, les sirvan para eso.

E. S.

Esperándolo a Tito

Yo lo miré a José, que estaba subido al techo del camión de Gonzalito. Pobre, tenía la desilusión pintada en el rostro, mientras en puntas de pie trataba de ver más allá del portón y de la ruta. Pero nada: solamente el camino de tierra, y al fondo, el ruido de los camiones. En ese momento se acercó el Bebe Grafo y, gastador como siempre, le gritó: "¡Che, Josesito!, ¿qué pasa que no viene el 'maestro'? ¿Será que arrugó para evitarse el papelón, viejito?". Josesito dejó de mirar la ruta y trató de contestar algo ocurrente, pero la rabia y la impotencia lo lanzaron a un tartamudeo penoso. El otro se dio vuelta, con una sonrisa sobradora colgada en la mejilla, y se alejó moviendo la cabeza, como negando. Al fin, a Josesito se le destrabó la bronca en un concluyente "¡andálaputaqueteparió!", pero quedó momentáneamente exhausto por el esfuerzo.

Ahí se dio vuelta a mirarme, como implorando una frase que le ordenara de nuevo el universo. "Y ahora qué hacemos, decime", me lanzó. Para Josesito, yo vengo a ser algo así como un oráculo pitonístico, una suerte de profeta infalible con facultades místicas. Tal vez, pobre, porque soy la única persona que conoce que fue a la facultad. Más por compasión que por convencimiento, le contesté con tono tranquilizador: "Quedate piola, Josesito, ya debe estar llegando". No muy satisfecho, volvió a mirar la ruta, murmurando algo sobre promesas incumplidas.

Aproveché entonces para alejarme y reunirme con el resto de los muchachos. Estaban detrás de un arco, alguno vendándose, otro calzándose los botines, y un par haciendo jueguitos con una pelota medio ovalada. Menos brutos que Josesito, trataban de que no se les notaran los nervios. Pablo, mientras elongaba, me preguntó como al pasar: "Che, Carlitos, ¿era seguro que venía, no? Mirá que después del barullo que armamos, si nos falla justo ahora...".

Para no desmoralizar a la tropa, me hice el convencido cuando le contesté: "Pero muchachos, ¿no les dije que lo confirmé por teléfono con la madre de él, en Buenos Aires?". El Bebe Grafo se acercó de nuevo desde el arco que ocupaban ellos: "Che, Carlos, ¿me querés decir para qué armaron semejante bardo, si al final tu amiguito ni siquiera va a aportar?". En ese momento saltó Cañito, que había terminado de atarse los cordones, y sin demasiado preámbulo lo mandó a la mierda. Pero el Bebe, cada vez más contento de nuestro nerviosismo, no le llevó el apunte y me siguió buscando a mí: "En serio, Carlitos, me hiciste traer a los muchachos al divino botón, querido. Era más simple que me dijeras mirá, Bebe, no quiero que este año vuelvan a humillarnos como los últimos nueve años, así que mejor suspendemos el desafío". Y adoptando un tono intimista, me puso una mano en el hombro y, hablándome al oído, agregó: "Dale, Carlitos, ¿en serio pensaste que nos íbamos a tragar que el punto ese iba a venirse desde Europa para jugar el desafío?". Más caliente por sus verdades que por sus exageraciones, le contesté de mal modo: "Y decime,

Bebe, si no se lo tragaron, ¿por qué hicieron semejante quilombo para prohibirnos que lo pusiéramos?: que profesionales no sirven, que solamente con los que viven en el barrio. Según vos, ni yo que me mudé al Centro podría haber jugado".

Habían sido arduas negociaciones, por cierto. El clásico se jugaba todos los años, para mediados de octubre, un año en cada barrio. Lo hacíamos desde pibes, desde los diez años. Una vuelta en mi casa, mi primo Ricardo, que vivía en el barrio de la Textil, se llenó la boca diciendo que ellos tenían un equipo invencible, con camisetas y todo. Por principio más que por convencimiento, salté ofendidísimo retrucándole que nosotros, los de acá, los de la placita, sí teníamos un equipo de novela. Sellar el desafío fue cuestión de segundos. El viejo de Pablo nos consiguió las camisetas a último momento. Eran marrones con vivos amarillos y verdes. Un asco, bah. Pero peor hubiese sido no tenerlas. Ese día ganamos 12 a 7 (a los diez años, uno no se preocupa tanto de apretar la salida y el mediocampo, y salen partidos más abiertos, con muchos goles). Tito metió ocho. No sabían cómo pararlo. Creo que fue el primer partido que Tito jugó por algo. A los catorce, se fue a probar al club y lo ficharon ahí nomás, al toque. Igual, siguió viniendo al desafío hasta los veinte, cuando se fue a jugar a Europa. Entonces se nos vino la noche. Nosotros éramos todos matungos, pero nos bastaba tirársela a Tito para que inventara algo y nos sacara del paso. A los dieciséis, cuando empezaron a ponerse piernas fuertes, convocamos a un referí de la Federación: el chino Takawara (era hijo de japoneses, pero para nosotros, y pese a sus protestas, era chino). Ricardo, que era el capitán de ellos, nos acusaba de coimeros: decía que ganábamos porque el chino andaba noviando con la hermana grande del Tanito, y que ella lo mandaba a bombear para nuestro lado. Algo de razón tal vez tendría, pero lo cierto es que, con Tito, éramos siempre banca.

Cuando Tito se fue, la cosa se puso brava. Para colmo, al chino le salió un trabajo en Esquel y se fue a vivir allá (ya felizmente casado con la hermana del Tanito). Con árbitros menos sensibles a nuestras necesidades, y sin Tito para que la mandara guardar, empezamos a perder como yeguas. Yo me fui a vivir a la Capital, y algún otro se tomó también el buque, pero, para octubre, la cita siempre fue de fierro. Ahí me di cuenta del verdadero valor de mis amigos. Desde la partida de Tito, perdimos al hilo seis años, empatamos una vez, y perdimos otros tres consecutivos. Tuvimos que ser muy hombres para salir de la cancha año tras año con la canasta llena y estar siempre dispuestos a volver. Para colmo, para la época en que empezamos a perder, a algunos de nosotros, y también de ellos, se nos ocurrió llevar a las novias a hacer hinchada en los desafíos. Perder es terrible, pero perder con las minas mirando era intolerable. Por lo menos, hace cuatro años, y gracias a un incidente menor entre las nuestras y las de ellos, prohibimos de común acuerdo la presencia de mujeres en el público. Bah, directamente prohibimos el público. A mí se me ocurrió argüir que la presión de afuera hacía más duros los encontronazos y exacerbaba las pasiones más bajas de los protagonistas. Y ellos, con el agrande de sus victorias inapelables, nos dijeron que bueno, que de acuerdo, pero que al árbitro lo ponían ellos. Al final, acordamos hacer los partidos a puertas cerradas, y afrontamos la cuestión arbitral con un complejo sistema de elección de referís por ternas rotativas según el año, que aunque nos privó de ayudas interesantes, nos evitó bombeos innecesarios.

Igual, seguimos perdiendo. El año pasado, tras una nueva humillación, los muchachos me pidieron que hiciera "algo". No fueron muy explícitos, pero yo lo adiviné en sus caras. Por eso este año, cuando Tito me llamó para mi cumpleaños, me animé a pedirle la gauchada. Primero se mató de la risa de que le saliera con semejante cosa, pero, cuando le di las cifras finales de la estadística actualizada, se puso serio: 22 jugados, 10 ganados, 3 empatados, 9 perdidos. La conclusión era evidente: uno más y el colapso, la vergüenza, el oprobio sin límite de que los muertos esos nos empataran la estadística. Me dijo que lo llamara en tres días. Cuando volvimos a hablar me dijo que bueno, que no había problema, que le iba a decir a su vieja que fingiera un ataque al corazón para que lo dejaran venir desde Europa rapidito. Después ultimé los detalles con doña Hilda. Quedamos en hacerlo de canuto, por supuesto, porque si se enteraban allá de que venía a la Argentina, en plena temporada, para un desafío de barrio, se armaba la podrida.

A mi primo Ricardo igual se lo dije. No quería que se armara el tole tole el mismo día del partido. Hice bien, porque estuvimos dos semanas que sí que no, hasta que al final aceptaron. No querían saber nada, pero bastó que el Tanito, en la última reunión, me murmurara a gritos un "dejá, Carlos, son una manga de cagones". Ahí nomás el Bebe Grafo, calentón como siempre, agarró viaje y dijo que sí, que estaba bien, que como el año pasado, el sábado 23 a las diez en el sindicato, que él reservaba la cancha, que nos iban a romper el traste como siempre, etcétera. Ricardo trató de hacerlo callar para encontrar un resquicio que le permitiera seguir negociando. Pero fue inútil. La palabra estaba dada, y el Tanito y el Bebe se amenazaban mutuamente con las torturas futbolísticas más aterradoras, mientras yo sonreía con cara de monaguillo.

Cuando el resto de los nuestros se enteró de la noticia, el plantel enfrentó la prueba con el optimismo rotundo que yo creía extinguido para siempre. El sábado a las nueve llegaron todos juntos en el camión de Gonzalito. El único que se retrasó un poco fue Alberto, el arquero, que como la mujer estaba empezando el trabajo de parto esa mañana, se demoró entre que la llevó a la clínica y pudo convencerla de que se quedara con la vieja de ella. Ellos llegaron al rato, y se fueron a cambiar detrás del arco que nosotros dejamos libre. Pero cuando faltaban diez minutos para la hora acordada, y Tito no daba señales de vida, se vino el Bebe por primera vez a buscar camorra. Por suerte, me avivé de hacerme el ofendido: le dije que el partido era a las diez y media y no a las diez, que qué se creía y que no jodiera. Lo miré al Tanito, que me cazó al vuelo y confirmó mi versión de los hechos. El Bebe negó una vez y otra, y lo llamó a Ricardo en su defensa. Por supuesto, Ricardo se nos vino al humo gritando que la hora era a las diez y que nos dejáramos de joder. Ante la complejidad que iba adquiriendo la cosa, con el Tanito juramos por nuestras madres y nuestros hijos, por Dios y por la Patria, que la hora era diez y media, que en el café habíamos dicho diez y media, y que por teléfono habíamos confirmado diez y media, y que todavía faltaba más de media hora para las diez y media, y que se dejaran de romper con pavadas. Ante semejantes exhibiciones de convicción patriótico-religiosa, al final se fueron de nuevo a patear al otro arco, esperando que se hiciera la hora. Después con el Tanito nos dimos ánimo mutuamente, tratando de persuadirnos de que un par de juramentos tirados al voleo no podían ser demasiado perjudiciales para nuestras familias y nuestra salvación eterna.

Fue cuando lo mandé a Josesito a pararse arriba del camión, a ver si lo veía venir por el portón de la ruta, más por matar un poco la ansiedad que porque pensase seriamente en que fuese a venir. Es que para esa altura yo ya estaba convencido, en secreto, de que Tito nos había fallado. Había quedado en venir el viernes a la mañana, y en llamarme cuando llegara a lo de su vieja. El martes marchaba todo sobre ruedas. En la radio comentaron que Tito se venía para Buenos Aires por problemas familiares, después del partido que jugaba el miércoles por no sé qué copa. Pero el jueves, y también por la radio, me enteré de que su equipo, como había ganado, volvía a jugar el domingo, así que en el club le habían pedido que se quedara. Ese día hablé con doña Hilda, y me dijo que ella ya no podía hacer nada: si se suponía que estaba en terapia intensiva, no podía llamarlo para recordarle que tomara el avión del viernes.

El viernes les prohibí en casa que tocaran el teléfono: Tito podía llamar en cualquier momento. Pero Tito no aportó. A la noche, en la radio confirmaron que Tito jugaba el domingo. No tuve ánimo ni para calentarme. Me ganó, en cambio, una tristeza infinita. En esos años, las veces que había venido

Tito me había encantado comprobar que no se había engrupido ni por la plata ni por salir en los diarios. Se había casado con una tana, buena piba, y tenía dos chicos bárbaros. Yo le había arreglado la sucesión del viejo, sin cobrarle un mango, claro. Él siempre se acordaba de los cumpleaños y llamaba puntualmente. Cuando venía, se caía por mi casa con regalos, para mis viejos y mi mujer, como cualquiera de los muchachos. Por eso, porque yo nunca le había pedido nada, me dolía tanto que me hubiese fallado justo para el desafío. Esa noche decidí que, si después me llamaba para decirme que el partido de allá era demasiado importante y que por eso no había podido cumplir, yo le iba a decir que no se hiciera problema. Pero lo tenía decidido: chau, Tito, morite en paz. Aunque no lo hiciera por mí, no podía cagar impunemente a todos los muchachos. No podía dejarnos así, que perdiéramos de nuevo y que nos empataran la estadística.

Al fin y al cabo, en el primer desafío, cuando era un flaquito escuálido por el que nadie daba dos mangos, y que nos venía sobrando (porque en esa época jugábamos en la canchita del corralón, que era de seis y un arquero), yo igual le dije vení, pibe, jugá adelante, que sos chiquito y si sos ligero capaz que la embocás. Por eso me dolía tanto que se abriera, y porque cuando se fue a probar al club, como no se animaba a ir solo, fuimos con Pablo y el Tanito; los cuatro, para que no se asustara. Porque él decía y yo para qué voy a ir, si no conozco a nadie adentro, si no tengo palanca, y yo que dale, que no seas boludo, que vamos todos juntos así te da menos miedo. Y ahí nos fuimos, y el pobre de Pablo se tuvo que bancar que el técnico de las inferiores le dijera a los cinco minutos ¡salí, perro, a qué carajo viniste!, y el Tanito y yo tuvimos que pararlo a Tito que quiso que nos fuéramos todos ahí mismo, y decirle que volviera que el tipo lo miraba seguido. Nosotros dos, con el Tanito, duramos un tiempo y pico, pero después nos cambiaron y el guanaco ese nos dijo ta' bien, pibes, cualquier cosa les hago avisar por el flaquito aquel que juega de nueve, nos dijo señalándolo a Tito que seguía en la cancha. Pero no nos importó, porque eso quería decir que sí, que Tito entraba, que Tito se quedaba, y nos dio tanta alegría que hasta a Pablo se le pasó la calentura, primero porque Tito había entrado, y segundo porque, como yo andaba con las llaves de mi casa, en la playa de estacionamiento pudimos rayarle la puerta del Rastrojero al infeliz del técnico. Y después, cuando le hicieron el primer contrato profesional, a los dieciocho, y lo acostaron con los premios, lo acompañé yo a ver a un abogado de Agremiados y ya no lo madrugaron más, y cuando lo vendieron afuera yo todavía no estaba recibido, pero me banqué a pie firme la pelea con los gallegos que se lo vinieron a llevar, y siempre sin pedirle un mango. Ah, y con el Tanito, aparte, nos encargamos de su vieja cuando el viejo, don Aldo, se murió y él estaba jugando en Alemania; porque el Tanito, que seguía viviendo en el barrio, se encargó de que no le faltara nada, y que los muchachos se dieran una vuelta de vez en cuando para darle una mano con la pintura, cambiarle una bombita quemada, llamarle al atmosférico cuando se le tapara el pozo, qué sé yo, tantas cosas.

Nunca lo hicimos por nada, nos bastó el orgullo de saberlo del barrio, de saberlo amigo, de ver de vez en cuando un gol suyo, de encontrarnos para las fiestas. Lo hicimos por ser amigos, y cuando él, medio emocionado, nos decía muchachos, cómo cuernos se los puedo pagar, nosotros que no, que dejá de hinchar, que para qué somos amigos, y el único que se animaba a pedirle algo era Josesito, que lo miraba serio y le decía mirá, Tito, vos sabés que sos mi hermano, pero jamás de los jamases se te ocurra jugar en San Lorenzo, por más guita que te pongan no vayás, por lo que más quieras porque me muero de la rabia, entendeme, Tito, a cualquier otro sí, Tito, pero a San Lorenzo por Dios te pido no vayás ni muerto, Tito. Y Tito que no, que quedate tranquilo, Josesito, aunque me paguen fortunas a San Lorenzo no voy por respeto a vos y a Huracán, te juro. Por eso me dolía tanto verlo justo a Josesito, defraudado, parado en puntas de pie sobre el techo del camión de reparto; y a los otros probándolo a Alberto desde afuera del área, con las medias bajas, pateando sin ganas, y mirándome de vez en cuando de reojo, como buscando respuestas.

Cuando se hicieron las diez y media, Ricardo y el Bebe se vinieron de nuevo al humo. Les salí al encuentro con Pablo y el Tanito para que los demás no escucharan. "Es la hora, Carlos", me dijo Ricardo. Y a mí me pareció verle un brillo satisfecho en los ojos. "¿Lo juegan o nos lo dan derecho por ganado?", preguntó, provocador, el Bebe. El Tanito lo miró con furia, pero la impotencia y el desencanto lo disuadieron de putearlo.

"Andá ubicando a los tuyos y llamalo al árbitro para el sorteo", le dije. Desde el mediocampo, le hice señas a Josesito de que se bajara del camión y se viniera para la cancha. Para colmo, pensé, jugábamos con uno menos. Éramos diez, y preferí jugar sin suplentes que llamar a algún extraño. En eso, ellos también eran de fierro. No jugaba nunca ninguno que no hubiese estado en los primeros desafíos. Cuando Adrián me avisó en la semana que no iba a poder jugar por el desgarro, le dije que no se hiciera problema. Hasta me alegré porque me evitaba decidir cuál de todos nosotros tendría que quedarse afuera. Tito me venía justo para completar los once.

Para colmo, perdimos en el sorteo. Tuvimos que cambiar de arco. Hice señas a los muchachos de que se trajeran los bolsos para ponerlos en el que iba a ser el nuestro en el primer tiempo. Yo sabía que era una precaución innecesaria. Con ellos nos conocíamos desde hacía veinte años, pero me pareció oportuno darles a entender que, a nuestro criterio, eran una manga de potenciales delincuentes. Cuando me pasaron por el costado, cargados de bultos, Alejo y Damián, los mellizos que siempre jugaron de centrales, les recordé que se turnaran para pegarle al once de ellos, pero lo más lejos del área que fuera posible. Alejo me hizo una inclinación de cabeza y me dijo un "quedate pancho, Carlitos". En ese momento me acordé del partido de dos años antes. Iban cuarenta y tres del segundo tiempo y en un centro a la olla, él y el tarado de su hermano se quedaron mirándose como vacas, como diciéndose "saltá vos". El que saltó fue el petiso Galán, el ocho de ellos: un metro cincuenta y cinco, entre los dos mastodontes de uno noventa. 1 a 0 y a cobrar. Espantoso.

Cuando nos acomodamos, fuimos hasta el medio con Josesito para sacar. Con la tristeza que tenía, pensé, no me iba a tocar una pelota coherente en todo el partido. De diez lo tenía parado a Pablo. Si a los dieciséis el técnico aquel lo sacó por perro, a los treinta y cuatro, con pancita de casado antiguo, era todo menos un canto a la esperanza. El Bebe, muy respetuoso, le pidió permiso al árbitro para saludarnos antes del puntapié inicial (siempre había tenido la teoría de que olfear a los jueces le permitía luego hacerse perdonar un par de infracciones). Cuando nos tuvo a tiro, y con su mejor sonrisa, nos envenenó la vida con un "pobres muchachos, cómo los cagó el Tito, qué bárbaro", y se alejó campante.

Pero justo ahí, justo en ese momento, mientras yo le hablaba a Josesito y el árbitro levantaba el brazo y miraba a cada arquero para dar a entender que estaba todo en orden, y Alberto levantaba el brazo desde nuestro arco, me di cuenta de que pasaba algo. Porque el referí dio dos silbatazos cortitos, pero no para arrancar, sino para llamar la atención de Ricardo (que siempre es el arquero de ellos). Aunque lo tenía lejos, lo vi pálido, con la boca entreabierta, y empecé a sentir una especie de tumulto en los intestinos mientras temía que no fuera lo que yo pensaba que era, temía que lo que yo veía en las caras de ellos, ahí adelante mío, no fuese asombro, mezclado con bronca, mezclado con incredulidad; que no fuese verdad que el Bebe estuviera dándose vuelta hacia Ricardo, como pidiendo ayuda; que no fuera cierto que el otro siguiera con la vista clavada en un punto todavía lejano, todavía a la altura del portón de la ruta, todavía adivinando sin ver del todo a ese tipo lanzado a la carrera con un bolsito sobre el hombro gritando aguanten, aguanten que ya llego, aguanten que ya vine, y como en un sueño el Tanito gritando de la alegría, y llamándolo a Josesito, que vamos que acá llegó, carajo, que quién dijo que no venía, y los mellizos también empezando a gritar, que por fin, que qué nervios que nos hiciste comer, guacho, y yo empezando a caminar hacia el lateral, como un autómata entre canteros de margaritas, aún indeciso entre cruzarle la cara de un bife por los nervios y abrazarlo de contento, y Tito por fin saliendo del tumulto de los abrazos postergados, y viniendo hasta donde yo estaba plantado en el cuadradito de pasto en el que me había quedado como sin pilas, y mirándome sonriendo, avergonzado, como pidiéndome disculpas, como cuando le dije vení, pibe, jugá de nueve, capaz que la embocás; y yo ya sin bronca, con la flojera de los nervios acumulados toda junta sobre los hombros, y él diciéndome perdoná, Carlos, me tuve que hacer llamar a la concentración por mi tía Juanita, pero conseguí pasaje para la noche, y llegué hace un rato, y perdoname por los nervios que te hice chupar, te juro que no te lo hago más, Carlitos, perdoname, y yo diciéndole callate, boludo, callate, con la garganta hecha un nudo, y abrazándolo para que no me viera los ojos, porque llorar, vaya y pase, pero llorar delante de los amigos, jamás; y el mundo haciendo click y volviendo a encastrar justito en su lugar, el cosmos desde el caos, los amigos cumpliendo, cerrando círculos abiertos en la eternidad, cuando uno tiene catorce y dice 'ta bien, te acompañamos, así no te da miedo.

Como Tito llegó cambiado, tiró el bolso detrás del arco y se vino para el mediocampo, para sacar conmigo. Cuando le faltaban diez metros, le toqué el balón para que lo sintiera, para que se acostumbrara, para que no entrara frío (lo último que falta ahora, pensé, es que se nos lesione en el arranque). Se agachó un poquito, flexionando la zurda más que la diestra. Cuando le llegó la bola, la levantó diez centímetros, y la vino hamacando a esa altura del piso, con caricias suaves y rítmicas. Cuando llegó al medio, al lado mío, la empaló con la zurda y la dejó dormir un segundo en el hombro derecho. Enseguida se la sacudió con un movimiento breve del hombro, como quien espanta un mosquito, y la recibió con la zurda dando un paso atrás: la bola murió por fin a diez centímetros del botín derecho.

Recién ahí levanté los ojos, y me encontré con el rostro desencajado del Bebe, que miraba sin querer creer, pero creyendo. El petiso Galán, parado de ocho, tenía cara de velorio a la madrugada. Ellos estaban mudos, como atontados. Ahí entendí que les habíamos ganado. Así. Sin jugar. Por fin, diez años después, íbamos a ganarles. Los tipos estaban perdidos, casi con ganas de que terminara pronto ese suplicio chino. Cuando vi esos ademanes tensos, esos rostros ateridos que se miraban unos a otros ya sin esperanza, ya sin ilusión alguna de poder escapar a su destino trágico, me di cuenta de que lo que venía era un trámite, un asunto concluido.

Mientras el árbitro volvía a mirar a cada arquero para iniciar de una vez por todas ese desafío memorable, Josesito, casi en puntas de pie junto a la raya del mediocampo, le sonrió al Bebe, que todavía lo miraba a Tito con algo de pudor y algo de pánico: "¿Y, viste, 'jodemil...? ¿No que no venía? ¿No que no?", mientras sacudía la cabeza hacia donde estaba Tito, como exhibiéndolo, como sacándole lustre, como diciéndole al rival morite, morite de envidia, infeliz.

Pitó el árbitro y Tito me la tocó al pie. El petiso Galán me quiso atorar, pero devolví el pase justo a tiempo. Tito la recibió, la protegió poniendo el cuerpo, montándola apenas sobre el empeine derecho. El petiso se volvió hacia él como una tromba, y el Bebe trató de apretarlo del otro lado. Con dos trancos, salió entre medio de ambos. Levantó la cabeza, hizo la pausa, y después tocó suave, a ras del piso, en diagonal, a espaldas del seis de ellos, buscándolo a Gonzalito que arrancó bien habilitado.

De chilena

Ayer a Anita se la llevaron un rato largo a firmar un montón de papeles. Al volver, ella dijo que no había entendido muy bien, porque eran muchos formularios distintos, con letra chica y apretada. Supongo que me habrá mirado varias veces, buscando un gesto que le calmara las angustias. Pero yo estaba de un ánimo tan sombrío, tan espantado por el olor a catástrofe en ciernes, que evité con cierto éxito el cruce inquisitivo de sus ojos.

Los doctores dicen que, prácticamente, no hay manera casi de que salgas de ésta. Y lo dicen muy serios, muy calmos, muy convencidos. Con la parsimonia y la lejanía de quienes están habituados a transmitir pésimas noticias. El más claro, el más sincero, como siempre, fue Rivas, cuando salió a la tarde tempranito de revisarte. Cerró la puerta despacio para no hacer ruido, y le dijo a Anita que lo acompañara a la sala del fondo y la tomó del brazo con ese aire grave, casi de pésame anticipado. Yo me levanté de un brinco y me fui con ellos, pobre Anita, para que no estuviera sola al escuchar lo que el otro iba a decirle.

Rivas estuvo bien, justo es decirlo. Nos hizo sentar, nos sirvió té, nos explicó sin prisa, y hasta nos hizo un dibujito en un recetario. Anita lo toleró como si estuviera forjada en hierro. Y te digo la verdad, si yo no me quebré fue por ella. Yo pensaba ¿cómo me voy a poner a llorar si esta piba se lo está bancando a pie firme? Cuando Rivas terminó, supongo que algo intimidado ante la propia desolación que había desnudado, Anita, muy seria y casi tranquila (aunque me tenía aferrado el brazo con una mano que parecía una garra, de tan apretada), le pidió que le especificara bien cuáles eran las posibilidades. El médico, que garabateaba el dibujo que había estado haciendo, y que había hablado mirando el escritorio, levantó la cabeza y la miró bien fijo, a través de sus lentes chiquitos. "Es casi imposible". Así nomás se lo dijo. Sin atenuantes y sin preámbulos. Anita le dio las gracias, le estrechó la mano y salió casi corriendo. Ahora quería estar sola, encerrarse en el baño de mujeres a llorar un rato a gritos, pobrecita. Yo estaba como si me hubiera atropellado un tren de carga. Me dolía todo el cuerpo, y tenía un nudo bestial en la garganta. Pero como Anita se había portado tan bien, me sentí obligado a guardar compostura. Le di las gracias por las explicaciones, y también por no habernos mentido inútilmente. Ahí él se aflojó un poco. Hizo una mueca parecida a una sonrisa y me dijo que lo sentía mucho, que iba a hacer todo lo posible, que él mismo iba a conducir la operación, pero que para ser sincero la veía muy fulera.

A la tarde, la familia en pleno ganó tu habitación y desplegó un aquelarre lastimoso. Todos daban vueltas por la pieza, casi negándose a irse, como si quedándose pudieran torcer el destino y enderezarte la suerte. Vos seguías en tu sopor distante, en esa modorra quieta que te había ido ganando con el transcurso de los días. Ni siquiera comer querías. Dormías casi todo el día. Con Anita apenas cruzabas dos palabras.

Y a mí te me quedabas mirando fijo, como sabiendo, como esperando que yo me aflojara y terminara por desembuchar todo lo que me dijo Rivas y que a vos te conté nomás por arriba para que no te asustases. Cuando me clavabas los ojos yo miraba para otro lado, o salía disparado con la excusa de irme a fumar al baño del corredor. Y encima ese cónclave familiar que armamos sin proponérnoslo, pero que tampoco fuimos capaces de ahorrarte. Ayer estaban todos: papá, Mirta, José, el Cholo, y hasta la madre de Anita que no tuvo mejor idea que traer a los chicos para que te saludaran. Menos mal que a Diego y a su mujer los atajé a tiempo saliendo del ascensor y los despaché de vuelta. Venían con cara de pánico, como queriendo rajar en seguida. Así que les di las gracias por pasar y les evité el mal trago.

Después llegó la hora macabra del atardecer. No hay peor hora en un hospital que ésa. La luz mortecina estallando en el vidrio esmerilado. El olor a comida de hospicio colándose bajo las puertas. Los tacos de las mujeres alejándose por el corredor. La ciudad calmándose de a poco, ladrando más bajo, con menos estridencia, dejando a los enfermos sin siquiera la estúpida compañía de su bullicio.

Para entonces, la pieza era un velorio. Faltaba sólo la luz de un par de cirios, y el olor marchito de las flores tristes. Pero sobraban caras largas, susurros culposos, miradas compasivas hacia tu lecho. Justo ahí fue cuando abriste los ojos. Yo pensé que era una desgracia. Anita trataba de convencerlo a papá de que se volviera a Quilmes, y él porfiaba que de ninguna manera. Mirta hojeaba una revista con cara de boba. José te miraba con expresión de "que en paz descanse". Era cosa de que si hasta ese momento no te habías dado cuenta, de ahora en adelante no te quedase la menor duda de lo que estaba pasando. Y vos miraste para todos lados, levantando la cabeza y tensando para eso los músculos del cuello. Se ve que te costaba, pero te demoraste un buen rato en vernos a todos, y al final me miraste a mí y yo no sabía qué hacer con todo eso. Yo temía que me dijeras vení para acá y contámelo todo, pero en cambio me dijiste dame una mano para levantar un poco el respaldo. Y mientras yo le daba a la manija a los pies de la cama de hierro, vos le ordenaste a Mirta que encendiera la luz, que no se veía un pepino. Con la luz prendida todos se quedaron quietos, como descubiertos en medio de un acto vergonzoso y hasta imperdonable, como incómodos en la ruptura de ese ensayo general de velorio inminente.

Y para colmo, como para ponerlos aún más en evidencia, como para que nadie se confundiera antes de tiempo, empezaste a dar órdenes casi gritando, estirando el brazo con el suero que bailaba con cada uno de tus ademanes, que vos papá te vas a casa, que vos José te la llevás a Mirta que para leer revistas bastante tiene en su propio living, que ya mismo alguien se ocupa de darle de cenar a Anita o se va a caer redonda en cualquier momento, y que se dejan de joder y me vacían la pieza. Tu voz tronó con tal autoridad que, en una fila sumisa y monocorde, fueron saliendo todos. Y cuando yo me disponía a seguirlos sin mirar atrás, me frenaste en seco con un "vos te quedás acá y cerrás la puerta". Como un chico que trata de pensar rápido una disculpa verosímil, gané el tiempo que pude moviendo el picaporte con cuidado, corriendo las cortinas para acabar de una vez por todas con la luz moribunda de las siete, pateando y volviendo a su lugar la chata guarecida bajo la cama. Pero al final no tuve más remedio que sentarme al lado tuyo, y encontrarme con tus ojos preguntándome.

Te lo conté todo. Primero traté de ser suave. Pero después supongo que me fui aflojando, como si necesitara hablar con alguien sin eufemismos tontos, sin buscar y rebuscar atenuantes tranquilizadores, sin inventar al voleo ejemplos creíbles de sanaciones milagrosas. Te relaté cada uno de los diagnósticos sucesivos, el inútil anecdotario del periplo de locos de los últimos dos meses, el puntilloso pésame velado de los especialistas.

Vos te tomaste tu tiempo. Llorabas mientras yo seguía el monótono detalle de nuestra pesadilla. Llorabas con lágrimas gruesas, escasas, de esas que a veces sueltan los hombres. Después, cuando por fin me callé, cerraste los ojos y estuviste un largo rato respirando muy hondo. Yo empecé a levantarme de a poquito, casi sin ruido, como para dejarte descansar, queriendo convencerme de que te habías dormido.

Y ahí pasó. Te incorporaste en la cama con tal violencia que casi me tumbás de nuevo a la silla del susto. Me agarraste casi por el cuello, haciendo un guiñapo con mi camisa y mi corbata, y miraste al fondo de mis ojos, como buscando que lo que ibas a decirme me quedara absolutamente claro. Tu cara se había transformado. Era una máscara iracunda, orgullosa, llena de broncas y rencores. Y tan viva que daba miedo. Ya no quedaban en tu piel rastros de las lágrimas. Sólo tenías lugar para la furia. En ese momento me acordé. Te juro que hacía veinte años por lo menos que aquello ni se me pasaba por la cabeza.

Parece mentira cómo uno, a veces, no se olvida de las cosas que se olvida. Porque cuando me miraste así, y me agarraste la ropa y me la estrujaste y me sacudiste, el dique del tiempo se me hizo trizas, y el recuerdo de esa tarde de leyenda me ahogó de repente. Ahora, en el hospital, no dijiste nada. Como si fuesen suficientes las chispas que salían de tus ojos, y el rojo furioso de tu expresión crispada. Aquella vez, la primera, cuando me agarraste, también era casi de noche. Y también yo estaba cagado de miedo. Me habías mirado fijo y me habías gritado: "Todavía no perdimos, entendés. Vos atajálo y dejame a mí".

Jugábamos de visitantes, contra el Estudiantil, en cancha de ellos. La pica con el Estudiantil era uno de esos nudos de la historia que, para cuando uno nace, ya están anudados. Lo único que le cabe al recién venido al mundo, si nació en el barrio, es tomar partido. Con el Estudiantil o con el Belgrano. Sin medias tintas. Sin chance alguna de escapar a la disyuntiva. De ahí para adelante, el destino está sellado. La línea divisoria no puede ser traspuesta.

Ambos clubes jugaban en la misma liga, y los dos cruces que se producían cada año solían tener derivaciones tumultuosas. Para colmo, ese año era más especial que nunca. Nosotros, en un derrotero inusitado para nuestras campañas ordinarias, estábamos a un punto del campeonato. Quiso el destino que nos tocara el Estudiantil en la última fecha. Con cualquier otro equipo la cosa hubiese sido sencilla. Nos bastaba un simple empate, y ningún osado delantero contrario iba a estar dispuesto a amargarnos la fiesta a cambio de una fractura inopinada, y menos con el verano por delante y el calor que dan los yesos desde el tobillo hasta la ingle. Pero con el Estudiantil la cosa era distinta.

Entre argentinos hay una sola cosa más dulce que el placer propio: la desgracia ajena. Dispuestos a cumplir con ese anhelo folklórico, ellos se habían preparado para el partido con un fervor sorprendente, que nada tenía que ver con el magro décimo puesto en la tabla con el que despedían la temporada.

Lo malo era que lo nuestro, en el Belgrano, era por cierto limitado: dos wines rápidos, un mediocampo ponedor, y dos backs instintivamente sanguinarios, capaces de partir por la mitad hasta a su propia madre, en el caso de que ella tuviera la mala idea de encarar para el área con pelota dominada. Para colmo, de árbitro lo mandaron al negro Pérez, un cabo de la Federal que partía de la base de que todos éramos delincuentes salvo demostración irrefutable de lo contrario. Un árbitro tan mal predispuesto a dejar pasar una pierna fuerte era lo peor que podía sucedernos. Igual nos juramentamos vencer o vencer. También nosotros éramos argentinos: y darles la vuelta olímpica en las narices, y en cancha de ellos, iba a ser por completo inolvidable.

El partido salió caldeado. Nos quedamos sin uno de los backs a los quince del primer tiempo, y si tengo que ser sincero, Pérez estuvo blando. A los diez minutos el tipo ya había hecho méritos suficientes como para ir preso. Pero su sacrificio no fue en vano: a los delanteros de ellos les habrán dolido esos quince minutos, porque después entraron poco, y prefirieron probar desde lejos. Las gradas eran un polvorín, y había como doscientos voluntarios listos para encender la mecha. La cancha tenía una sola tribuna, en uno de los laterales, que estaba copada por la gente de ellos.

Los nuestros se apiñaban en el resto del perímetro, bien pegados al alambrado. Encima el gordo Nápoli, que tenía al pibe jugando de ocho en nuestro cuadro, les sacaba fotos a los del Estudiantil y, aprovechando los pozos de silencio, para que lo oyeran con claridad, les gritaba las gracias porque las fotos le servían para el insectario que estaba armando.

El partido fue pasando como si los segundos fueran de plomo. Yo me daba vuelta cada medio minuto y preguntaba cuánto faltaba. Don Alberto estaba pegado al alambre, y me gritaba que me dejara de joder y mirara el partido o me iba a comer un gol pavote. Pero yo no preguntaba por idiota. Preguntaba porque sentía algo raro en el aire, como si algo malo estuviese por pasar y yo no supiera cómo cuernos evitarlo. Cuando terminaba el primer tiempo, mis dudas se disiparon abruptamente: el nueve de ellos me la colgó en un ángulo desde afuera del área. Sacamos del medio y Pérez nos mandó al vestuario. La hinchada del Estudiantil era una fiesta, y yo tenía unas ganas de llorar que me moría.

Ahora me acuerdo como si fuera hoy. Vos jugabas de cinco, y eras de lo mejorcito que teníamos. Pero en todo el primer tiempo la habías visto pasar como si fueras imbécil. Las pocas pelotas que habías conseguido o te habían rebotado o se las habías dado a los contrarios. Chiche no lo podía creer, y te gritaba como loco para hacerte reaccionar. Trataba de que te calentaras con él, aunque fuera, como cuando jugábamos en la calle. Pero vos seguías ahí, mirando para todos lados con cara de estúpido. Siempre parado en el lugar equivocado, tirando pases espantosos, cortando el juego con foules innecesarios.

En el entretiempo el gordo Nápoli guardó la cámara y nos improvisó una charla técnica de emergencia. La verdad es que habló bastante bien. Con su tradicional estilo ampuloso, y sin demorarse en falsas ternuras, nos recordó lo que ya sabíamos: que si perdíamos el partido, y Estudiantil nos sonaba el campeonato, ni aportáramos por el barrio porque seríamos repudiados con justa razón por las fuerzas vivas de nuestra comunidad belgraniana. Vos seguías ahí, sentado en un banco de listones grises, con las piernas estiradas y la cabeza baja. Cuando nos llamaron para el segundo tiempo, tuve que ir a buscarte porque ni aun entonces te incorporaste. No sé si fue el miedo o una inspiración mística y repentina, pero de pronto me vi casi llorándote y pidiéndote que me dieras una mano, que no arrugaras, que te necesitaba porque si no íbamos al muere. Se ve que te impresioné con tanta charla y tanto brote emotivo (yo que siempre fui tan tímido), porque después te levantaste y me dijiste solamente vamos, pero tu tono ya era el tuyo.

El segundo tiempo fue otra historia. Ése se me pasó volando. Parece mentira cómo corre la vida cuando vas perdiendo. Yo ya no preguntaba la hora. Don Alberto nos gritaba que le metiéramos pata, que faltaba poco. Y a vos se te había acomodado la croqueta. Todas las que te rebotaban en el primer tiempo, ahora las amansabas y las distribuías con criterio. En lugar de regalar pelotas ponías pases profundos, bien medidos. Pero no alcanzaba. Pegamos dos tiros en los palos, y el pibe de Nápoli se comió dos mano a mano con el arquero (que encima andaba inspirado). Y para colmo, a los treinta minutos a mí me empezó de nuevo la sensación de catástrofe inminente.

No andaba mal encaminado. Jugados al empate como estábamos, nos agarraron mal parados de contraataque: se vinieron tres de ellos contra el back sobreviviente (Montanaro se llamaba) y yo. La trajo el nueve y cerca del área la abrió a la izquierda para el once. Montanaro se fue con él y lo atoró unos segundos, pero el otro logró sacar el centro que le cayó a los pies de nuevo al nueve, y yo no tuve más remedio que salir a achicarle. Parece mentira cómo a veces el hombre sucumbe a su propia pequeñez: si el tipo la toca a la derecha para el siete, es gol seguro. Pero la carne es débil: los gritos de la hinchada, el arco enorme de grande, el sueño de ser él quien nos enterrase definitivamente en el oprobio. Mejor amagar, quebrar la cintura, eludir al arquero, estar a punto de pasar a la inmortalidad con un gol definitivo, y recibir una patada asesina en el tobillo izquierdo que lo tumbó como un hachazo.

Pérez cobró de inmediato. El petiso seguía aullando de dolor en el piso, pobre. Pero no me echaron. Tal vez fuese el propio ambiente el que me puso a salvo. En efecto, se respiraba una ominosa atmósfera de asunto concluido. Ellos se abrazaban por adelantado. Su hinchada enfervorizada se regodeaba en el sueño hecho realidad. El gordo Nápoli lloraba aferrado a los alambres. Don Alberto insultaba entre dientes. La verdad es que en ese momento, si me hubiesen ofrecido irme, hubiese agarrado viaje. Intuía ya el grito feroz que iban a proferir cuando convirtieran el penal. Ya me veía tirado en el piso, con esos mugrientos saltando y abrazándose alrededor mío, pateando una vez y otra la pelota contra la red. Me volví a buscar la cara de don Alberto en medio de los rostros entristecidos.

"Faltan tres", me dijo cuando nuestros ojos por fin se encontraron. Y era como una sentencia inquebrantable. Ahí bajé definitivamente los brazos. Un 2 a 0 es definitivo cuando faltan tres minutos y uno es visitante. De local vaya y pase, aunque tampoco. ¿Cómo dar vuelta semejante cosa?

Me fui a parar a la línea como quien se dirige al cadalso. Lo único que quería ahora era que pasara pronto. Sacarme de encima de una vez por todas a esos energúmenos borrachos en la arrogancia de la victoria.

Y entonces caíste vos. Nunca supe qué habías estado haciendo todo ese tiempo. O tal vez fueron sólo segundos, que a mí me parecieron siglos. Pero lo cierto es que cuando levanté la cabeza te tenía adelante. Me agarraste el cuello del buzo y me lo retorciste. Me zarandeaste de lo lindo, mientras me gritabas: "¡Reaccioná, carajo, reaccioná!". Tu cara metía miedo. Era una mezcla explosiva de bronca y de rencor y de determinación y de certeza. La misma que pusiste ayer en la cama, y que me hizo acordar de todo esto. Me miraste al fondo de los ojos, como para que no me distrajera en el batifondo de los gritos y los cohetes y los consejos de tirate para acá, arquero, tirate para el otro lado, pibe. Cuando te aseguraste de que te estaba mirando y escuchando, y teniéndome bien agarrado del cuello me dijiste: "Atajalo, Manuel. Atajalo por lo que más quieras. Si vos lo atajás yo te juro que lo empato. Prometeme que lo atajás, hermanito. Yo te juro que lo empato".

Me encontré diciéndote que sí, que te quedaras tranquilo. Y no por llevarte la corriente, nada de eso. Era como si tu voz hubiese llevado algo adherido, como un perfume a cosa verdadera que apaciguaba al destino y era capaz de enderezarlo. De ahí en más ya fui yo mismo.

Cumplí todos los ritos que debe cumplir un arquero en esos casos límite. Iba a patearlo Genaro, el dos de ellos, un tano bruto y macizo que sacaba unos chumbazos impresionantes. Me acerqué a acomodarle la pelota, arguyendo que estaba adelantada. La giré un par de veces y la deposité con gesto casi delicado, en el mismo lugar de donde la había levantado. Pero a Genaro le dejé la inquietante sensación de habérsela engualichado o algo por el estilo. Volvió a adelantarse y a acomodarla a su antojo. De nuevo dejé mi lugar en la línea del arco y repetí el procedimiento. Pero esta vez, y asegurándome de estar de espaldas al árbitro, lo enriquecí con un escupitajo bien cargado, que deposité veloz sobre uno de los gajos negros del balón. Genaro, francamente ofuscado, volvió hasta la pelota, la restregó contra el pasto, y me denunció reiteradas veces al juez Pérez. Sabiéndome al límite de la tolerancia, e intuyendo que el tipo ya iba incubando ganas de asesinarme, volví a acercarme con ademanes grandilocuentes. Invoqué a viva voz mis derechos cercenados, y mientras le tocaba de nuevo la pelota le dije a Genaro, lo suficientemente bajo como para que sólo él me escuchara, que después de errar el penal mi hermano iba a empatarle el partido, que se iba a tener que mudar a La Quiaca de la vergüenza, pero que en agradecimiento yo le prometía que iba a dejar de afilar con su novia. Genaro optó por putearme a los alaridos, como era esperable de cualquier varón honesto y bien nacido. Pérez lo reprendió severamente, y a mí me mandó a la línea del arco con un gesto que ya no admitía dilaciones.

En ese momento empezó a rodar el milagro. Me jugué apenas a la izquierda, pero me quedé bien erguido: Genaro le pegaba muy fuerte pero sin inclinarse, y la pelota solía salir más bien alta. Le dio con furia, con ganas de aplastarme, de humillarme hasta el fondo de mi alma irredenta. Tuve un instante de pánico cuando sentí la pelota en la punta de mis guantes: era tal la violencia que traía que no iba a poder evitar que me venciera las manos. De hecho así fue, pero había conseguido cambiarle la trayectoria: después de torcerme las muñecas la pelota se estrelló en el travesaño y picó hacia afuera, a unos veinte centímetros de la línea. Me incorporé justo a tiempo para atraparla, y para que los noventa y cinco kilos de Genaro me aplastaran los huesos, la cabeza, las articulaciones. Pérez cobró el tiro libre y me gritó: "Juegue".

No me detuve a escuchar los gritos de alegría de los nuestros. Me incorporé como pude y te busqué desesperado. Estabas en el medio campo, totalmente libre de marca: ellos volvían desconcertados, como no pudiendo creer que tuvieran todavía que aplazar el grito del triunfo. Te la tiré bastante mal, por cierto; pero como andabas inspirado la dominaste con dos movimientos. Levantaste la cabeza y se la tiraste al pibe de Nápoli que corrió como una flecha por la izquierda. Sacó un centro hermoso, bien llovido al área, pero alguno de ellos consiguió revolearla al córner.

Era la última. Pérez ya miraba de reojo su muñeca, con ganas de terminarlo. Fuimos todos a buscar el centro. Lo mío era un acto simbólico. Si me hubiese caído a mí hubiera sido incapaz de cabecear con puntería. Al arco me defendía, pero afuera era una tabla con patas. El centro lo tiró de nuevo Nápoli, pero esta vez le salió más pasado y más abierto, y bajó casi en el vértice del área. Vos estabas de espaldas al arco. El sol ya se había ido, y no se veía bien ni la cancha ni la pelota. Mientras estuvo alta, donde el aire todavía era más claro, la vi pasar encima mío sin esperanza. Cuando te llegó a vos, supongo que debía ser poco más que una sombra sibilante.

Parece mentira cómo todos estos años lo tuve olvidado, porque mientras avanzo en el recuerdo los detalles se me agolpan con una vigencia pasmosa. Porque fue justo ahí, mientras yo pensaba sonamos, pasó de largo, ahora la revienta alguno de ellos y Pérez lo termina, fue ahí que el milagro concluyó su ciclo legendario. La camiseta con el cinco en la espalda, las piernas volando acompasadas, la izquierda en alto, después la derecha, la chilena lanzada en el vacío, y la sombra blanquecina cambiando el rumbo, torciendo la historia para siempre, viajando y silbando en una parábola misteriosa, sobrevolando cabezas incrédulas, sorteando con lo justo el manotazo de un arquero horrorizado en la certidumbre de que la bola lo sobraba, de que caía para siempre contra una red vencida por el resto de la eternidad, de que era 1 a 1 y a cobrar. Y nada más en el recuerdo, porque ya con eso era demasiado, apenas un vestigio de energía para salir corriendo, para treparse al alambrado, para tirarse al piso a llorar de la alegría, para encontrarme con vos en un abrazo mudo y sollozante, para que el gordo Nápoli resucitara la cámara y las fotos para el insectario, y los gestos obscenos, y el grito multiplicado en cien gargantas, y el tumulto feliz en el mediocampo, y la vuelta olímpica lejos del lateral para librarnos de los gargajos.

Ayer a la nochecita, con esa cara de loco y ese puño arrugándome la ropa, me hiciste retroceder veinte años, a cuando vos tenías quince y yo dieciséis, a tu fe ciega y al exacto punto de tu chilena legendaria, heroica, repentina, capaz de torcer los rumbos sellados del destino. Ni vos ni yo tuvimos, ayer, ganas de hablar de aquello. Pero yo sabía que vos sabías que ambos estábamos pensando en lo mismo, recordando lo mismo, confiando en lo mismo. Y nos pusimos a llorar abrazados como dos minas. Y moqueamos un buen rato, hasta que me empujaste y te dejaste caer en la cama, y me dijiste dejame solo, andá con los demás que van a preocuparse. Y yo te hice caso, porque en la penumbra de la pieza te vi los ojos, llenos de bronca y de rencor, llenos de una furia ciega. Y me quedé tranquilo.

La noche me la pasé en la capilla de la clínica, rezando y cabeceando de sueño pero sin darme por vencido. Recién cuando te llevaron al quirófano me fui hasta la cafetería a tomar un café con leche con medialunas. Me la llevé a Anita, que estaba hecha un trapo, pobrecita. Lógicamente no le dije nada de lo de anoche, porque pensé que con el batuque que debía tener ahora en el balero me iba a sacar rajando si empezaba a desempolvar historias antiguas. A los demás tampoco les dije nada. Los dejé que volvieran con su velorio portátil, esta vez improvisado en la sala de espera del quirófano, a dejar pasar las horas, a consolarla a Anita y a los chicos, a murmurar ensayos de resignación y de entereza.

Ni siquiera dije nada cuando salió Rivas hecho una tromba, cuando la agarró a Anita del brazo y ella lo escuchó llorando pero maravillada, agradecida, incrédula, ni cuando él habló y gesticuló y dejó que se le desordenara el pelo engominado, ni cuando la voz entró a correr entre los presentes, ni cuando empezaron a oírse exclamaciones contenidas y risitas tímidas buscando otras risas cómplices para animarse a tronar en carcajadas y gritos de júbilo, ni cuando Anita me lo trajo a Rivas para que lo oyera de sus labios.

Ahí tampoco dije nada, aunque lloré de lo lindo. Yo lloraba de emoción, es claro. Pero no de sorpresa. No con la sorpresa todavía descreída, todavía tensa y desconfiada de José, de Mirta, de los chicos, de la propia Anita. Yo también, en su lugar, hubiese estado sorprendido. Para ellos este milagro es el primero. Al fin y al cabo, ellos no vivieron aquel partido de epopeya. Y no le dieron la vuelta olímpica al Estudiantil en cancha de ellos, con el gol tuyo de chilena.

El cuadro del Raulito

Él decidió, de entrada nomás, dejarlo en libertad. Tenía la idea de que los amores no se imponen, ni siquiera se eligen. Pensaba que en todo caso eran los amores los que optan, los que se le imponen a uno. Por eso, con cierta prescindencia fatalista pensó que si tenía que ser, sería, y que si no, era inútil gastar pólvora en chimangos.

No le fue fácil, sin embargo. Sobre todo cuando en sus narices otros rivales se lanzaron a tratar de convencerlo. Le costó sobreponerse, y aceptar sonriendo a tíos y primos y cuñados y amigos y vecinos tentándolo al Raulito, ofreciéndole camisetas y pelotas y gorritos, a cambio de promesas de fidelidad a sus propios cuadros. Tampoco dijo nada cuando sorprendió a más de uno de esos buitres futboleros enseñándole al chico los cantitos de la cancha, instruyéndolo subrepticiamente en las rivalidades históricas, ensalzando las hipotéticas virtudes de los unos, y vilipendiando las supuestas taras infames de los otros.

Él los dejó. Un poco por esa resignación que era tan suya. Y otro poco porque a veces, en sus días tristes, sospechaba que tal vez fuese mejor así, que la cadena de afectos inexplicables se cortase con él, sin involucrar a su hijo. Que tal vez el chico terminase siendo más feliz siendo hincha de algún grande, saliendo campeón de vez en cuando, viendo la cancha llena, comprando *El Gráfico* con su ídolo en la tapa. Si al fin y al cabo él venía sufriendo hacía... ¿cuánto? Más de veinte años desde aquel campeonato. Y después la debacle. Hasta el descenso había tenido que sufrir, hasta el descenso. Y a la vuelta, la desilusión grande del 94. Justo en la última fecha, será de Dios, en la última fecha. Si faltaba tan poquito, un empate y listo. Pero ni siquiera.

Por eso, seguramente, aceptó con entereza que Raulito, desde los nueve, más o menos, empezase a decir que era de River, "como el tío Hugo"; aunque en el fondo más recóndito de su ser, él sintiese sinceros deseos de pasar al "tío Hugo", lenta, dulcemente, por la picadora de carne y la máquina de hacer chorizos.

Es que, a solas consigo mismo, en el resto de los días, sabía que era todo grupo. Que le hubiese encantado que Raulito saliese de los suyos. Que ahora que ya tenía trece, ahora que era todo un hombrecito, habría sido lindo ir juntos a la cancha. A la tarde, tempranito, en el tren y el 118, hablando de bueyes perdidos, mirando el partido de tercera acodados en el escalón de arriba, dejando pasar la vida.

Pero igual no cambiaba de idea. No señor. Que si tenía que ser que fuese, y si no, no. Igual, y por si acaso, cultivó su propia planta de leyendas mentirosas, como para mantener viva su persistente esperanza. Y aunque le daba un poco de vergüenza comparar al equipo del 73 con la Selección del 86, igual seguía adelante, envalentonado en su propia pirotecnia falaz, enternecido en la admiración dibujada en los ojos del Raulito.

Esa tarde, la inolvidable, la definitiva, empezó como todas, con el mate y la radio en la mesita de hierro del patio. El padre decidió prevenirlo de entrada:

—Mirá, Raulito, que hoy juegan contra nosotros.

El hijo lo miró con curiosidad.

—¿Y qué problema hay, pa?

El padre, feliz en la sencillez del chico, terminó sonriendo:

—Tenés razón, Raulito, ¿qué problema hay?

A los veinte minutos penal para River. El chico lo miró al padre, como dudando. Él lo tranquilizó, a pesar de sí mismo:

—Gritalo tranquilo, Raulito. Eso sí: si después hay un gol nuestro, no te enojés si yo lo grito.

—No, papá, si no me enojo —le aclaró, muy serio. Después gritó el gol, pero no mucho. Fue un grito breve, un poco tímido. El padre lo palmeó.

—No seas tonto, Raúl, gritalo todo lo que quieras.

—Así está bien, pa —fue toda su respuesta.

Al rato vino el 2 a 0. Ahí el chico lo miró primero, y después dio un par de aplausos, y eso fue todo.

—Che, ¿qué clase de hincha sos vos? ¿Así te enseñó tu tío Hugo a gritar los goles?

—No, pa, él los grita como loco. Como vos, los grita.

—Y entonces gritá tranquilo, hijo. —Y después añadió, con un guiño:— Ojo que en el segundo tiempo capaz que grito yo, ¿eh?

Se sentía en paz, dueño de una felicidad sencilla y robusta. Casi ni se acordaba de que iban perdiendo. Empezaba a pensar que tal vez no fuese tan terrible que su hijo fuese de River. A lo mejor iban a poder ir a la cancha igual, turnándose un domingo cada uno, si el fixture ayudaba.

El segundo tiempo siguió por el trillado sendero de la tragedia. Un contraataque y 3 a 0. El pibe ni siquiera hizo un gesto cuando el relator vociferó la novedad a voz en cuello.

—Che, Raulito, ¿estás dormido, vos? —El padre lo palmeó con afecto.

—No, papi. —Zarandeaba las piernas cruzadas debajo del asiento, y tenía los dedos cruzados en el regazo, como cuando pensaba en cosas complicadas. Luego aventuró:— No sé, me da un poco de lástima.

El padre se rió con ganas.

—Dejate de jorobar, Raúl, y disfrutalo. Total, un partido más, uno menos... Aparte, cuidado, pibe —bromeó—, mirá que a lo mejor todavía se lo empatamos.

Para colmo, y como dándole la razón, al ratito vino el 3 a 1. El padre lanzó un gritito contenido, tenso, como el que habrían dado los jugadores, saludándose apenas entre ellos, disputándole la pelota a un arquero con ganas de enfriar la cosa, corriendo hacia el medio campo para ganar tiempo. El hijo lo miró sin tristeza. Cuando sus ojos se cruzaron, ambos sonrieron.

—Te dije, pibe, ojo con nosotros. Mirá que somos bravos.

Por lo que decían en la radio, el partido se estaba poniendo bueno.

—Escuchá, Raulito, escuchá: los tenemos en un arco.

Pero el aviso era inútil. El chico seguía el relato concentrado, serio. Acompañaba las jugadas trascendentes con patadas en el aire, como jugando él también su parte del asunto. El padre sonrió. Cómo son los pibes. Se posesionan de tal modo que se sienten ellos mismos protagonistas del partido. En realidad, no sólo los pibes: un par de semanas atrás él mismo había hecho trizas el termo en un esfuerzo supremo por despejar al córner un disparo bajo que iba a sobrar fatalmente al arquero.

A los treinta, más o menos, tiro de esquina sobre el área de River. El chico seguía enchufadísimo. Hasta balanceaba ligeramente el cuerpo de un lado a otro, como todo buen cabeceador, esperando el momento de correr un par de metros y madrugar al marcador y pegar el salto y conectar el frentazo. Pero había algo que al padre no le cerraba, algo en el modo en que estaba parado, algo en la expresión de sus ojos negros.

El corazón le dio un vuelco cuando comprendió: el pibe se estaba perfilando de atacante, no de zaguero. El movimiento era para zafarse de algún marcador pegajoso, los ojos tenían el fuego de vení, bola, vení que te mando a guardar. El brazo derecho se alzaba en el gesto que se le hace al siete de ponela acá, justito acá, por lo que más quieras.

El relato se suspendió en una nota aguda, una de esas notas que se alargan, que perduran en el aire, mientras el relator decide si tiene que gritar o decir que pasó cerca. Igual no hizo falta, porque la hinchada, detrás de ese arco, lo gritó primero, y el relator en todo caso se encaramó después a ese alarido. El padre lo gritó con ganas, entusiasmado. 3 a 1 es una cosa. Pero 3 a 2 es otra bien distinta, y entonces...

Tuvo que interrumpirse de golpe en sus divagaciones. Porque a sus pies, al costado de la mesita, de rodillas, de cara al cielo, gritando como si lo estuviesen desollando, con los brazos extendidos y las palmas abiertas, mezclando los chillidos de su voz de nene y los ronquidos incipientes de su madurez en ciernes, estaba el pibe, el pibe ya sin vueltas, ya sin chance alguna de retorno, ya inoculado para siempre con el veneno dulce del amor perpetuo, ya ajeno para siempre a cualquier otra camiseta, más allá de cualquier dolor y de todas las glorias, dando al cielo el primer alarido franco de su vida.

El padre se lo quedó mirando, impávido, hasta que el pibe se quedó sin voz y volvió a sentarse. Tuvo miedo de pronunciar palabra, como si cualquier cosa que dijese conllevara el riesgo de destruir ese hechizo de epopeya. El pibe, igual, no lo miraba. Estaba ciego a cualquier cosa que no fuese esa cancha, ese arco de sus desdichas, ese reloj fugaz y traicionero, ese relato interminable de centros llovidos al área y despejes agónicos. Sobre todo eso el padre pensó después, porque en ese momento, agobiado en la constatación de su pequeño milagro íntimo, apenas le quedaba tiempo de mirarlo al pibe, de comérselo con los ojos, de grabárselo para siempre en el recoveco más recóndito de su alma.

En eso estaba cuando, ya en el descuento, River jugó mal al off-side y el nueve se escapó con pelota dominada. El relato radial se trepó de nuevo a uno de esos agudos oraculares. El pibe se puso de pie, incapaz ya de tolerar la tensión de la jugada. Con el rugido de la hinchada de fondo, padre e hijo contuvieron el aliento, con el alma pendiendo de ese nueve que entraba al área a liquidar el pleito, que punteaba la pelota por encima del arquero, buscando el segundo palo. El relato se cortó de pronto, y cuando continuó ya lo hizo en un tono menor, para explicar lo inexplicable: la pelota besando el travesaño y yendo a morir al techo de la red, ya inútil, ya sin sentido, ya con el árbitro pitando el final.

El padre se volvió a mirarlo. El chico estaba rojo de la bronca, con los ojos muy abiertos de tan incrédulos, con los puños apretados de impotencia. Pensó primero en decir algo, como para tratar de mitigar ese dolor en carne viva. Pero lo disuadió la certeza de que era mejor así, porque así eran siempre las cosas, y las cosas no podían estar mal, si así eran siempre. Los labios del chico se torcieron en una mueca, y por fin se lanzó en un llanto desbocado. Ya era grande. Lo suficiente como para querer llorar a solas. Por eso se levantó de pronto y corrió hasta su pieza. El padre escuchó el portazo, y no necesitó verlo para saberlo derrumbado sobre su cama, confuso, dolido, ignorante de qué debe hacer uno con el dolor y con la rabia.

El padre lo supo llorando a mares, y se regocijó en esas lágrimas. Porque uno puede decir que es de muchos cuadros. Uno puede cambiar de idea varias veces. Sobre todo si abundan los tíos y los primos grandes, dispuestos a comprar con pelotas y camisetas la fidelidad de un corazón novato. Pero una vez que uno llora por un cuadro, la cosa está terminada. Ya no hay vuelta. No hay caso. De la alegría se puede volver, tal vez. Pero no de las lágrimas. Porque cuando uno sufre por su cuadro, tiene un agujero inentendible en las entrañas. Y no se lo llena nada. O mejor dicho, sólo se le llena con una cosa: con ganar el domingo que viene. De manera que asunto concluido. La suerte está echada. Nosotros acá, el resto enfrente. Algunos más amigos, otros menos. Pero de este lado nosotros, los de acá, los que no tenemos en común, tal vez, victoria alguna, pero que compartimos las lágrimas de un montón de derrotas.

Cuando su mujer salió al patio, extrañada de que su marido siguiese al sereno en el atardecer frío del otoño, lo encontró llorando a él también, pero unas lágrimas gordas, densas, de esas que abren surcos pegajosos en su camino, de esas que uno llora cuando está demasiado feliz como para sencillamente reírse.

—¿Se puede saber qué les pasa? —preguntó la mujer, confundida. Él la miró, sin preocuparse siquiera de ocultar sus lágrimas—: Hace rato que el Raulito entró a su pieza y dio un portazo, y me dice que no quiere que entre, y se lo escucha llorar y llorar como loco. Y ahora salgo y te veo a vos también moqueando. ¿Me querés explicar qué cuernos pasa?

El hombre la consideró con benevolencia. ¿Qué otra cosa podía hacer? ¿Intentar explicarle? ¿Cómo? Se conformó con mirarla, mientras seguía sintiendo el fluir del tiempo en el gotero de cristal de ese momento indestructible.

—Seguro que le ganaron a River y vos lo cachaste al chico, ¿no? Seguro que te la agarraste con el nene, ¿no? —Ella lo miraba con gesto de severo reproche.— Semejante grandulón, ¿no te da vergüenza?

—No, Graciela, no le hice nada. Si River ganó 3 a 2. Al chico no le dije nada, te juro —respondió con calma, desde la cima de su paz reconquistada.

—Pero entonces no entiendo nada. ¿Me decís que ganó River, y el nene está llorando como loco encerrado en la pieza?

—Sí, Graciela. Ganó River. Pero el pibe no es de River, Graciela. —Y se sintió reconciliado con la vida, eufórico, agradecido, emocionado; dueño legítimo y absoluto de las palabras que iba a pronunciar. Después se incorporó, porque cosas así se dicen de parado:— Lo que pasa es que el Raulito es de Huracán, Graciela. ¡De Huracán!

Me van a tener que disculpar

Me van a tener que disculpar. Yo sé que un hombre que pretende ser una persona de bien debe comportarse según ciertas normas, aceptar ciertos preceptos, adecuar su modo de ser a determinadas estipulaciones convenidas por todos. Seamos más explícitos. Si uno quiere ser un tipo coherente debe medir su conducta, y la de sus semejantes, siempre con la misma e idéntica vara. No puede hacer excepciones, pues de lo contrario bastardea su juicio ético, su conciencia crítica, su criterio legítimo.

Uno no puede andar por la vida reprobando a sus rivales y disculpando a sus amigos por el solo hecho de serlo. Tampoco soy tan ingenuo como para suponer que uno es capaz de sustraerse a sus afectos y a sus pasiones, que uno tiene la idoneidad como para sacrificarlos en el altar de una imparcialidad impoluta. Digamos que uno va por ahí intentando no apartarse demasiado del camino debido, tratando de que los amores y los odios no le trastoquen irremediablemente la lógica.

Pero me van a tener que disculpar, señores. Hay un tipo con el que no puedo. Y ojo que lo intento. Me digo: no puede haber excepciones, no debe haberlas. Y la disculpa que requiero de ustedes es todavía mayor, porque el tipo del que hablo no es un benefactor de la humanidad, ni un santo varón, ni un valiente guerrero que ha consolidado la integridad de mi patria. No, nada de eso. El tipo tiene una actividad mucho menos importante, mucho menos trascendente, mucho más profana. Les voy adelantando que el tipo es un deportista. Imagínense, señores. Llevo escritas doscientas sesenta y tres palabras hablando del criterio ético y sus limitaciones, y todo por un simple caballero que se gana la vida pateando una pelota. Ustedes podrán decirme que eso vuelve mi actitud todavía más reprobable. Tal vez tengan razón. Tal vez por eso he iniciado estas líneas disculpándome.

No obstante, y aunque tengo perfectamente claras esas cosas, no puedo cambiar mi actitud. Sigo siendo incapaz de juzgarlo con la misma vara con la que juzgo al resto de los seres humanos. Y ojo que no sólo no es un pobre muchacho saturado de virtudes. Tiene muchos defectos. Tiene tal vez tantos defectos como quien escribe estas líneas, o como el que más. Para el caso es lo mismo. Pese a todo, señores, sigo sintiéndome incapaz de juzgarlo. Mi juicio crítico se detiene ante él, y lo dispensa.

No es un capricho, cuidado. No es un simple antojo. Es algo un poco más profundo, si me permiten calificarlo de ese modo. Seré más explícito. Yo lo disculpo porque siento que le debo algo. Le debo algo y sé que no tengo forma de pagárselo. O tal vez ésta sea la peculiar moneda que he encontrado para pagarle. Digamos que mi deuda halla sosiego en esta costumbre de evitar siempre cualquier eventual reproche.

Él no lo sabe, cuidado. Así que mi pago es absolutamente anónimo. Como anónima es la deuda que con él conservo. Digamos que él no sabe que le debo, e ignora los ingentes esfuerzos que yo hago una vez y otra por pagarle.

Por suerte o por desgracia, la oportunidad de ejercitar este hábito se me presenta a menudo. Es que hablar de él, entre argentinos, es casi uno de nuestros deportes nacionales. Para ensalzarlo hasta la estratósfera, o para condenarlo a la parrilla perpetua de los infiernos, los argentinos gustamos, al parecer, de convocar su nombre y su memoria. Ahí es cuando yo trato de ponerme serio y distante, pero no lo logro. El tamaño de mi deuda se me impone. Y cuando me invitan a hablar prefiero esquivar el bulto, cambiar de tema, ceder mi turno en el ágora del café a la tardecita. No se trata tampoco de que yo me ubique en el bando de sus perpetuos halagadores. Nada de eso. Evito tanto los elogios superlativos y rimbombantes como los dardos envenenados y traicioneros. Además, con el tiempo he visto a más de uno cambiar del bando de los inquisidores al de los plañideros aplaudidores, y viceversa, sin que se les mueva un pelo. Y ambos bandos me parecen absolutamente detestables, por cierto.

Por eso yo me quedo callado, o cambio de tema. Y cuando a veces alguno de los muchachos no me lo permite, porque me acorrala con una pregunta directa, que cruza el aire llevando específicamente mi nombre, tomo aire, hago como que pienso, y digo alguna sandez al estilo de "y, no sé, habría que pensarlo"; o tal vez arriesgo un "vaya uno a saber, son tantas cosas para tener en cuenta". Es que tengo demasiado pudor como para explayarme del modo en que aquí lo hago. Y soy incapaz de condenar a mis amigos al tórrido suplicio de escuchar mis argumentos y mis justificaciones.

Por empezar les tendría que decir que la culpa de todo la tiene el tiempo. Sí, como lo escuchan, el tiempo. El tiempo que se empeña en transcurrir, cuando a veces debería permanecer detenido. El tiempo que nos hace la guachada de romper los momentos perfectos, inmaculados, inolvidables, completos. Porque si el tiempo se quedase ahí, inmortalizando a los seres y a las cosas en su punto justo, nos libraría de los desencantos, de las corrupciones, de las ínfimas traiciones tan propias de nosotros los mortales.

Y en realidad es por ese carácter tan defectuoso del tiempo que yo me comporto como lo hago. Como un modo de subsanar, en mis modestos alcances, esas barbaridades injustas que el tiempo nos hace. En cada ocasión en la cual mencionan su nombre, en cada oportunidad en la cual me invitan al festín de adorarlo y denostarlo, yo me sustraigo a este presente absolutamente profano, y con la memoria que el ser humano conserva para los hechos esenciales me remonto a ese día, al día inolvidable en que me vi obligado a sellar este pacto que, hasta hoy, he mantenido en secreto. Un pacto que puede conducirme (lo sé) a que alguien me acuse de patriotero. Y aunque yo sea de aquellos a quienes les desagrada la mezcla de la nación con el deporte, en este caso acepto todos los riesgos y las potenciales sanciones.

Digamos que mi memoria es el salvoconducto para volver el tiempo al lugar cristalino del cual no debió moverse, porque era el exacto sitio en que merecía detenerse para siempre, por lo menos para el fútbol, para él y para mí. Porque la vida es así, a veces se combina para alumbrar momentos como ése. Instantes después de los cuales nada vuelve a ser como era. Porque no puede. Porque todo ha cambiado demasiado. Porque por la piel y por los ojos nos ha entrado algo de lo cual nunca vamos a lograr desprendernos.

Esa mañana habrá sido como todas. El mediodía también. Y la tarde arranca, en apariencia, como tantas otras. Una pelota y veintidós tipos. Y otros millones de tipos comiéndose los codos delante de la tele, en los puntos más distantes del planeta. Pero ojo, que esa tarde es distinta. No es un partido. Mejor dicho: no es sólo un partido. Hay algo más. Hay mucha rabia, y mucho dolor, y mucha frustración acumuladas en todos esos tipos que miran la tele. Son emociones que no nacieron por el fútbol. Nacieron en otro lado. En un sitio mucho más terrible, mucho más hostil, mucho más irrevocable. Pero a nosotros, a los de acá, no nos cabe otra que contestar en una cancha, porque no tenemos otro sitio, porque somos pocos, porque estamos solos, porque somos pobres. Pero ahí está la cancha, el fútbol, y son ellos o nosotros. Y si somos nosotros el dolor no va a desaparecer, ni la humillación ha de terminarse. Pero si son ellos. Ay, si son ellos. Si son ellos la humillación va a ser todavía más grande, más dolorosa, más intolerable. Vamos a tener que quedarnos mirándonos las caras, diciéndonos en silencio "te das cuenta, ni siquiera aquí, ni siquiera esto se nos dio a nosotros".

Así que están ahí los tipos. Los once nuestros y los once de ellos. Es fútbol, pero es mucho más que fútbol. Porque cuatro años es muy poco tiempo como para que te amaine el dolor y se te apacigüe la rabia. Por eso no es sólo fútbol.

Y con semejantes antecedentes de tarde borrascosa, con semejante prólogo de tragedia, va este tipo y se cuelga para siempre del cielo de los nuestros. Porque se planta enfrente de los contrarios y los humilla. Porque los roba. Porque delante de sus ojos los afana. Y aunque sea les devuelve ese afano por el otro, por el más grande, por el infinitamente más enorme y ultrajante. Porque aunque nada cambie allá están ellos, en sus casas y en sus calles, en sus pubs, queriéndose comer las pantallas de pura rabia, de pura impotencia de que el tipo salga corriendo mirando de reojito al árbitro, que se compra el paquete y marca el medio.

Hasta ahí, eso solo ya es historia. Ya parece suficiente. Porque le robaste algo al que te afanó primero. Y aunque lo que él te robó te duele más, vos te regodeás porque sabés que esto, igual, le duele. Pero hay más. Aunque uno desde acá diga bueno, es suficiente, me doy por hecho, hay más. Porque el tipo además de piola es un artista. Es mucho más que los otros.

Arranca desde el medio, desde su campo, para que no queden dudas de que lo que está por hacer no lo ha hecho nadie. Y aunque va de azul, va con la bandera. La lleva en una mano, aunque nadie la vea. Empieza a desparramarlos para siempre. Y los va liquidando uno por uno, moviéndose al calor de una música que ellos, pobres giles, no entienden. No sienten la música, pero sí sienten un vago escozor, algo que les dice que se les viene la noche. Y el tipo sigue adelante.

Para que empiecen a no poder creerlo. Para que no se lo olviden nunca. Para que allá lejos los tipos dejen la cerveza y cualquier otra cosa que tengan en la mano. Para que se queden con la boca abierta y la expresión de tontos, pensando que no, que no va a suceder, que alguno lo va a parar, que ese morochito vestido de azul y de argentino no va a entrar al área con la bola mansita a su merced, que alguien va a hacer algo antes de que le amague al arquero y lo sortee por afuera, de que algo va a pasar para poner en orden la historia y que las cosas sean como Dios y la reina mandan, porque en el fútbol tiene que ser como en la vida, donde los que llevan las de ganar ganan, y los que llevan las de perder pierden. Se miran entre ellos y le piden al de al lado que los despierte de la pesadilla. Pero no hay caso, porque ni siquiera cuando el tipo les regala una fracción de segundo más, cuando el tipo aminora el vértigo para quedar de nuevo bien parado de zurdo, ni siquiera entonces van a evitar entrar en la historia como los humillados, los once ingleses despatarrados e incrédulos, los millones de ingleses mirando la tele sin querer creer lo que saben que es verdad para siempre, porque ahí va la bola a morirse en la red para toda la eternidad, y el tipo va a abrazarse con todos y a levantar los ojos al cielo. Y no sé si él lo sabe, pero hace tan bien en mirar al cielo.

Porque el afano estaba bien, pero era poco. Porque el afano de ellos era demasiado grande. Así que faltaba humillarlos por las buenas. Inmortalizarlos para cada ocasión en que ese gol volviese a verse una vez y otra vez y para siempre, en cada rincón del mundo. Ellos volviendo a verse una y mil veces hasta el cansancio en las repeticiones incrédulas. Ellos pasmados, ellos llegando tarde al cruce, ellos viéndolo todo desde el piso, ellos hundiéndose definitivamente en la derrota, en la derrota pequeña y futbolera y absoluta y eterna e inolvidable.

Así que señores, lo lamento. Pero no me jodan con que lo mida con la misma vara con la que se supone debo juzgar a los demás mortales. Porque yo le debo esos dos goles a Inglaterra. Y el único modo que tengo de agradecérselo es dejarlo en paz con sus cosas. Porque ya que el tiempo cometió la estupidez de seguir transcurriendo, ya que optó por acumular un montón de presentes vulgares encima de ese presente perfecto, al menos yo debo tener la honestidad de recordarlo para toda la vida. Yo conservo el deber de la memoria.

Decisiones

Mañana.

—Volvelos a contar, si querés. Pero te garantizo que te lo descuento.

El muchacho resopló. Se incorporó con tal violencia que estuvo a punto de derribar el banquito metálico en el que había estado sentado.

—Veinticuatro.

—El de la noche rindió veinticinco. ¿Estamos? Si no tenés la guita en la cajita, sonaste, pibe.

—No vendí ninguna media. Y ya le dije que no me curraron. Me habrá tumbado el de la noche.

—¡A llorar a la iglesia, pibe! Ah, y otra cosa: el martes pasé a las cuatro y el puesto estaba vacío. ¿Dónde carajo te habías metido?

El muchacho dudó.

—Habré ido al baño, yo qué sé. —El chico había vuelto a derrumbarse en el banquito. Hablaba con la cabeza hundida entre los hombros. Los brazos le caían en el hueco que dejaban sus piernas estiradas.

—¡La próxima vez hacete encima, me cacho! ¡Te agarro en una más y te mando al mismísimo carajo! ¿Entendés, flaquito?

El hombre gordo acomodó unos relojes, hizo ademán de alejarse. Volvió sobre sus pasos. Enderezó un par de carteles de precios. Echó una mirada rabiosa y despectiva sobre el chico, que tampoco entonces levantó la vista del piso. Se subió a un Taunus destartalado y partió en medio de un ruido ensordecedor.

—¿Por qué no lo mandás a la mierda, Beto? —Había hablado otro chico, desde el puesto inmediato de la izquierda. El muchacho alzó por fin la mirada.

—¿Qué querés que haga? Me lo tengo que aguantar. El marido de mi vieja, Carlucho, ya me dijo: o laburás y traés un mango a la casa o te saco a patadas en el traste.

—Buen tipo, el marido de tu vieja.

—Y ¿qué querés? Si es amigo de este malparido...

—Che, ¿en serio te faltaron unas medias?

—No, si va a ser chiste. Pero seguro que me las hizo el Pololo. ¿No viste que esta mañana me daba charla, y charla, y no paraba de hablar por nada? Me vacunó cuando rindió la planilla, el muy cornudo.

—Mirá que te lo tengo dicho, Beto. "Ojo con Pololo, mirá que es un tipo jodido. Donde le das un metro te acuesta." ¿Te dije o no te dije?

—Cortala, Pablo. Ya sé. Pero esta noche alguna le voy a mandar guardar. ¿Así que la va de piola? Ya va a ver el infeliz. Ya va a ver.

—Che, Betito. Ayer fue miércoles y tuve franco, así que no me contaste: ¿cómo te fue el martes?

—¿Con qué?

—¿Cómo con qué, boludo? ¿No fuiste al club?

—Ah, con eso.

—¡Pero sí, mamerto!

—Yo que sé. Bien. Bah, no. Más o menos.

—¿Sos o te hacés?

—No, tarado. Lo que pasa es que salí tarde de acá, ¿sabés? Y cuando llegué el entrenamiento estaba empezado.

—Mirá que sos, eh. ¡Mirá que sos! ¿Cómo se te ocurre llegar tarde a semejante cosa? Si serás boludo, Beto.

—¿Y qué querés? Esperé que pasara el Gordo. Viste que siempre pasa al mediodía. Pero no pasó. ¿No te fijaste que me escrachó más tarde? ¿Viste que recién me preguntó? Y andaban mal los trenes. Qué querés. Cuando llegué, igual me le acerqué al técnico, pero casi no me pasó pelota.

—¿Cómo que no te dio bola?

—Te digo que no. Miraba todo el tiempo el partido. De vez en cuando gritaba. Ni me miró, con eso te digo todo.

—¿Pero vos le explicaste?

—Sí, más bien. Le dije que había salido tarde del laburo.

—¿Y qué te dijo?

—Que ése también era un laburo.

—¡A la flauta! ¿Y vos?

—Y yo nada. Me quedé. No sabés la cara de ese tipo. Te mete miedo. Cada uno que pasaba, "Don" de acá, "Don" de allá. ¿Te acordás de Bolita, ese que jugó para nosotros en el campeonato de Neumáticos Anzzione?

—¿El que jugaba de seis? Sí, me acuerdo. Es un caníbal, ése. Un asesino. ¿Te acordás la de piñas que puso cuando se armó contra los de la Texico?

—Bueno, ése. No sabés. Parecía un angelito. El Don este lo cagaba a pedos. "Vení para acá, dormido. Cortá por allá. ¿No ves que quedás enganchado, perejil?" Todo eso le decía. Y el Bolita nada. Hacía que sí con la cabeza y dale para acá, dale para allá, como un chupaculo.

—Se ve que le tienen miedo al tipo, ¿no?

—Se ve que sí. Cuando vi eso me quedé callado, ¿qué iba a decirle?

—¡Pero qué mala leche, Beto! ¿Así que no jugaste ni cinco minutos?

—No. Pero me mandó probar a los arqueros.

—¿Por?

—¿Y yo qué sé? Vos hacés cada pregunta, también. Me quedé ahí sentado mirando el partido. Total ya estaba ahí, ¿viste? Y al rato este tipo me dice "ya que viniste al pedo andá a tirarle unos tiros a los arqueros".

—Y fuiste.

—Y claro, ¿cómo no voy a ir? Así que me calcé los botines y fui.

—¿Y?

—Y me pasé una hora dale que dale tirándole a los arqueros.

—¿Y cómo te fue?

—Y yo qué sé.

—¿Cómo "yo qué sé"? Metiste algún gol, supongo.

—Sí, más bien. Al principio arranqué mal. Uno de esos guachitos me alcanzó una bola que estaba desinflada. Yo de entrada no dije nada, viste. Pero me salían unos tiritos de porquería.

—¿Pero no pediste otra, chambón?

—¡Pero me cacho! ¿Por qué no fuiste vos, Pablo? Tardé en apiolarme. El arquerito me tiraba siempre la misma. Aparte yo estaba nervioso. ¿Qué querés que le haga?

—¿Y entonces?

—Me apiolé porque junto conmigo pateaba otro flaquito que le daba con un fierro. Y yo pensaba: "¿Cómo hace para pegarle así semejante flaquito?". Y ahí caí en lo del balón, sabés. Porque a mí no me pasaban nunca las bolas que pateaba el otro.

—¿Y qué hiciste?

—Le pregunté al arquerito si me atajaba un penal.

—¿Y?

—Y me dijo que sí, que bárbaro. Tomé bastante carrera. Lo medí. Y le pegué un puntinazo de novela directo a las pelotas.

—¡Qué grande, Betito! ¿Y después?

—Me acerqué haciéndome el preocupado, y cuando lo tuve a tiro le dije que si me volvía a joder le partía el bocho a patadas.

—¿Y qué hizo?

—Nada. Se la aguantó. Después me empezó a tirar balones bien inflados.

—¿Y ahí?

—Y ahí anduve mejor. No te digo bárbaro, pero mejor. Lo que pasa es que yo quería jugar, sabés. ¡Justo que consigo que me prueben y llego tarde!

—¿Y por qué no rajaste temprano de acá, me querés decir?

—Porque este gordo malparido de Cosme me va a rajar a la primera de cambio, Pablo. Ya te dije. ¿No ves las ganas que me tiene?

—¿Ah, sí? ¿Y si te tomaban? ¿Si te decían que volvieras? Entrenando todos los días no podrías trabajar en el puesto.

—No. Pero si no era seguro. ¿Qué iba a hacer?

Aparte ya te dije que el marido de mi vieja me tiene repodrido. Y no quiero que se la agarre con ella, ¿sabés?

—Ta bien, Beto, pero me da bronca. Con las condiciones que tenés...

—Ahora sos técnico, vos. Dejate de joder, Pablo. Y cuidame el puesto que voy a comprar factura para el mate.

—¡Grande, Betito! Andá tranquilo, que el Pololo me dejó encargado que te tumbe dos o tres pares de medias más.

Mediodía.

—¡Mirá que estás callado, Beto! Será posible.

—Cortala, Pablo, no jodás.

—Dale, chabón. Poné algo de música, yo qué sé. Hablando de música. ¿Te enteraste que al Chiquito, el que tenía el puesto con casetes del otro lado de la estación, le cayó la cana y le levantó toda la merca?

—¿No digas?

—Sí, parece que el trompa no arregló a tiempo y lo sacudieron con todo. Aparte no sabés: lo tuvieron demorado como veinticuatro horas en la comisaría.

—¿Ves? Para que no te quejés del gordo Cosme. De este lado con la cana no pasa nada.

—¡Ufa, Beto! Me tenés cansado con esa cara de culo. Poné música. Dale.

—Cortala, que estoy pensando. Con la música no puedo.

—Ah, caray. ¡Muchachos! ¡Muchachos! ¡No se me pongan a hablar fuerte que el Betito está pensando y lo distraemos! Por qué no te vas un poquito a la...

—¡Sssshhh! En serio, Pablo, cortala.

—¿Y ahora sos profesor, o algo, que pensás tanto?

—No, boludo. Lo que pasa que me faltó contarte un cacho.

—¿Un cacho de qué?

—De lo del otro día.

—¿Cómo no me contaste? ¿Qué pasó?

—Que el fulano ese me dijo que volviera hoy.

—¿Cómo? ¿Que volvieras?

—Sí, ¿sos sordo?

—¿Y vos sos boludo? ¿Y por qué no me dijiste?

—Para que no escorcharas, ¿para qué va a ser? Pasó que cuando ya estaba podrido de patearle al turrito ese del arquero se acercó el tipo y me preguntó de qué jugaba. "Al medio", le dije. "De ocho", le dije. Me preguntó si por izquierda también jugaba. Le dije que poco y nada. Me dijo que le pegaba bien con la zurda, así que tenía que probar.

—¿Y?

—Y nada. Que si podía jugar de diez, y le pegaba así al balón, a lo mejor le servía.

—¿Y te dijo sin verte jugar?

—¿Pero sos o te hacés? ¿No te digo que al partido no entré?

—¡Por eso, pescado, por eso! ¿Te dijo así nomás de verte probar al arquero?

—Sí, yo qué sé.

—Pero entonces estás salvado, Betito. ¡Si lo que mejor hacés es gambetear y jugar cortito! Si al Don este le gustó cómo le pegás de lejos estás hecho, hermanito. ¡Muchachos, muchachos!

—¡Callate, boludo! No hagás quilombo, que no me voy a ningún lado.

—¿Me estás cargando?

—¿Vos me escuchaste lo que te dije esta mañana?

—¿De qué?

—¿Cómo de qué? Del marido de mi vieja y todo eso. ¿Y no lo oíste al gordo guanaco este? Seguro que pasa después. Y si no me ve me raja. Ya lo dijo.

—¿Y qué te calienta?

—¿Cómo qué me calienta? Necesito la guita, Pablo, ¿no entendés?

—Pero si quedás ahí en el club te parás para todo el viaje, Betito. Ponele que este año y el otro no ganés nada. Pero después seguro que mojás, Betito.

—Sí, ¿y mientras tanto?

—Y mientras tanto que te banquen un poco, yo que sé. El club, ¿tiene pensión?

—No sé, Pablo. Vos hacés cada pregunta.

—¿Y qué vas a esperar? ¿Que el Gordo te aumente el sueldo? Si con el asco que te tiene, alguna te va a encontrar, y te va a mandar al carajo. ¿O no te das cuenta?

—Y bueno, que me mande, ¿qué querés que haga?

—¡Que vayás, infeliz! ¡Que vayás! Oíme un poco: si yo supiera jugar como vos... ¿te pensás que me quedo vendiendo despertadores y remeras? Ni mamado, hermano. Me rajo y listo.

—Oíme, Pablo. ¿Sos o te hacés? ¿Qué te acabo de decir de mi vieja y el fulano este?

—¡Pero yo te aguanto, pescado! Te venís a casa un par de meses, yo qué sé. Después te meto un voleo en el culo y te mandás mudar, Betito.

—No jodás que esto es en serio.

—Y ya sé, chabón, ya sé. Por eso. Me nombrás representante. ¡Ahí tenés! En cinco años empiezo a juntar la guita en pala. ¿De qué te reís, boludo? En serio. Arranco con vos, así aprendo. Y después empiezo en serio. Me compro un Movicom y me hago garca.

—Ah, así que aprendés conmigo, pedazo de pelotudo. —Por primera vez el muchacho sonrió.

—Sí, Beto. Si te arruinan en el club no me caliento. Igual aprendo. Y después me dedico a jugadores en serio. Pará, che, no pegués. No, no, en serio. ¡Me estás tirando el puesto, boludo!

—Entonces, cortala. Cortala en serio, Pablo. No me llenés la cabeza al pedo.

—¡Y dale con eso, Beto! En serio. ¿Te conté alguna vez lo que me decía mi abuelo del tren? ¿Querés que te cuente?

—No.

—Bueno, igual te voy a contar porque viene al caso. El nono me decía siempre: "Mirá, pibe, el tren pasa una vez, sabés. Y si no te lo tomás, cagaste". Así me decía.

—¿Y qué tiene que ver el tren?

—¿Pero vos sos boludo o te hacés? ¿No te das cuenta? Es una manera de decir. Como que si no aprovechás, sonaste. ¿Viste como esos partidos que van 0 a 0 y te queda una bola servida en el área? Vos lo medís al arquero. Y mientras le pegás pensás (¿viste qué rápido que se piensa, Betito?, es un segundo, pero lo pensás enterito): "Si la emboco listo, se acabó el partido. Pero si no la emboco, seguro nos van a terminar llenando la canasta. Y me voy a pasar una semana sin dormir chupando la amargura de haberme comido este gol hecho". ¿Nunca te pasó? ¿Viste? Bueno, mi abuelo decía eso.

—Pablo. —La voz del chico sonaba fatigada.

—¿Qué?

—Callate, ¿querés?

—¡Mirá que sos pendejo, me cacho!

Nochecita.

—¿Qué dice, don Cosme?

—¿Qué pasa?

—¿Cómo qué pasa?

—¿Pero sos o te hacés? Y el flaquito... ¿dónde se metió?

—¡Ah... Beto! No, no está. Se tuvo que ir.

—¿Cómo que se fue?

—Sí. A tomarse el tren.

—¿Me estás tomando de boludo, pendejo?

—No, don Cosme, nada que ver. Pero dijo que se tenía que ir.

—¿Ah, sí? ¡Cuando lo veas decile que se quedó sin laburo! Ah, y decile que se cuide porque Carlucho lo va a fajar de lo lindo.

—Yo le digo, don Cosme. Pero dijo que ya sabía, que no se haga problema.

—¡Ah, encima se hizo el gracioso!

—No, don Cosme. Lo dijo bien. Y dejó dicho que tenga cuidado con el del turno noche. Con el Pololo, ahora que no va a estar él; porque ése es chorro en serio y le va a tumbar mercadería de lo lindo.

—Lo único que me falta: que el boludo ese me venga a dar consejos.

—Seguro, don Cosme. Pero dijo que le dé otro mensaje, don Cosme. Me pidió por favor, que no me olvide.

—Pero... ¿vos qué sos, el secretario?

—No, don Cosme. Yo soy el representante.

—¿El qué? La verdad que no te entiendo. ¿Y qué te dijo el infeliz?

—Me dijo: "Seguro que más tarde viene don Cosme".

—¿Y?

—"Y cuando lo veas decile que me fui a tomar el tren."

—Ya me dijiste, ¿y?

— "Y que se cuide del Pololo, porque ése lo va a tumbar."

—¡Ufa, pibe, ya te oí! ¿Y?

—"Y que le diga a Carlucho que no va a volver a la casa."

—¡No me jodás, que ya te escuché! ¿Y dijo algo más?

—Sí, dijo una cosa más. Lo último.

—¡¿Qué?! ¡¿Qué dijo?!

—"Decile a don Cosme que se vaya bien a la mierda."

El golpe del Hormiga

A Osvaldo Soriano

—¡Veinte años, carajo! ¡Veinte años! ¿Qué me decís a eso? ¿Querés que me quede así, sin hacer nada?

Bogado no sabe qué contestar. Parpadea varias veces, algo aturdido por los gritos del Hormiga, que sigue de pie al otro lado de la mesa, con los puños sobre la madera. La cara del Hormiga está casi en sombras porque la lámpara es muy baja, pero Bogado sabe que sus ojos echan chispas y que está empapado de sudor por el esfuerzo de tratar de convencerlos.

Bogado se mira las manos para no cruzarse con los ojos de los demás que, sentados a los costados, sin duda están clavándole la mirada. Sabe que están esperando que hable, como si siempre fuese el dueño de la última palabra. Por algo el Hormiga lo ha llamado primero a él para organizar esa reunión de desquiciados. Y por eso lo ha usado a él como interlocutor principal para darle los pormenores de ese proyecto de locos. Y por eso le ha contestado específicamente a él todas las preguntas, todas las objeciones, que todos los presentes le han ido planteando al Hormiga, y que lo han ido poniendo nervioso hasta dejarlo con ese aspecto de energúmeno escapado de un loquero.

Bogado chista y sacude la cabeza. Ridícula. Toda la situación es ridícula. Y ellos son ocho boludos. Eso es lo que son. Los ocho reunidos en esa habitación oscura, con la lámpara sobre la mesa como si fuera un garito o un aguantadero de película mala, y ellos una banda de chorros planeando el asalto del siglo.

—¿Te lo vuelvo a explicar? —El Hormiga baja el tono, en un intento por tranquilizarse.

Bogado alza una mano para disuadirlo:

—No. Pará. No tiene sentido.

—Te digo que sí —porfía el Hormiga—. Primero: lo vengo estudiando desde hace dos años. Dos años. ¿Me escuchaste bien? —Bogado, resignado, asiente—. Segundo: conseguí ese laburo de vigilancia nada más que para esto, y vos lo sabés bien, José. —Mira brevemente a su derecha, y una de las cabezas convalida con un gesto afirmativo—. Tercero: me parlé cincuenta veces al supervisor para que mandase a controlar el sector ese, porque si me mandaban al depósito o al estacionamiento me cagaban, y se iba todo el asunto a la mierda. —De nuevo le habla directamente a Bogado, y éste no quiere que lo haga—. Cuarto: elegí el lugar con un cuidado bárbaro... —duda, como buscando palabras más precisas, pero no las encuentra—, bárbaro, el lugar —concluye.

—Nadie te dice lo contrario, Hormiga. —Bogado intenta cortarlo.

—Pará. Dejame terminar. El lugar que les digo es bárbaro. De lo mejor. Hay una cámara que lo enfoca medio de costado, pero como las luces de ese lado las apagan, por el monitor no se ve un carajo, ya me fijé. Quinto. O sexto, no sé, para el caso da igual: la alarma está apagada hasta bien tarde, primero por los de limpieza y después por la ronda nuestra. ¿Y querés lo mejor, pero lo mejor de lo mejor?

Bogado hace un postrer intento por detenerlo:

—Pará, Hormiga, cortala. Ya lo dijiste.

El otro lo ignora.

—Escuchá, escuchame un poco —el Hormiga es ahora enérgico pero no ha vuelto a perder los estribos—. De las tres a las cuatro de la mañana se juntan todos los vigilantes en la recepción a tomar un refrigerio. Se supone que se tienen que turnar, pero van todos juntos porque están podridos de estar al pedo y solos como una ostra sin nadie para charlar.

Bogado nota, contrariado, que a fuerza de escucharlo una y otra vez los otros muchachos empiezan a tomarlo en serio. Intenta romper el efecto:

—Estás soñando, Hormiga. Vamos a terminar todos en cana, y vos sin laburo, además.

No es la réplica más feliz, y Bogado se da cuenta de inmediato. El Hormiga se sienta y lo mira fijo, con sus ojos claros muy abiertos por la excitación. La nariz, gorda y ganchuda, parece a punto de estallarle con el color escarlata que ha tomado. Con esa piel blanca y el pelo rubio parece un gringo recién bajado del barco. Cuando se conocieron a Bogado le había extrañado el sobrenombre de Hormiga, porque el tipo es alto, flaco y blanquísimo, y se le nota a la legua que es hijo de tanos. Recién al tiempo le explicaron que el mote no era por el aspecto, sino por lo cabezadura, lo tenaz, lo porfiado. Cuando algo se le pone en la cabeza no hay Dios que lo convenza de lo contrario, y no para hasta conseguir lo que busca. Y Bogado, esta noche, está sufriendo en carne propia esa forma de ser de su amigo. Y para peor acaba de decir la frase más inadecuada que pudo ocurrírsele. Serán los nervios, piensa Bogado. Pero el otro lo mira con serenidad, casi con dulzura, con la expresión del jugador que tiene todas las cartas en la mano.

—¿Me estás jodiendo? —arranca el Hormiga—. ¿Y vos te creés que yo no quiero largar este laburo? ¡Me hacen un favor si me echan! Estoy para esto, Santiago. Nada más que para esto. No se pueden borrar ahora. Dos años, macho. Dos años me comí ahí adentro para esto.

Vuelve el silencio, y Bogado asume que acaban de sacarle otro gol de ventaja en esa extraña definición en la que ambos hace rato están empeñados. El Hormiga no miente cuando dice que aceptó el trabajo de vigilancia para esto. El día que le confirmaron el puesto, los reunió a todos, a los mismos que hoy flanquean la mesa, y les anunció solemnemente para qué había aceptado ese trabajo. En ese momento todos se lo habían tomado medio en joda y le habían dado manija. Hasta él, hasta Bogado, había tomado parte del jolgorio. Y tampoco fueron capaces de detenerse después, con el transcurso de los meses, en las ocasiones en las que el Hormiga, muy serio y más entusiasmado, les pasaba informes sobre sus avances. Todos le habían seguido la corriente.

Pero lo de esta noche es demasiado. Citarlos así, en ese sitio, a esa hora, haciéndose el misterioso.

Evidentemente el Hormiga se engrupió con eso de dar el golpe del siglo. Pero, ¿de quién es la culpa? ¿De él o de los que no fueron capaces de frenarle el carro?

La primera vez que lo explicó, más temprano, con el plano lleno de cruces y de flechas trazadas con marcadores rojos y verdes, se le cagaron de risa porque acababan de llegar y supusieron que era una joda. Pero después, al ver al Hormiga enchufadísimo, se fueron poniendo serios. Por eso Bogado había empezado a asustarse y a tratar de pararlo, de llamarlo a la realidad, de demostrarle que todo era una locura.

Pero cuanto más discuten más siente Bogado que el Hormiga se agranda, se afirma, crece en lo suyo. Y peor aun, Bogado palpa en el aire que los demás se van encandilando con su fantasía. Y esa estupidez de haberle mentado el asunto del trabajo. El flanco más fuerte del Hormiga, precisamente.

Porque el tipo ha sacrificado dos años de su vida para eso. No es el único trabajo que el Hormiga puede hacer, ni el mejor pago. Sin ir más lejos el año pasado José le ofreció un reparto de quesos. Buena guita, porque necesitaba alguien de confianza, y el Hormiga, además de todo, es derecho como una estaca. Pero contestó que no, porque no podía dejar "aquello" sin terminar.

Ésa es la cagada. Que el Hormiga habla desde la autoridad que nace del sacrificio y la voluntad. No habla al pedo. No se llena la boca con bravuconadas. Puede tener un plan ridículo. Puede ser una imbecilidad. Pero el Hormiga se la jugó en el asunto, y se la sigue jugando. A Bogado le está costando discutir, encontrar argumentos terminantes, porque se ha pasado la mitad de la velada preguntándose si él hubiese sido capaz de un sacrificio como ése, durante tanto tiempo, y no puede contestarse del todo. Y más que nada por algo así, por algo que se supone que es una estupidez en la vida de la gente. Bancarse un laburo mal pago, con jefes hijos de puta, con unos francos rotativos de porquería, para darle de comer a la familia, Bogado lo hace sin dudar un instante; y lo mismo cualquiera de los que están reunidos alrededor de esa mesa. Pero acá no se trata de alimentar a la familia, sino de algo distinto. El Hormiga hace eso por un amor diferente, que la mayoría seguro que no entiende. Pero Bogado sí, y los otros también, la puta madre. Y por eso Bogado intuye que al Hormiga no hay con qué darle, y mientras intenta pincharle el globo se siente un sicario indigno y un traidor.

Bogado trata de detenerse. No puede mezclarse en semejante embrollo, porque lo de terminar todos presos va en serio. Por eso lo enloqueció al otro con sus objeciones. Y le ha hecho mil quinientas porque el plan del Hormiga es imposible. Un sueño. Una utopía. Y aun cuando resulte, ¿qué va a cambiar?

Pero cuando se lo dicen los mira con esa cara de iluminado, con esa expresión de elegido, con esa fe de converso, con esa certidumbre de profeta, y los deja desarmados. O peor. Les grita eso de "veinte años" y es como que les entierra un clavo filoso entre las costillas; sienten que les chorrea la desolación por las venas y se les enfrían las tripas con el dolor sucio de la humillación y de la burla. Y no se pueden enojar porque el Hormiga, antes que a ellos, se lo está diciendo a él mismo. Les dice "veinte años" para que les duela, pero ellos saben que a él le duele más decírselo a sí mismo, lo lacera más que a nadie volver a escuchar esa cifra de escalofrío que ya le pesa como un ropero de plomo sobre el alma.

Y parece como si el Hormiga supiese que Bogado está a punto de derrumbarse, porque con uno de los marcadores que estuvo usando para las cruces y para las flechas escribe 1974-1994; esos ocho números a Bogado se le clavan en las entrañas y empieza a sentir que se le desinflan los argumentos y se le enturbia la lógica. Hace un último esfuerzo:

—Hormiga, te lo pido por favor. Pensá lo que decís. No tiene gollete. Aparte, suponiendo que no nos agarren, ¿para qué va a servir? ¿No te das cuenta? Es un sueño, Hormiga, una fantasía.

El otro tarda en contestar, y cuando habla usa un tono mucho menos enérgico, tal vez angustiado, casi como si estuviese a punto de largarse a llorar, como si las palabras le saliesen crudas, como si proviniesen de un lugar demasiado hondo como para cocinarlas antes de pronunciarlas:

—Ya sé, Santiago. Ya lo sé. Pero no me puedo quedar con los brazos cruzados. ¿Qué querés que haga?

Bogado no sabe qué contestar. ¿Qué puede retrucarle? El Hormiga no sabe qué hacer. Bogado tampoco. Al Hormiga le duele el alma con ese dolor que sólo entienden algunos. A Bogado también. Pero mientras el Hormiga soñó, calculó, laburó, investigó, planeó y preparó, él, Santiago Bogado, no ha hecho más que lamentarse y sufrir, sin mover un dedo.

No sabe qué contestar y simplemente suspira, claudicando.

Carucha, que estuvo en silencio desde el comienzo, dice: "Yo me prendo". José se apunta: "Yo también". Bogado sacude la cabeza, con los ojos bajos. Sergio apoya a los otros, y los restantes dudan un segundo y hacen lo mismo. El Hormiga no dice nada. Sigue esperando las palabras de Bogado.

Bogado repasa todas las cosas estúpidas que hizo a lo largo de su vida y siente que está a punto de cometer la peor de todas. Algo lo tranquiliza: la mayor parte de esas estupideces las cometió por la misma causa que lo lleva a lo que está a punto de perpetrar, y tan mal no le ha ido. Toma aire buscando los últimos gramos de decisión que le faltan, alza la mirada hacia el Hormiga y pregunta: "¿Cuándo?".

Veinte horas después están todos, excepto el Hormiga, en un baño de hombres, embutidos en dos retretes contiguos; de pie, pegados unos a otros, inmóviles y silenciosos, a oscuras. Bogado no siente los pies, adormecidos como están por el plantón. Lleva cinco horas ahí adentro, siguiendo la expresa indicación del Hormiga. Entró al baño, pasó de largo frente a la larga hilera de mingitorios y se metió en el último compartimiento de los inodoros. A las seis llegó Carucha. Seis y media, Ernesto. A las siete, Rubén. Los otros tres se acomodaron en el de al lado a medida que fueron llegando, siempre a intervalos de media hora. Al principio Bogado tenía los nervios de punta. ¿Qué iban a decir si los encontraban? El Hormiga había insistido: "Ese baño no lo revisan nunca y lo limpian cada muerte de obispo".

Ahora Bogado está más calmado porque parece ser cierto. A las diez apagaron las luces. Carucha enciende de vez en cuando una linternita con forma de lapicera que lleva en la campera y Bogado ve los rostros de todos como si fueran espectros o personajes de una película de vampiros. El que no quiere callarse es Rubén. En un cuchicheo casi permanente jode, se queja del dolor de gambas, pregunta cada diez minutos cuánto falta. De vez en cuando lanza una risita nerviosa, pero Bogado no teme que vaya a quebrarse. Simplemente muestra un poco más sus nervios, nada más. Él está igual, aunque la juegue de duro y de tranquilo.

A las doce empiezan a acalambrársele las piernas, pero aunque se muere de ganas de salir a dar unos pasos no se anima a desobedecer la orden del Hormiga. A la una escuchan que se abre y se cierra la puerta vaivén del ingreso. Unos pasos rápidos se dirigen en la oscuridad hacia el escondite. "Soy yo", dice el Hormiga en un murmullo, justo cuando a Bogado está a punto de salírsele el corazón del cuerpo. "¿Cómo van?" Contesta Carucha por todos y el Hormiga promete volver a las tres en punto.

A Bogado esas dos horas se le hacen eternas. Repasa una y otra vez la conversación del día anterior y se putea en silencio por haber aceptado semejante idea. Pero no dice nada. Los demás parecen convencidos, o por lo menos no ponen nerviosos a los otros planteando en voz alta sus dudas. Al cabo de un tiempo que parece infinito Carucha anuncia que son las tres menos dos minutos.

Puntual, vuelve a abrirse la puerta. El Hormiga les dice que salgan. Primero tienen que apretarse contra la pared trasera, y Rubén debe subirse con cuidado al inodoro para hacer lugar suficiente para abrir la puerta. Iluminados a retazos mínimos por la linternita de Carucha mientras se contorsionan para salir de ese escondrijo, parecen títeres torpes. Cuando le toca el turno, Bogado tiene que contener una exclamación de dolor al poner en movimiento sus rodillas entumecidas. No ha dado diez pasos cuando el Hormiga los manda a todos cuerpo a tierra. Bogado se acuesta lo más rápido y silenciosamente que puede. No logra evitar que su nariz choque con el zapato de José, que acaba de aterrizar delante de él. Se palpa a ciegas, tratando de determinar si está sangrando. Cree que no. A una nueva orden del Hormiga, vuelven a ponerse en movimiento.

Bogado se alegra de que lo hayan repetido la noche anterior hasta el cansancio, después de que él se rindiera y aceptase la propuesta del Hormiga. "Al llegar a la puerta, cruzar cuerpo a tierra el pasillo, que va a estar a oscuras. Al sentir el mueble, girar a la derecha y avanzar quince metros, hasta el extremo de la larga repisa. Van a sentir olor a jabón en polvo." Cuando el olor dulzón que suele saturar el lavadero de su casa le penetra en la nariz magullada Bogado comprueba que las instrucciones son precisas. Sigue recordando: "Ahí se complica un poco, porque tienen que cruzar el pasillo central: tres metros libres. Pero tenemos una ayuda: armaron una isla en el medio con una oferta de papel higiénico que tapa bastante la cámara más cercana. Pasen rápido, a intervalos de un minuto, siempre pegados al piso. Eso sí: no toquen la pila de rollos porque es muy liviana, y si la tiran a la mierda no nos salva nadie". Bogado pasa último, porque el Hormiga le pidió que cierre la marcha. Por un lado lo hace sentir bien esta confianza en su persona, pero al mismo tiempo teme a cada minuto que alguien salga de la oscuridad y lo levante del pescuezo con un manotazo. Se da vuelta y nada: la penumbra desierta, apenas las frías luces de emergencia llenando de sombras raras los pasillos.

A las tres y cuarto hacen un alto. Como está previsto, el Hormiga se levanta como si nada y camina resueltamente hacia el otro extremo del enorme salón, donde están reunidos sus compañeros de trabajo. Vuelve a los cinco minutos. "Todo en orden", asegura antes de volver a su puesto a la cabeza de la extraña víbora que forman los cuerpos reptando sobre el piso frío.

Es entonces cuando reemprenden la marcha y Bogado ve unas cuantas baldosas del piso frente a sí que, como si una llamarada súbita lo hubiese incinerado en el fuego de la revelación, toma conciencia del sitio en que se encuentra. No ha vuelto ahí en todos esos años, tan grandes son el dolor y la nostalgia. Otros sí han vuelto. Se lo han dicho. Pero él nunca fue capaz. No ha querido siquiera pasar por la calle ni por el barrio. Y ahora está ahí. Ahí metido.

Se abstrae del trance que está atravesando y de los objetos extraños y profanos que lo rodean. Se imagina tendido igual, de cara al piso, pero no sobre esas frías baldosas anodinas sino sobre el suelo que le escatiman. Se imagina la noche estrellada que, más allá del edificio que subrepticiamente recorren, baña de luz ese campo oculto bajo el cemento. Le gusta pensarse así, como visto desde el cielo, bañado por la luz azul de las estrellas, acurrucado en esa cuna de pasto crecido, y el miedo se le va derritiendo como un mal sueño. Con los dedos enguantados acaricia esas baldosas tristes y las baña con unas lágrimas contenidas durante demasiado tiempo.

Da vuelta el último recodo. Sus ojos, acostumbrados a la oscuridad, distinguen el bulto que hacen sus amigos irguiéndose. Los imita. El Hormiga los ubica en los extremos de la enorme góndola, cuatro de cada lado. "A la una, a las dos, a las tres." Todos empujan al unísono y logran mover el catafalco unos diez centímetros. Repiten el procedimiento varias veces.

—¿Hora? —pregunta el Hormiga.

—Tres y media —contesta Sergio.

—Estamos justo —responde el otro.

El Hormiga se inclina y enciende su linterna.

Saca una barra de acero bruñido y hace palanca sobre una baldosa, que se levanta casi sin ruido. La dedicación del Hormiga sigue conmoviendo a Bogado. Noche a noche, para no hacer bochinche en el momento definitivo, ha corrido solo la góndola, y ha limado la pastina y el adhesivo hasta socavar la mezcla. Levanta otra baldosa. Queda al descubierto un boquete estrecho, sobre un contrapiso gris y parejo.

El Hormiga pregunta de nuevo la hora.

—Menos veinticinco —responde Sergio.

—Es ahora —retruca el primero.

Han formado una ronda alrededor del boquete. En ese momento se enciende un motor ruidoso a la distancia. Bogado está maravillado: los cálculos del Hormiga son exactos hasta en la hora en que se encienden las pulidoras del hall central.

A una señal, Rubén y Sergio sacan dos mazas y dos cortafierros con las cabezas envueltas en trapos gruesos, y empiezan a dar golpes sobre el agujero del piso. Bogado siente como si el ruido fuese atronador. Pero pasan los minutos y nadie viene desde la oficina de los guardias. Evidentemente las lustradoras tapan el sonido. A otra señal del Hormiga, Carucha y Ernesto reemplazan a los otros. Los demás miran extasiados. No pueden apartar los ojos de ese hueco que se ensancha. Se supone que uno de ellos —Bogado ya no recuerda cuál, ni le importa— debe estar de pie en el extremo de la góndola, vigilando el pasillo central y la línea de cajas, pero ninguno puede sustraerse al hechizo proverbial que toma forma en el centro de esa ronda.

Cuando le toca el turno, a las cuatro menos diez, Bogado siente que flota en una excitación sin edad. Piensa en su tío, pero trata de borrarlo de su pensamiento por miedo de quebrarse tan cerca del triunfo. El Hormiga, olvidado de su papel de estratega, da vueltas y saltitos asomándose sobre las cabezas inclinadas, y repite como loco: "Ahora sí, muchachos. Ahora van a ver. Ahora se nos da. Es cuestión de sacar de acá y poner allá, en el Bajo. Se acabó la malaria. Van a ver. Se los juro". Y Bogado siente, mientras golpea frenético el cemento, que es verdad, que es cierto, que esta vez se corta el maleficio, y que son ellos los ángeles custodios del milagro.

Bogado siente una oleada de pasmo. El cortafierro acababa de hundirse, bajo el contrapiso, en una materia blanda. No puede contener un gritito. El Hormiga apunta la linterna al agujero. Una masa cenicienta y blanda yace bajo los restos de escombros. No pueden controlarse. Se lanzan al unísono a escarbar con las manos desnudas, unos sobre otros. Dan las cuatro, pero no lo notan. Rubén, de repente, pide casi a gritos que le iluminen la mano. Ocho pares de ojos se clavan en su puño. Tiene la piel arañada, las uñas rotas, el anillo de casamiento opaco y cruzado de raspones. Y bien aferrado, como si fuera un tesoro de cuento, un puñado de tierra negra que asoma entre sus dedos crispados. Bogado trata de contener las lágrimas, pero cuando escucha los sollozos de Carucha, y cuando ve que Sergio se hinca de rodillas y se tapa la cara para que nadie lo vea, se lanza a moquear sin vergüenza.

El Hormiga se adelanta. Los demás le abren un espacio en el medio. Se hinca con la dignidad de un sacerdote egipcio que se dispone a escrutar las más oscuras trampas del destino. Sergio levanta la linterna y le ilumina las manos mientras recoge trocitos del tesoro en un frasco de vidrio. Cuando termina se pone de pie. Alza el brazo derecho con el frasco en alto. Vacíos de palabras, los ocho se apilan en un abrazo. Tardan en destrenzarse. A una orden del Hormiga salen disparando hacia una salida de emergencia.

En la cabina de control de cámaras, un guardia frunce el entrecejo. Otro le pregunta qué le pasa. El guardia piensa antes de responder. Esos monitores color son muy lindos, pero todavía no se acostumbra. Igual contesta que no pasa nada. Teme que su compañero piense que está loco si le dice que creyó ver, a la altura de la góndola de fideos, pasar corriendo a unos tipos vestidos con camisetas de San Lorenzo.

La promesa

Decime vos para qué cuernos te hice semejante promesa. Se ve que me agarraste con la defensa baja y te dije que sí sin pensarlo. Pero esta mañana, cuando me levanté, y tenía un nudo en la garganta, y una piedra que me subía y me bajaba desde la boca hasta las tripas, empecé como loco a buscar alguna excusa para hacerme el otario. Pero no me animé a fallarte, y a los muchachos los había casi obligado a combinar para hoy, así que no podía ser yo quien se borrara.

—¿Adónde vas? —me preguntó Raquel, cuando vio que a las doce dejaba el mate e iba a vestirme.

—A la cancha, con los muchachos —le dije. No agregué palabra. Ella, que no sabía nada, pobre, se moría por preguntarme. De entrada había pensado en contarle. Pero viste cómo son las minas. Capaz que las agarrás torcidas y te empiezan con que no, con que cómo se te ocurre, con que yo que Rita los saco a escobazos, a vos te parece hacer semejante cosa. Y yo no estaba de ánimo como para andar respondiendo cuestionamientos. Por eso no abrí la boca. Y Raquel daba vueltas por la pieza mientras yo me ponía la remera y me ataba los cordones. Me ofrecía un mate más para el estribo. Me decía te preparo unos sándwiches y te los comés por el camino. Me seguía por la casa secundando mis preparativos. A la altura del zaguán no pudo más:

—Pensé que habían dejado de ir —me soltó. Me volví a mirarla. No era su culpa.

—Pero hoy vamos —respondí. La besé y me fui.

Eran las doce y cuarto. Llegué a lo de Beto a la una menos veinte.

—Pasá que estoy terminando de embolsar el papel. Dame una mano. —Me hizo pasar a un comedor sombrío, donde el rigor del mediodía de noviembre se había convertido en una penumbra agradablemente fresca.— Llená esa bolsa, que yo termino con ésta. —Lo obedecí. Al salir puso llave a la puerta y me dio una de las dos bolsas para que cargara.— Metele pata que llegamos al de menos cinco.

Con la lengua afuera subimos al tren y nos tiramos en un asiento de cuatro. Casi no hablamos en todo el viaje. Cuando bajamos, el Gordo estaba sentado en los caños negros y amarillos del paso a nivel. Nos hizo una seña de saludo y se desencaramó como pudo.

—Quedé con Rita que pasábamos una y media. Métanle que vamos retrasados. ¿Se puede saber por qué tardaron tanto?

—Cómo se ve, Gordo, que esta mañana no tuviste que hacer un carajo —le marcó Beto, con un gesto hacia las bolsas repletas de papelitos.

Caminamos las tres cuadras en silencio. Rita estaba esperándonos, porque apenas el Gordo hizo sonar el timbre nos abrió y nos hizo pasar a la sala. Nos turnamos para intercambiar besos y palmadas, pero después no supimos qué decir y nos quedamos callados. En eso se sintió ruido de tropilla por el pasillo, y entró Luisito hecho una tromba pateando la número cinco contra las paredes y vociferando goles imaginarios. Cuando nos vio, largó la pelota y vino a abrazarnos entre gritos de alegría.

—¿Te gusta, tío Ernesto? —me preguntó mientras estiraba con ambas manos la camiseta lustrosa que tenía puesta.

—Che, dejame mirarte un poco. —Hice un silencio de contemplación admirativa.— Pero ya parecés de la Primera, Luisito. ¿Vieron muchachos?

Los otros asintieron con ademanes grandilocuentes.

—Andá a buscarte el abrigo, Luis —mandó Rita, y dirigiéndose a nosotros—: ¿Toman algo, chicos?

—No, nena, gracias. Vamos un poco atrasados —respondí por todos.

—Vení, Ernesto, acompañame.

Rita me hizo seguirla hasta el dormitorio, mientras el Gordo y Beto le tomaban lección a Luisito sobre la formación del equipo en las últimas dos campañas.

—La verdad es que mucho no lo entiendo, Ernesto. Pero bueno, si te lo pidió habrá sido por algo.

Yo, para variar, no supe qué decir. Preferí preguntar:

—¿A Luisito qué le dijiste?

Me miró con ojos húmedos:

—Le dije la verdad. —Y luego, dudando:— ¿Hice mal?

Y yo qué sé, pensé.

—Quedate tranquila, nena. Hiciste bien —respondí.

Cuando volvimos a la sala, el Gordo me informó en tono solemne que el pibe se había trabucado únicamente con el reemplazante de Cajal entre la quinta y la décima fecha del torneo anterior.

—Por lo demás estuvo perfecto —concluyó sonriendo.

Nos turnamos para estrechar, ceremoniosos, la mano del aprendiz, que no cabía en sí del orgullo. Después nos despedimos de Rita y partimos.

En la esquina compramos una Coca grande. Nos la fuimos pasando mientras esperábamos el colectivo.

—El que toma el último sorbo la liga —lancé.

—No seas asqueroso —me reconvino Beto.

—Y vos no seas pelotudo —lo cortó el Gordo. Valió la pena la chanchada sólo por verle la cara de repugnancia al pobre Beto. Como es de práctica en estos casos, el último trago se fue prolongando hasta límites inverosímiles. Y se cruzaron acusaciones recíprocas de: "¡Che, vos no tomaste, escupiste!", y otras por el estilo. El Gordo, en un acto de arrojo, terminó con el suplicio cerrando los ojos y bebiendo de un trago. Ahí Beto pudo desquitarse con cinco o seis cachetazos a la espalda monumental del otro. Luisito se reía como loco. Y yo por un ratito me olvidé del asunto que traíamos entre manos.

Bajamos del colectivo a cuatro cuadras de la cancha, en la parada de siempre. Eran las dos y media, más o menos.

—¿Alguno sabe cómo cuernos vamos a pasar los controles de la cana? —A veces Beto y su buen criterio me sacan de quicio.

—Dame una de las dos bolsas —le contesté haciéndome el impaciente.

Porque en el fondo tenía razón. Si nos paraba la cana, ¿qué decíamos? Disimulé el asunto cuanto pude, entre los rollos de cinta y papel de diario picado.

Se la di a Luisito. Rita tenía razón, pensé. Mejor que el pibe sepa.

—Ustedes esperen acá a que entremos. Nos vemos en la puerta tres.

Si pasamos acá ya está, me dije mientras nos acercábamos al cordón policial. Caminábamos sin apurarnos. Mi mano descansaba en el hombro de Luisito. Me nacía llevarlo de la mano, pero como ya cumplió los diez pensé que a lo mejor lo ponía incómodo. A él lo revisó una mujer policía, que apenas hojeó por encimita el contenido de la bolsa. A mí faltó que me sacaran radiografía de tórax y me pidieran el bucodental, pero finalmente pasé. En el acceso mostré los carnés y seguimos viaje. Menos mal que había ido a pagar las cuotas atrasadas en la semana, porque cuando pasamos por la ventanilla vi que la cola era un infierno. Entramos a la cancha y me fui derechito adonde me pediste: contra el alambrado, debajo del acceso tres, a mitad de camino entre el mediocampo y el área. Un lugar de mierda, bah. Para el arco más cercano te da el sol de frente desde media tarde. El otro arco no se ve, apenas se adivina. Desde esa altura te lo tapan desde el juez de línea hasta el pibe que alcanza la pelota. Además, cualquier tumulto que haya en las gradas se te vienen encima y te dejan hecho puré contra los alambres. Pero al mismo tiempo es un lugar histórico: el único sitio que supimos conseguir aquella tarde gloriosa en que salimos campeones por primera (y hasta ahora única) vez en nuestra perra y sufrida vida. Por eso me lo pediste. Y por eso enfilamos para ahí apenas entramos.

Beto y el Gordo llegaron a los cinco minutos.

—¿Cuándo empieza la reserva? —preguntó el Gordo, que venía jadeando.

—En diez minutos —contesté.

—No es por nada, pero ¿vieron la altura que tiene el alambrado? —Beto seguía empeñado en su maldito sentido común.

—Ya veremos —lo fulminé con una mirada de no hinchés más, te lo pido por lo que más quieras.

—Déjense de pavadas y vamos a jugar a algo. —El Gordo estaba decidido a cumplir los rituales adecuados. Se plantó contra el alambrado y nos invitó a acompañarlo.

—Ahora vas a ver cómo matan el tiempo los turros de tus tíos —le expliqué a Luisito.

—¿Cuál querés? —El Gordo le cedió la iniciativa a Beto.

—Dame al cuatro de ellos.

—Como quieras. Yo me quedo con el diez nuestro.

—¿A qué juegan, tío?

—Esperá —contesté—. Esperá y vas a ver.

Apenas empezó el partido de reserva le vino un cambio de frente al diez de nuestro equipo. Como la cancha es un picadero, la pelota tomó un efecto extraño y se le escapó por debajo de la suela.

—¡Dale, pibe! —tronó la voz frenética del Gordo—. ¡A ver si te metés un poco en el partido! —El muchacho no pareció darse por enterado.

Al rato el cuatro visitante pasó como una exhalación pegado al lateral y tiró un centro precioso, aunque ningún compañero llegó a cabecearlo. Beto se colgó bien del alambrado e inició su participación en la competencia.

—¡Levantá la cabeza, pescado! ¡Hacé la pausa! ¿Siempre el mismo atorado? ¿Será posible? —Beto vociferaba mientras el cuatro intentaba volver a recuperar las marcas.

Luego el diez nuestro eludió a un par de tipos y largó la pelota a tiempo. Enseguida se volvió hacia el alambrado y buscó al que lo había increpado, como diciendo a ver qué pavada decís ahora. El Gordo no perdió tiempo.

—¡Por fin, muerto! ¡Por fin diste un pase como la gente, finadito!

Beto estaba nervioso. Su candidato estaba muy tirado atrás, y no frecuentaba nuestro territorio. El Gordo se encaminaba a una victoria indiscutible. Su hombre recibió el balón cerquita nuestro, lo protegió, y antes de que pudiera hacer más recibió la atropellada de un rival que lo dejó tendido encima de la línea de cal.

—¡Ma sí! ¡Lo mejor de la tarde! ¡Partilo en dos, total, pa' lo que sirve...! ¿Qué hacés, juez? ¿A quién vas a amonestar? ¿Por qué mejor no lo echás al petiso ese, que tiene menos huevos que mi tía la soltera?

El diez, pobre pibe, saturado, apenas se puso de pie se acercó al alambrado, lo ubicó al Gordo y le vomitó todos los insultos que pudo antes de que el línea lo llamara al orden. Era el final.

—¡Tiempo! —gritó el Gordo, con los brazos en alto—. ¡Beto, pagá los panchos!

—Si serás turro, Gordo, no te gano desde el año pasado...

—Es una ciencia, pibe, es una ciencia —agregó el Gordo con aires de importancia, mientras se sacaba la camisa empapada en el sudor del esfuerzo.

La verdad es que mientras los escuchaba me divertí de lo lindo. Creo que hasta por un momento me olvidé de toda nuestra tormenta, de toda la bronca que teníamos adentro, de toda la rabia que juntamos desde abril hasta la semana pasada. Pero apenas volvimos de comprar los panchos y nos tiramos en las gradas a comerlos, el asunto se impuso en todo su tamaño.

—Vamos a tener que hacernos caballito —de nuevo la voz de Beto, llamándome a la realidad. Miraba el alambrado de arriba a abajo, tratando de calcular la altura—. Está mucho más alto que cuando dimos la vuelta, ¿no?

—No, lo que pasa es que ahora sos quince años más viejo, nabo. —El Gordo era un optimista de raza, no cabían dudas.

—Dejate de joder, que hablo en serio. Cuando salimos campeones nos hicimos caballito y saltamos enseguida. Y aparte no estaba el de púas arriba de todo. ¡Mirá ahora!

—Tiene razón, Gordo —intervine—. Por las púas no te preocupés. Para eso me traje la campera gruesa. Lo que me da miedo es la cana. No nos van a dejar ni mamados.

Pero el Gordo no era hombre de dejarse derrotar rápidamente.

—¿Y vos te pensás que con la gente que va a haber a la hora del partido se van a andar fijando? No te calentés, Ernesto.

—Ojalá, Gordo. Ojalá sea como vos decís.

—La única es hacerlo rápido, en medio del quilombo de la entrada. —Beto hablaba mirándose los zapatos. Estaba tenso.

—Creo que Beto tiene razón —concedí—. Igual tenemos que apurarnos.

Terminamos los panchos y volvimos al alambrado. La cancha se iba llenando de a poco. Pensé que era una suerte. Porque así, a cancha llena, era mejor. Somos una manga de ilusos, me dije: ganamos tres partidos y venimos como chicos a esperar que rompan la piñata. Cuando terminó el preliminar, la gente que estaba sentada tuvo que pararse porque ya no se veía nada. Habían llegado las banderas. Un par de pibitos las ataban en la parte alta del alambrado. Estaban sonando los bombos. De repente, un cantito nació del codo más cercano a la platea. La gente empezó a prenderse. Nosotros también cantamos. Cuando Luisito se sacó la camiseta y empezó a revolearla por sobre su cabeza, y le vi los hombritos pálidos y las pecas, retrocedí treinta años, me acordé de vos y me puse a llorar como un boludo. Beto me pegó dos bifes y me sacudió la melancolía:

—No seas imbécil, a ver si te ve el pibe.

El Gordo cantaba como un poseído. Desde el codo llegó otro canto a encimarse con el primero. Pero ahora la gente saltaba. Y yo sentí esa sensación indescriptible de estar en una cancha envuelto por el canto de la hinchada nuestra, el vértigo del piso moviéndose bajo los pies y ese canto que cinco mil tipos vociferan desafinados pero que todo junto suena precioso, como si hubiesen estudiado música.

Corrieron la tapa del túnel y el Gordo hizo una seña. Se plantó bien firme sobre las dos piernas abiertas y se agarró fuerte del alambrado. Beto se le trepó como pudo, escalando la carne rosada de la espalda del otro.

—¡Aaaaayyyyyy! ¿Para qué mierda venís a la cancha en mocasines, tarado?

—¡Callate y quedate quieto, Gordo, que me estoy cayendo al carajo!

—¡Metanlé, metanlé! —Yo miraba para todos lados buscando a los canas, pero no se veía nada.

Beto llegó por fin hasta los hombros del otro, atenazó el alambrado con las manos finitas y me gritó que subiera. Me di vuelta hacia Luisito, que interrumpió la revoleada de camiseta para darme un abrazo tan fuerte que me temblaron de vuelta las piernas.

—Gracias, tío —me dijo. ¿Te das cuenta, el mocoso? Va y me dice gracias, tío. Y yo con esta cara de boludo, llorando como una madre, semejante grandulón de cuarenta y tres pirulos, pelado como felpudo de ministerio, socio conocido y respetado de la institución, subiéndome a babuchas de un gordo que insulta en dos idiomas mientras sostengo entre los dientes una bolsa de papel picado.

Pero por otro lado, mejor, porque el llanto y la sensación de ridículo me lavan, ¿entendés?, me purifican. Porque mientras le piso la cabeza al Gordo suelto una risita al escuchar su puteada, y mientras flameo a punto de caerme, y me agarro como puedo de la camisa de Beto y siento cómo ceden las costuras, empiezo a ver la cancha como aquella vez, hasta las manos de gente, ¿te acordás? Un gentío increíble, mientras subíamos al alambrado para tirarnos a dar la Vuelta. La soñada, la prometida, la imprescindible vuelta olímpica que nos juramos dar cuando fuimos por primera vez a la cancha los cuatro, un miércoles que nos rateamos de séptimo grado, y aunque perdimos 3 a 0 dijimos "el fin de semana volvemos", y volvimos a perder como perros, pero de nuevo juramos "hasta que salgamos campeones vamos a seguir viniendo". Y

ese día, el glorioso, vos me decías: "¿Viste, Ernesto?,
¡mirá lo que es esto, mirá lo que es esto!", y desde
lo alto del alambre me mostrabas las dos cabeceras
llenas, el hervidero del sector Socios, la platea enloquecida. Y ahora es casi igual, porque mientras me
acomodo en los hombros de Beto y trato de recuperar
el aliento veo a todo el mundo saltando y gritando, y
escucho los petardos, y veo las banderas que brillan
en el sol de noviembre y es casi lo mismo, porque
viendo la cancha así pienso que si salimos campeones una vez podremos salir de nuevo, y me duelen los
dientes de tan apretados que los tengo sobre la bolsa
pero no me importa, ni me importan los cuatro po-
licías que vienen abriéndose paso entre la gente para
bajar a esos tres boludos que se creen equilibristas so-
viéticos. Porque al final entiendo todo, porque ahora
se me borra el dolor de tu ausencia, o mejor dicho
ahora te encuentro, y me parece que todo cierra, que
nos rateamos en séptimo y que vinimos en las buenas
y en las malas y que te enfermaste y que me pediste y
que te prometí solamente para esto, para que yo me
estire y me agarre del alambre de púas y con la mano
libre abra la bolsa y hurgue en el fondo y encuentre
bien guardada la cajita. Para que vocifere dale campeón, dale campeón, junto con el Gordo, con Beto,
con Luisito y con los otros cinco mil enajenados; para
que la abra mientras miro al cielo y al sol que se re-
cuesta sobre la tribuna visitante, para que entienda
al fin que allí te vas y te quedás para siempre, en ese
grito tenaz, en ese amor inexplicable, en las camisetas
que empiezan a asomar desde el túnel, y en ese vuelo
último y triunfal de tus cenizas.

Motorola

Abelardo Celestino Tagliaferro dobló la esquina sin prisa. Apretó suavemente el embrague, puso la palanca de cambios en punto muerto, con las manos levemente posadas sobre el volante arrimó el auto a la vereda y lo detuvo sin brusquedad al final de la hilera de autos amarillos y negros. Apagó el motor, quitó la llave del tambor, aspiró profundamente y dirigió la mano izquierda hacia la puerta.

Sus movimientos eran metódicos, serenos. Pero para cualquiera que conociese su carácter habitualmente enérgico, impulsivo, aquellos gestos necesariamente hubiesen tenido algo de artificial, algo de falso. Eran a todas luces ademanes nacidos de una reflexión profunda, concienzuda. Esos ademanes calmos que las personas adoptan en un intento de que su espíritu se contagie de esa paz y esa mansedumbre exterior de los gestos ante el mundo.

Abelardo Celestino Tagliaferro había tenido mucho tiempo para prepararse para esa mañana cargada de presagios trágicos. Cinco, seis meses tal vez. Los signos alarmantes habían empezado algo antes, digamos en noviembre, diciembre del año anterior. El receso del verano le había hecho abrigar algunas esperanzas. Pero desde fines de febrero la situación se había tornado crecientemente tenebrosa. Para los últimos días de abril Tagliaferro había comprendido que sólo un milagro lo pondría a salvo del abismo. ¿No habían existido acaso otros milagros anteriores? Pero mayo y junio se habían consumido sin que ese milagro tuviera lugar. Semana a semana su espíritu se había ido opacando. A medida que se acercaba julio, su carácter, habitualmente expansivo, dado, campechano, se había tornado proclive a la meditación, al silencio, al ensimismamiento. A medida que los días se acortaban y los árboles de la General Paz se desnudaban en colores ocres, Tagliaferro iba convirtiéndose en una suerte de crisálida espiritual, encapsulada en melancólicas meditaciones, ajena al caos cotidiano.

Cuando no sin cierto esfuerzo bajó del taxi, vio que los hombres que frecuentaban con él la parada lo esperaban bajo el toldo del kiosco. Abiertos en un semicírculo, se pasaban el mate y le clavaban a la distancia siete pares de ojos inquisitivos. Abelardo Celestino Tagliaferro se acercó con el mentón erguido y la vista clavada en un horizonte imaginario. A cada paso su cuerpo monumental se balanceaba levemente hacia los lados. Con la campera puesta daba la impresión de ser un astronauta gigantesco caminando en la ingravidez de la Luna.

Calculó, con precisión de experto, que el primer dardo lo alcanzaría cuando pasara a la altura del lavadero automático, o no mucho después de poner un pie en la vereda de la agencia de lotería. No se equivocó.

—¿Qué hacés acá, Gordo? Te hacíamos en la cancha.

El que había hablado era Álvarez, el morocho del Gacel. "Era lógico", pensó Tagliaferro. Pero estaba listo para ataques sencillos como ése.

—Por favor, Álvarez, no me jodas con pavadas.

Habló con serenidad, como concediendo en explicar que dos más dos son cuatro a un ignorante. Pero no pudo evitar una levísima irritación al escuchar las risitas breves de los otros, las mismas risas que envalentonaron al morocho para volver al ataque.

—¡Te hablo en serio, Gordo! No podés dejar al equipo ahora, en semejante momento.

Tagliaferro suspiró mientras su expresión adquiría un cariz de angelical cansancio:

—Haceme el favor, no hablemos más de fútbol.

De nuevo el coro de risitas cómplices. Terminó de acercarse, imperturbable. Saludó con inclinaciones de cabeza y recibió alguna palmada. Como siempre, le cedieron uno de los banquitos de metal y estiraron hacia él un mate humeante. Chupó con placer, alargó la diestra hacia la bolsa engrasada de los bizcochos y se preparó para el próximo round.

—¿Cómo que no hablemos más, Gordo? ¿No eras vos el que siempre venía insufrible los lunes cuando ganaban? Que Platense de acá, que los Calamares de allá, que el equipo del Polaco del otro lado —algunos de los otros asentían—. ¿No te cagabas de risa cada vez que perdían los grandes?

Tagliaferro volvió a suspirar y a sonreír.

—Mirá, Álvarez... —pareció dudar en busca de las palabras adecuadas—, eso era antes... yo qué sé. A veces la vida te enseña cosas, sabés. Y me apiolé de que todo ese asunto del fútbol, viste, qué se yo, no tiene sentido... —dejó sus palabras flotando un momento y concluyó—: No hay caso, pibe. No tiene sentido.

El morocho Álvarez era demasiado primario como para afrontar semejante despliegue de nihilismo.

El Gordo sabía que el Piolín Acosta tomaría la posta con aportes algo más incisivos. El Piolín Acosta era un cincuentón larguirucho, de piel blanquísima. Había sido bautizado así por el propio Gordo. En su origen el sobrenombre era Piolín de Matambre, porque era largo, finito, blanco y ordinario. El Gordo, especialista en apodos, consideraba su hallazgo con Piolín una de sus obras maestras, y a cada uno de los nuevos en la parada se lo había ido explicando como un modo de revivir la deliciosa indignación del otro.

El ataque del Piolín fue frontal:

—Y decime, Gordo, si hoy le ganan a River, y ponele que por una de esas putas casualidades del destino se terminan salvando... ¿vas a seguir con la huevada del escepticismo?

—¡Ahí está, ahí está! —algunos asentían, entusiasmados en la intuición de que el alto y pálido filósofo estaba acorralando al recién llegado. El Gordo se preguntó cuántos de ellos sabían qué corchos era eso del escepticismo.

—No, Piolín, para mí el fútbol... ¿cómo te explico? Ya fue, sabés.

Esas pocas palabras le fueron brotando de a poco, mientras miraba el toldo que tenía sobre la cabeza y mientras sus manos abiertas hacia arriba describían ademanes vagos, como reforzando esa sensación de vacío metafísico que su dueño pretendía transmitir.

—¡Dejate de joder, Gordo! ¡A mí no me vengás con el cuento! ¡Que si no estuvieran por irse a la B te tendríamos que estar bancando como si el puto cuadro ese fuera el Manchester United!

Tagliaferro volvió a considerarlo con indulgencia. Un nuevo suspiro hinchó la mole de su cuerpo agazapado en el banquito.

—No, querido, te equivocás. A veces la desgracia te abre los ojos, sabés... Y si tenés neuronas te ponés a pensar.

Hizo un silencio. Los siete pares de ojos seguían cada uno de sus ademanes y los catorce oídos atendían a cada una de las inflexiones de su voz.

—Suponete que Platense va y se salva. Difícil, pero ponele que sí: ¿qué me cambia? ¿Voy a ser más rico? ¿Va a subir más gente al tacho? ¿Voy a volverme inmune a los afanos? No, loco, no me cambia nada. Y ponele que hoy se va al descenso: ¿qué pierdo, hermano? No hay vuelta, loco. El fulbo es una mentira, sabés. ¿O ustedes piensan que a esos turros de los jugadores les importa algo? No, padre, los tipos cobran y se van. ¿Quién se queda como un boludo parado en la popular? ¿Vos o ellos? ¿Y los dirigentes? ¿Vos te pensás que les calienta algo? ¡Si son una manga de chorros!

Hizo una pausa para tomar otro mate y para que su discurso penetrase mejor en las mentes de sus amigos. Volvió al ataque:

—El fútbol está armado para que ganen los grandes, nada más. Es un negocio, pibe. Es todo un circo que vive de los giles como ustedes. A ver, mirá los goles el domingo. ¿Alguno de ustedes sigue siendo tan nabo de mirar los goles? —Los otros asintieron—. ¿Ves que la Argentina es un país de boludos? Todos ahí como giles, comiéndose sesenta mil propagandas... ¿Para qué? ¿Para ver a esos maricones que la van de héroes y que a la primera de cambio cuando les ponen dos mangos sobre la mesa se van a jugar a Europa? ¡Por favor, muchachos, no jodamos!

Cada vez más enardecido, siguió:

—A ver vos, García —el aludido lo miró atentamente—, vos sos hincha de Gimnasia: si no juegan con River o Boca, ¿cuántos minutos te pasan del partido? ¿Uno? ¿Uno y medio? Y vos, Martínez: ¿no me contaste que para ver los goles de Colón los grabás y después los ves cincuenta veces y te hacés el bocho de que viste el partido entero? —El otro asintió—. ¿Ven lo que digo? Entiendanló, el fulbo no sirve para nada. ¡Para nada! O vos, Pasos, que sos de River... ¿te volvió un tipo feliz que hayan ganado tres campeonatos al hilo? —Los ojos grises de Pasos se entornaron en un gesto suave que era también de infinita tristeza—. Es todo verso, es todo mentira...

Y como si fuera el resumen de su discurso, reiteró:

—Todo mentira, no hay vuelta.

Tagliaferro calló. Los demás se pasaban el mate en silencio. Algunos miraban para cualquier lado para que los otros no vieran las huellas de la turbación que les había sembrado. El Gordo advirtió, aliviado, que había conseguido el milagro de que se pusieran a hablar de otra cosa. Él podía tener mucho autocontrol y todo lo que quisieran, pero tampoco era de fierro, qué tanto.

Los otros se fueron yendo, en una mañana dominguera extrañamente movida. Cuando llegó el turno de Tagliaferro, le alargó el mate al que cebaba y se puso de pie con dificultad. Una mujer algo mayor se acercaba presurosa a la parada.

—Necesito ir a Luján, muchacho. A la basílica.

Cuando la mujer se acomodó atrás y él encendió el motor, su espíritu comenzó a poblarse de sensaciones confusas. La señora tenía aspecto de abuelita de libro de cuentos. Tagliaferro se mordió el labio inferior mientras dudaba en hacer la pregunta que se le había ocurrido. Finalmente se decidió:

—¿Le molesta si enciendo la radio, señora?

—No, muchacho, para nada.

Apenas formuló la pregunta se arrepintió de haberla hecho. ¿Por qué había salido con eso? ¿Qué razón había para encender la radio? Ninguna, Gordo, ninguna, se amonestó.

La radio era un cachivache vetusto que no tenía nada que ver con el Renault 19 hecho un chiche de Tagliaferro. Era un artefacto antiguo que había pertenecido originalmente a un Siam Di Tella que en los años sesenta le había permitido a Tagliaferro parar la olla en su casa cuando lo habían echado de la empresa. En los setenta había cambiado el Siam por un Dodge. Después por un Peugeot y por un Senda. Pero la radio siempre había sido la misma. Era uno de esos ejemplares con dos perillas a los lados que sólo funcionan en amplitud modulada y que tienen una serie de teclas negras debajo del visor para cambiar velozmente de lugar en el dial. Adaptarla al tablero del Renault había sido complicado, y en el taller lo habían mirado como si estuviese totalmente pirado. Pero a Tagliaferro le importaba un cuerno. La radio, esa radio, era para él un talismán infalible, un salvoconducto, un pasaporte para un retorno pacífico a su casa y a los suyos. Y otra cosa: con esa radio había escuchado al Calamar salvarse de todos los descensos.

Pero ese viaje a Luján parecía una señal venida de los infiernos. Porque el aparato tenía un inconveniente (en realidad tenía varios, pero existía uno verdaderamente delicado): por alguna extraña razón que Tagliaferro no había logrado determinar, la radio callaba indefectiblemente apenas salía un par de kilómetros de la Capital. Cuando traspasaba la General Paz comenzaban las interferencias. Y veinte cuadras más allá lo único que salía del receptor era el sonido propio de una sartenada de papas fritas a medio cocinar.

Haciendo un cálculo sencillo, entre la ida y la vuelta se iba a perder el partido completo, que ya debía estar empezando. Podía escuchar los primeros minutos, sí, hasta que saliera de la autopista en Liniers, pero, ¿y después? Tagliaferro detuvo en seco la sucesión de sus pensamientos. ¿Qué estaba haciendo? ¿No era cierto todo lo que acababa de decir? ¿No eran esas frases que acababa de pronunciar frente a sus amigos la rotunda verdad a la que había llegado luego de meses de exploración interior, de introspección dolorosa, de disciplina moral? ¡Seguro que lo era! De modo que Tagliaferro, apenas encendió la radio, sintonizó una emisora de tangos que se extinguió poco más allá de Ciudadela. Sufrir por un motivo tan pedestre, qué barbaridad, se dijo. Se recordó a sí mismo en tantos domingos de amarguras. ¿No habían sido infinitamente más abundantes que las inusuales jornadas de triunfo?

A la altura de Morón apagó la radio, que ya estaba en plena fritanga. Parece mentira, qué rápido se va por la autopista, se dijo. Al ver que estaba a la altura de Morón lo cruzó una noción sombría: Platense volvería a jugar aquí después de varias décadas en primera. Sacudió la cabeza. Disciplina, Gordo, disciplina, se repitió. Pero sus labios empezaron a musitar una letanía que a cualquier sacerdote le hubiese resultado extraña: Tigre, All Boys, Brown, Los Andes. Su ánimo ya era definitivamente sombrío. De pronto el pánico lo cruzó en varias oleadas sucesivas: San Telmo, Lamadrid, J. J. Urquiza. ¿Y si no era una, sino dos o tres categorías perdidas al hilo?

Intentó reaccionar. ¿Y a mí qué carajo me importa? Supuso que había sido un grito íntimo, pero se dio cuenta de que algo del alarido interno se le había escapado porque la señora lo miraba con un poco de temor y los ojos muy abiertos. El Gordo le sonrió con dulzura por el espejo y después clavó los ojos en la ruta.

Moreno: la autopista se redujo a dos carriles. Y por esto te cobran peaje, los muy turros, pensó. La pasajera iba ensimismada contemplando el paisaje por la ventanilla. ¡La ventanilla!, se dijo. En invierno o en verano, él iba con la ventanilla del conductor baja, salvo que el pasajero le pidiera lo contrario. ¿Y si probaba cerrar todo el auto, a ver si la radio emitía al menos un susurro? Corrió el codo y cerró. Encendió el catafalco negruzco y esperó. Acercó todo lo que pudo la oreja al receptor. El rumor de una voz era inconfundible. Tragó saliva. Subió el volumen al tope y la vocecita adquirió mayor consistencia. Tratando de no perder de vista la ruta, acercó aun más la oreja. Insultó en voz baja. Era uno de esos programas religiosos en los que el conductor repartía sanaciones radiofónicas en un castellano levemente extraño. Movió el dial hacia la derecha. Folklore. Un poco más: tango. Luego topó con el final de la banda. Inició el camino inverso. A la izquierda del pastor evangélico detectó el sonido inconfundible de un relato deportivo, pero demasiado lejano como para que se entendieran las palabras. Giró la perilla: ahí estaba el partido de Platense. Escuchó con el alma en vilo el relato de una jugada intrascendente en el mediocampo. ¡Cómo van, que digan cómo van, carajo!, pensaba. Pero de inmediato entendía que a esa altura debía tener la expresión crispada, los ojos inyectados, la expresión tensa del hincha angustiado, y se decía que no, que de ningún modo, que no debía echar a la basura todos esos meses de autoeducación que lo habían librado al fin de su dependencia Calamar.

¿No estaba acaso hermosa la mañana? ¿No bañaba el sol, radiante, el campo y la autopista? El Gordo volvió en sí por un instante. La temperatura del taxi con todas las ventanillas cerradas y el sol cayendo a pique debía andar por los treinta y cinco grados. Tagliaferro observó a la pasajera y vio que se abanicaba con una revista, mientras dos gruesos gotones de sudor le resbalaban por los lados de la cara. Estuvo a punto de bajar las ventanillas, pero se dijo que entonces perdería definitivamente cualquier esperanza de comunicación radial con el mundo. De manera que optó por encender el aire acondicionado. El fresco me va a venir bien para poner en orden las ideas, se dijo.

No te enchufes, Gordo, no te enchufes, se repetía. La cosa está perdida. No hay manera de que zafemos. Momento: ¿zafemos quiénes? ¿Acaso yo soy Platense? ¿Tenés acciones ahí, Gordo boludo? Los que se van a la B son ellos, no vos. Los que van a perder con River son ellos. Los jugadores y los dirigentes, qué tanto. Vos sos Abelardo Celestino Tagliaferro, a sus órdenes, de profesión taxista, estado civil casado, padre de dos hijos y abuelo de tres nietos. Enterate.

Lo demás es todo grupo. Para qué calentarse. Si al descenso se van a ir igual y después te vas a tener que bancar a toda esa manga de palurdos de la parada, empezando por el Piolín y terminando por el negado del morocho Álvarez.

Empezaron las rotondas de Luján. Tagliaferro miró por el espejo y vio a la pasajera con las manos en los bolsillos, el gorro calzado hasta las orejas, la bufanda enrollada en tres vueltas alrededor del cuello y los lentes empañados. El Gordo notó que la temperatura había bajado unos treinta grados de un saque. Apagó el acondicionador de aire. Descartada la estrategia del encierro, optó por ventilar bien el taxi. Tal vez lograra captar algún kilohertz extraviado en el éter. El último tramo hasta la iglesia lo hizo veloz, con las cuatro ventanillas bajas y el aire como un torbellino en el interior del tacho.

Cuando paró frente a la catedral y se volvió a mirar a la pasajera, advirtió con sorpresa que el pelo de la mujer había adquirido una cierta disposición salvaje y que sus ojos no paraban de parpadear alarmados. Ella pagó y se bajó velozmente. Daba la impresión de haber encontrado un nuevo motivo para agradecer a la Virgen. Tagliaferro dio vuelta a la plaza y se dispuso a emprender el retorno. Entonces los vio. Cuatro hinchas de River, ataviados con camisetas, vinchas y banderas, venían sacudiendo los trapos y cantando a voz en cuello. El Gordo consultó su reloj. Debía estar empezando el segundo tiempo. No se atrevió a preguntarles el resultado del partido, pero la actitud festiva de los tipos lo hundió en una desesperación creciente.

Momento. ¿Qué te pasa, Gordo? Pará la moto. Pará un poquito. Que se desesperen ellos. Todos esos nabos que se sienten los dueños de las camisetas y de los clubes. Pensar que él mismo hasta hacía poco había sido uno de ellos. Y desde pibe, para colmo. Pero de más grande fue peor. El ascenso se le subió a la cabeza. Y la definición por penales con Lanús, Dios santo. Lo había ido a ver con la Clarisa. Al final del partido él se había desmayado y habían tenido que sacarlo de la popular entre cinco tipos bien grandotes. Pero quién te quita lo bailado. Y el desempate con Temperley, mama mía, cómo habíamos sufrido. Cortala. Cortala, Gordo palurdo, con la primera persona del plural. ¿Ma qué "nosotros", enfermo? Si vos seguís tan pobre como cuando vinimos de España. ¿Qué hizo Platense por vos? ¿A ver?

Al pasar el peaje no pudo evitar la tentación. Se mintió que sería la última, como esos fumadores que escatiman los puchos del primer atado que compran luego de una larga abstinencia. El cobrador estaba escuchando los partidos en la cabina. ¿Cómo va River?, preguntó. Hincha de cuadro chico, sabía que la gente no tiene ni idea si uno le pregunta por Platense, Banfield o Ferro. Decime que va perdiendo, decime que va perdiendo, pensó. "Va ganando", informó el fulano, con cara de gallina agradecida a la vida.

Cuando se levantó la barrera se alejó de allí sintiéndose perdido, perplejo, como si la noticia lo hubiese dejado navegando en aguas desconocidas. Al pasar por Francisco Álvarez sus dedos comenzaron a tamborilear sobre el volante mientras silbaba inconscientemente, entre dientes, la melodía de un viejo estribillo que decía "Partirá, la nave partirá, dónde llegará, nunca se sabrá" o algo así. Una letra de porquería que tenía que ver con el arca de Noé. Pero,

¿por qué? Eran las 11.31. Una canción del año del pedo. Cosa rara. Abelardo Tagliaferro se derrumbó a las 11.35 cuando se dio cuenta de que lo que había estado tarareando los últimos diez kilómetros no era ninguna canción pasada de moda, sino la perpetua melodía del "No se va, Platense no se va, Platense no se va, Platense no se va", y las lágrimas se le desbarrancaron por las mejillas en dos torrentes tibios.

Cuando entrevió que toda resistencia era inútil, y como los chicos cuando se apuestan a sí mismos que si logran determinada proeza la vida les concederá premios impresionantes (al estilo de: si logro saltar toda la cuadra sobre el pie derecho sin trastabillar, entonces la rubiecita de la panadería gusta de mí), Tagliaferro se convenció de que si llegaba a la Capital Federal y encendía la Motorola antes de que terminara el partido, el Calamar iba a lograr dar vuelta su destino y los demás partidos se le iban a acomodar para seguir con chances.

Apretó el pie derecho contra el piso del auto y éste saltó hacia adelante a una velocidad francamente peligrosa. Era digna de verse la imagen de ese gigante que volaba aferrado con ambas manos al volante como un piloto de carrera, cuya cara bañada de lágrimas recientes se enrojecía por el esfuerzo de cantar a los alaridos un viejo estribillo con la letra cambiada. A la altura de Moreno tuvo miedo de que la promesa de llegar a tiempo para oír el final no fuese suficientemente grandiosa como para lograr el conjuro. De modo que prometió dejar de fumar a las cuatro de la tarde y para siempre. Temeroso de que los hados lo consideraran débil de espíritu, agregó la promesa de una dieta estricta que lo llevara treinta y cinco kilos abajo de su peso actual en un plazo máximo de tres meses. Mientras encendía la radio para ir ganando tiempo, y mientras volaba a la altura de Morón, las promesas se iban acumulando sobre sus espaldas. Prometió volver a misa todos los domingos. Prometió no volver a madrugarle un pasajero a ningún colega por un plazo de seis meses que luego extendió a dos años. Prometió dejar de construir fantasías eróticas con la peluquera de la vuelta. Prometió regalarle flores a la Clarisa todos los viernes hasta que la muerte los separase. Estuvo a punto de prometer que no iba a joderlos más a los nietos para hacerlos de Platense, pero se contuvo a tiempo porque Dios no podía pedirle sacrificio semejante y porque supuso que ya había acumulado suficientes méritos con las promesas anteriores. A la altura del Hospital Posadas, en Haedo, levantó el volumen de la radio hasta darle su máxima potencia. Sintonizó la emisora que siempre lo acompañaba para los partidos. Por detrás del ruido a fritura se adivinaban voces de relato. Descolgó el rosario que llevaba anudado al retrovisor y empezó a rezar en voz alta. A la altura de Ciudadela la radio recuperó por completo sus funciones. Tagliaferro interrumpió el Ave María y entrecerró los ojos. Estaba bañado en sudor y parecía diez años más viejo que en la mañana.

Habían perdido. Habían perdido por robo. Estaban jugando el descuento pero no había manera de remontar esa catástrofe. Las conexiones con las otras canchas hablaban de la algarabía de los cuadros que se habían salvado. En un arrebato de amargura infantil se sintió despechado por que Dios hubiese hecho caso omiso de sus promesas de regeneración absoluta. Mientras tomaba la salida de la autopista hizo un último esfuerzo para que no le importara. Se detuvo en una cuadra desierta, llena de galpones en las dos veredas. Se dijo que no podía ponerse así. Que un dolor de ese tamaño sólo podía sentirse por la pérdida de un ser querido. Que no podía tirar a la basura los esfuerzos de los últimos meses. Y todavía le faltaba sobreponerse a la escenita que iban a hacerle los muchachos en la parada. Control, Gordo, control. Mejor seguir haciéndose el distante, el superado, tal vez así lo dejaran en paz. Tardó quince minutos en arrancar de nuevo rumbo a la parada.

Abelardo Celestino Tagliaferro dobló la esquina sin prisa. Apretó suavemente el embrague, puso la palanca de cambios en punto muerto, con las manos levemente posadas sobre el volante arrimó el auto a la vereda y lo detuvo sin brusquedad al final de la hilera de autos amarillos y negros. Apagó el motor, quitó la llave del tambor, aspiró profundamente y dirigió la mano izquierda hacia la puerta.

Cuando logró incorporarse no se dirigió inmediatamente hacia la esquina. Fue a la parte trasera del taxi y abrió el baúl. Hurgó un momento bajo la caja de herramientas y encontró lo que buscaba. Desplegó la enorme tela rectangular con ademanes tiernos. Se anudó la bandera blanca con la franja central marrón en el cuello y la extendió a sus espaldas como si fuera una capa. Tanteó otra vez y halló el gorrito tipo Piluso. Se lo plantó hasta las orejas. Cerró el baúl. Levantó los ojos hacia la esquina. Abiertos en un semicírculo los otros se pasaban el mate y le clavaban a la distancia siete pares de ojos inquisitivos.

Tagliaferro no caminó enseguida, porque acababa de entender que todos los hombres son cautivos de sus amores. Uno no entiende por qué ama las cosas que ama. El intelecto no sirve para escapar de los laberintos del afecto. Por eso es tan difícil enfrentar el dolor: porque uno puede engañarse inundando con argumentos razonables las llagas que tiene abiertas en el alma, pero lo cierto es que esas llagas no se curan ni se callan. Y por eso un hombre puede amar a una mujer que a los otros hombres les parezca funesta, o puede poner su corazón al servicio de amores que a los otros se les antojen inútiles o intrascendentes.

Abelardo Tagliaferro estiró los brazos, prendió las manos a la tela, como un extraño superhéroe excedido de peso, y supo que lo importante no es a quién o a qué uno ama, sino el modo en que uno ama lo que ama. Recién entonces caminó hacia la parada.

Lo raro empezó después

El único que se dio cuenta de que pasaba algo raro fue el Peluca, que como es un loco por los pájaros se apioló de que de pronto habían dejado de volar y se habían quedado callados. Además Peluca es el arquero, y ése es el único puesto en el que tenés tiempo de ponerte a pensar, salvo que justo te estén reventando a pelotazos. O capaz que el Peluca nos verseó, y después de que pasó todo se mandó la parte de que había sido el único que había visto ciertos signos misteriosos.

No sé por qué empecé a contar la historia por el Peluca, porque pensándolo un poco, si la quiero contar como Dios manda, me tengo que ir bastante más atrás de la tarde esa en la que se callaron los pájaros. Por lo menos a dos semanas antes, y al turro hijo de mil puta del Cañito Zalaberri. No creo que en el mundo exista un guacho más guacho que ése. Por empezar es un bruto. Tiene los ojos chiquitos y fijos como una laucha, los dientes para afuera y un montón de pecas en la cara. Es más callado que las lombrices, salvo para insultarte. Eso sí le sale. Te putea por cualquier huevada. A sus amigos y a todo el mundo. Es malo como la hepatitis, y en el campito se las da de jefe. Nadie le hace frente, porque por más boludo que sea mide como dos metros y si te pone una mano te sienta de culo. Una vez se peleó con Pablito y le dejó la cara tan estropeada que parecía que lo había atropellado un tanque. Por eso nadie se mete con el cornudo del Cañito Zalaberri. Porque le tienen miedo. Y como el otro lo sabe, aprovecha y hace lo que se le canta.

Todavía hoy no entiendo cómo se animó el Luli a hacerle frente con el asunto del desafío. Supongo que lo que pasó es que le llenó las pelotas con eso de hacerse el capo del campito, y el Luli dijo basta y se le plantó. A veces el Luli tiene cada idea que lo aplaudís o lo matás, como aquella vez que nos hizo salir a probar por el barrio un sistema nuevo de ringraje que resultó un fracaso y no hubo vecino que no saliera a recontraputearnos, pero ésa es otra historia.

Nosotros teníamos el campito hasta las cuatro de la tarde, más o menos. Después venía la barra del Cañito y teníamos que rajar con el rabo entre las patas. Y el modo con el que nos daban el raje era tétrico. Desde afuera, desde la calle, el Cañito le pegaba un chumbazo a su pelota, que caía desde los cielos en cualquier punto de la cancha. Era el anuncio de que venían. Mientras la pelota picaba algunas veces y quedaba mansita, asomaban sus cabezas sobre la tapia y empezaban a descolgarse para el lado de adentro. Ni siquiera se tomaban el trabajo de echarnos. Simplemente entraban a la cancha conversando entre ellos, recuperaban el balón y se ponían a practicar en uno de los arcos mientras algunos pisaban en el mediocampo para armar los equipos. Ni siquiera nos dirigían la palabra. Suponían (y no les faltaba razón) que nosotros íbamos a rajar con la cabeza baja y el paso arrastrado. Cuando el balón del Cañito bajaba de los cielos era como si se acabara el mundo. No importaba cuánto nos faltaba para terminar, ni el resultado de nuestro partido ni nada. Aparecían estos tipos, que tenían todos como quince pirulos, y desaparecíamos del planeta. Una sola vez Pablito pretendió hacerles frente, porque el partido estaba empatado y el que hacía el gol ganaba, pero saltó el Cañito y fue entonces que le llenó la cara de dedos, aunque eso ya lo conté. Desde entonces preferimos todos el perfil bajo. Caía el balón de ellos desde la nada y salíamos disparados como cucarachas cuando se prende la luz.

Es el día de hoy que no sé qué carajo se le cruzó al Luli por la cabeza cuando ese sábado lo encaró al Cañito Zalaberri y a la manada de bestias de sus amigos. Capaz que porque ya estaba terminando noviembre, y jugar de dos a cuatro en el campito era un infierno. El sol se te clava en la sabiola, y desde que el vecino anuló la canilla de afuera para que no le vaciemos el tanque, si queremos conseguir agua nos tenemos que caminar como tres cuadras hasta la casa de Agustín. Y el Luli es de esos tipos que odian el calor, así que a lo mejor fue por eso, yo qué sé.

La cosa es que ese sábado, en lugar de enfilar como un cordero para el lateral como el resto de nosotros, encaró para donde estaban los tipos armando los equipos. Cuando lo vieron lo miraron como quien observa a un perro que ha decidido cruzar la ruta justo después de que el semáforo acaba de ponerse verde: con una mezcla de sadismo y de curiosidad por saber en qué momento exacto el animal quedará hecho puré sobre el asfalto. Pero el Luli siguió avanzando con la frente alta hasta que se encaró con el Cañito Zalaberri. Nosotros veíamos, pero no escuchábamos lo que hablaban. Además enseguida los energúmenos lo rodearon al Luli, de manera que nos quedó tapada la visión casi por completo. De vez en cuando alguno se corría un poco y divisábamos al Luli, hablando y moviendo los brazos, y nos alegraba ver que seguía vivo.

Al rato se abrió un pasillo entre esos brutos y salió el Luli muy campante para el lado nuestro. Cuando llegó anunció la cosa en algunas frases cortas. Había armado un desafío contra esos elefantes para un jueves a las tres de la tarde. Si ganábamos, nos quedábamos con el horario de las cuatro por el resto del verano. Y si perdíamos, teníamos que buscar otra cancha hasta mayo porque si nos veían por ahí nos iban a moler a patadas. Un diplomático, el Luli. Lástima que Atilio se le fue encima para asesinarlo, porque tardamos como diez minutos en separarlos del todo y el Luli se hizo un rato el ofendido y se hizo rogar un poco hasta que se decidió a contar el resto de la idea.

No era tan ridículo su plan. Los tipos eran grandes, es cierto. Creo que ya dije que tenían como quince, y la mayoría de los nuestros acababan de terminar sexto o séptimo grado. Pero eran bastante perros. Ojo que ellos se creían una pinturita. Pero eran un asco. Tenían uno o dos que la movían. Federico Angeli, el petiso que juega de diez, es bueno gambeteando y poniéndole pases al otro que es peligroso, Cachito Espora, que es flaco como un alambre pero alto como un campanario. Mete goles de cualquier lado porque le pega como con un fierro, y cabeceando dentro del área es una pesadilla porque para marcarlo de arriba tenés más o menos que tirarte en palomita desde el travesaño.

El Tití González, que juega de líbero y es de los nuestros el que mejor sabe mirar el fútbol, nos dijo que los había visto perder feo contra los pibes de la Diagonal, que tampoco son nada del otro mundo, y que no teníamos que dejarnos impresionar por el tamaño de portaaviones que tenían, porque en general eran una manada de caballos y en la defensa eran un cotolengo.

Todos, quien más quien menos, estuvimos de acuerdo en que el Tití se hiciera cargo del manejo táctico. Sobre todo porque en nuestra barrita somos como dieciséis, y en el desafío íbamos a jugar de once, y nadie quería decirles a tipos como Beto o como Lalo —que son horribles jugadores pero pibes macanudos— que tenían que quedarse afuera. Pero al Tití esos detalles sentimentales le importan un carajo, con perdón. Él dice que un buen técnico tiene que saber evitar los amiguismos y las camarillas y que los hombres de carácter se ven en los momentos difíciles. Al final nadie le hizo problema. Primero porque armó el equipo con lo mejorcito que tenemos y segundo porque el Tití cuando quiere es medio loco y no le gusta que lo contradigan.

El día del partido salí de casa a eso de las tres menos veinte. Hacía un calor de infierno, propio de las siestas de diciembre. Pasé primero por lo del Gato, que estaba comiendo fideos con tuco. Me llamó un poco la atención que el tipo siguiera almorzando a esa hora, tan encima del partido, pero me explicó que eran órdenes del Tití, y aunque me pareció raro no pregunté más. Ya cerca del campito se nos unieron Lalo, Beto y José, tres de los que se iban a quedar afuera. Venían del lado del ferrocarril con las remeras infladas de piedras grises del terraplén. "Por si acaso la cosa se pone jodida", dijeron, y yo pensé que teníamos buenos amigos.

Antes de empezar hubo que acordar a cuánto jugábamos. Uno de ellos propuso hacerlo por tiempo, pero nos negamos porque nosotros no tenemos reloj. Bueno, el que tiene reloj es Luis pero es un tacaño que no lo saca de la casa porque dice que si lo rompe la vieja lo mata, así que ahí en la cancha no teníamos, y seguro que los del Cañito, que sí tenían como dos o tres, nos iban a meter la mula. Quedamos en jugar a doce goles, o hasta que se hiciera de noche. Ése es un asunto delicado. Cuando vas ganando, se hace de noche apenas las primeras nubes se ponen rosaditas. Cuando vas perdiendo, te parece que sigue siendo de día aunque la bola la veas sólo cuando la tenés a veinte centímetros de la jeta y necesites una brújula luminosa para ubicar el arco contrario. Al final hicimos el arreglo que tienen los veteranos para los partidos que juegan ahí los domingos a la tarde. Se haría de noche cuando se encendiera la luz de mercurio del poste blanco de la calle, delante del campito. Con eso no podía haber confusiones. Igual parecía una precaución innecesaria, porque el partido arrancaba a las tres de la tarde, y siendo diciembre había como cinco horas de luz todavía. Me acuerdo de que el Cañito los miró a sus alcahuetes con cara de que no iba a hacer falta esperar lo del farol, porque nos iban a llenar la canasta mucho antes que eso. Pero hizo eso porque el inútil no tenía ni idea de lo que estaba por pasar.

Apenas empezamos a jugar me di cuenta de que era cierto eso de que eran unos cadáveres. Eran grandotes, sí, pero eran unos perros. A tipos como el Luli o Nicasio no los agarraban ni con un mediomundo. No me quiero mandar la parte, pero en el mediocampo estuve lo bastante tranquilo como para

armar unas cuantas jugadas. Nos complicaban solamente los que ya dije: Angeli y Espora. Pero el Tití
tenía algunos ases en la manga. Cuando íbamos ganando 2 a 1 le hizo un gesto al Peluca justo antes de
que ellos tiraran un córner. Al llegar el centro llovido
al segundo palo, dirigido al goleador Espora, Peluca
salió del arco a toda velocidad como para despejar
con los puños, pero lo que despejó fue un terrible bo-
llo en la sien derecha del delantero. Lo último que
vio el pobre Espora fue una mancha negra y verde
fosforescente (los guantes del Peluca son horribles, no
cabe duda). Fueron tres sonidos sucesivos: el Peluca
gritando "¡Mía!", el topetazo de sus puños sobre el
cráneo del delantero y el choque del cuerpo cayendo
desmayado sobre el área chica.

Ellos se gastaron como tres botellas de agua
tratando de despertarlo, pero lo máximo que logra-
ron fue que abriese los ojos y confundiera al marcador de punta con su mamá Liliana. No les quedó más
remedio que arrastrarlo hasta los árboles y meter un
cambio. Por supuesto que cobraron penal, y la yegua
de Zalaberri casi lo incrusta al Peluca en el arco del
chumbazo que pegó, pero bien valía el 2 a 2 a cambio
de haber neutralizado a uno de sus cracks.

Ahora le tocaba el turno al pobre Angeli, el
petisito gambeteador, que no tenía ni noción de lo
que le esperaba. Creo que ya dije que cuando lo pasé
a buscar al Gato estaba en pleno almuerzo. Se había
pasado todo lo que iba de partido parado sobre su lateral, con cara rara. Diez minutos después del *knock
out* de Espora, y mientras nosotros teníamos un lateral a favor cerca del área de ellos, el Gato se acercó
sin prisa al tal Angeli, que esperaba un poco afuera

del tumulto con la idea de armar el contraataque. El Gato se detuvo a treinta centímetros de la nuca del rival. Lanzó un eructo poderoso. Y a continuación le vomitó encima los fideos con tuco. Mientras veía resbalar el vómito por la espalda de Angeli, yo pensaba que el Tití es un genio, porque sabe explotar a fondo las habilidades de sus jugadores. Hay tipos que escupen bien. Otros que saben tirar piedras como si fueran artilleros. Otros pueden lanzar el chorro de pis a dos metros. Bueno, lo del Gato pasa por el vómito. Puede vomitar cuando se le canta, sin necesidad siquiera de tocarse el paladar con los dedos, por puro efecto de concentración mental.

La primera cara que puso el pobre Angeli fue de incredulidad, porque no estaba listo para semejante ataque. Cuando se fue apiolando de lo ocurrido se puso como loco pero seguía confundido. No sabía si gritar, si ponerle un tortazo al Gato o si largarse a llorar como una nena. Supongo que cualquier vómito que te echen encima es espantoso, pero el de fideos con tuco debe ser de los peores. Angeli caminaba de un lado a otro y era gracioso porque trataba de acercarse a sus compañeros para que le diesen una mano, pero los tipos le rajaban con cara de asco. Creo que ya anoté que conseguir agua en el campito es un problema y, de los seis botellones que se habían traído, los monos se habían gastado la mitad tratando de resucitarlo a Espora. De modo que no iban a derrochar el resto en limpiarlo al petiso y correr el riesgo de una deshidratación colectiva. Además creo que no les hubiera alcanzado, porque estaba enchastrado de vómito desde la nuca hasta las medias, y querer asearlo con un par de litros de agua hubiese sido tan al pedo

como pretender regar el Sahara con una bolsa de ro-
litos. Así que la estrella de la gambeta no tuvo más
remedio que enfilar para su casa a pegarse una buena
ducha. Pobre tipo. Tuvo que irse al trote porque ya
empezaban a rondarle las moscas. Después de discutir
un poco los fulanos cobraron tiro libre. El Luli, de
canchero, les dijo que no había ningún artículo del
reglamento que hablara de vomitar a un rival y que en
todo caso habría que juzgar la intención. Pero lo hizo
por joderlos, nomás.

Según los cálculos del Tití se suponía que, sin
esos dos jugadores, el partido tenía que ser pan comido. Pero no fue tan así. Eran muy grandes. Demasiado.
En cada pelota dividida nos tiraban a la mierda. El
Tití reclamaba calma y serenidad para aguantar los
sablazos, pero estaba preocupado. A duras penas, y a
costa de que nos pegaran hasta en las encías, pusimos
la cosa 8 a 5. Pero no alcanzaba, y todos lo sabíamos.
Estábamos con la lengua afuera y nos dolía todo, y los
tipos seguían corriendo de lo más fresquitos. Lo peor
fue que a partir de las cuatro y media empezó a hacér-
senos evidente que los muy guachos estaban haciendo
tiempo. Al principio se hicieron los disimulados, pero
después se vio clarito. Tardaban horas para sacar un
lateral, se tiraban al piso por boludeces, y cuando el
arquero tenía que ir al fondo a buscarla para sacar del
arco se movía a la velocidad de una babosa malherida.
Cuando entendí por qué lo hacían me puse loco, porque todo nuestro esfuerzo iba a ser al pedo. Estaban
aguantando y nada más que aguantando, a la espera
de que sus estrellas pudiesen volver a la cancha. Ya
sé que en los partidos de primera los cambios no se
vuelven hacia atrás, pero en el campito la cosa es tipo

básquet: mientras queden once los jugadores pueden entrar y salir unas cuantas veces. Así que estaba claro. El turro de Zalaberri se movía sin apuro por toda la cancha y de vez en cuando les hacía a sus compañeros el gestito de subir y bajar lentamente la mano con la palma hacia abajo, como diciendo que pincharan el asunto todo lo posible.

A eso de las cinco menos cuarto los suplentes de ellos, que estaban debajo de los árboles apantallando a Espora con las remeras, le gritaron alegres a Zalaberri que el herido ya se acordaba de su nombre y que estaba empezando a ver, aunque en blanco y negro. El Cañito les ordenó que siguieran dándole aire y que le notificaran cualquier cambio. Para peor enseguida saltaron el paredón del frente Lalo y José, y le avisaron al Tití que habían fracasado en la emboscada que acababan de tenderle al recién bañado Angeli, que volvía hecho una tromba y en comitiva con su vieja y dos hermanos grandes, dispuestos a evitarle cualquier nuevo ataque estomacal. Nos reunimos alrededor del Tití confiando tal vez en que nuestro líder técnico fuese capaz de aplacar nuestras angustias. Tenía los ojos fijos adelante, sin mirar a nadie ni nada en particular, como quien busca respuestas dentro de sí mismo. Por fin habló, aunque fue breve: "Cagamos", declaró, y bajó la mirada.

No tuvimos tiempo de deprimirnos porque nos distrajeron los gritos de alegría de ellos, que festejaban que Espora podía ponerse de pie. Le mostraban los dedos de una mano para que dijera cuántos veía. Le pusieron cuatro pero el pobre cristiano contestó que veía dieciséis, así que teníamos un par de minutos de changüí. Igual daba lo mismo, porque estábamos fritos. El Gato ya no tenía fideos para vomitarle y el Peluca no podía volver a pegarle a Espora sin que los otros lo asesinaran.

Era una lástima, porque nos habíamos roto el alma para ganar ese partido. El más triste era el Luli. Capaz que se sentía culpable por habernos metido en el asunto. Ahora nos esperaba un verano en el exilio. Las otras canchas del barrio eran un asco. Ninguna tenía arcos de fierro como ésta. Y tampoco iba a ser fácil ganarnos un lugar en las nuevas. Después de todo seguiríamos teniendo doce años el resto del verano y en todos lados nos iban a verduguear los más grandes. Si alguno pensó que habría sido mejor callar y seguir jugando a la hora de la siesta, no lo dijo. Mejor, porque el Luli no se merecía reproches. Y en el fondo la cosa no era tanto sacarles el horario de las cuatro como joderle la vida al malparido de Zalaberri. Habría sido lindo vengarnos de su costumbre de llevarnos por delante, de basurearnos, de echarnos al cuerno con sus pelotazos aéreos desde la calle. Eso era lo que más dolía. Verlo al turro ese con cara de entrega de los Oscars, sonriendo con el costadito de la boca por entre sus pecas y sus granos.

Entonces volvió Espora, que ya acertaba casi siempre con el asunto del número de dedos. Me lo crucé al Luli y me di cuenta de que rezaba en voz baja. "Sonamos", pensé. Si el único tipo que sabe pisar el balón en esta banda se nos pone místico nos van a llenar la canasta. Como confirmación de mis temores, la primera pelota que tocó el Flaco Espora en su regreso al mundo de los vivos la colgó del ángulo y puso las cosas 8 a 6. Serían cinco y cuarto, cinco y veinte a lo sumo.

Lo raro empezó después. Por lo menos si le creemos al Peluca, que afirma que los pájaros se callaron justo después del sexto gol de ellos. Tal vez sea verdad, porque si lo pienso un poco, el perro de las mellizas, que se la pasa chumbando todos los partidos detrás del alambrado, ni siquiera mosqueó cuando yo erré un cambio de frente y estrellé la bola derechito en los alambres a dos metros de su hocico. Fue cuando miré por primera vez el cielo. No amenazaba lluvia ni nada, pero se había nublado con esas nubes color gris claro y parejito, y era raro después de la siesta a pleno sol que habíamos tenido.

Igual el partido no daba como para distracciones porque, como era previsible, nos estaban reventando a pelotazos. Por suerte el Peluca dejó de mirar a los pájaros y sacó unas cuantas bolas difíciles. Y el Tití, a Dios gracias, no se deprimió cuando se le quemaron los papeles del plan para neutralizar contrarios, porque se paró bien de último hombre y ordenó la defensa con criterio. Lo de "la defensa" es una manera de decir, porque como estábamos con la lengua afuera y muertos de miedo por lo que se nos venía, estábamos los once recontra metidos atrás. Nos faltaba hacer una zanja alrededor del área y ponernos casco, porque los guachos esos nos tenían contra las cuerdas.

Pero siguieron pasando cosas raras. Por ejemplo cuando el Peluca sacó con el pie y la bola salió bien alta. Por un momento me costó distinguirla. Fue un segundo, pero me dejó una sensación extraña. A los dos minutos le tiré un pase largo al Luli, que lo sobró por quince metros, pero mientras el otro interrumpía sus rezos para putearme noté que a la distancia me costaba distinguirlo. Me di vuelta hacia Lalo y los otros suplentes, que por si las moscas seguían juntando piedras como para edificar de nuevo las pirámides de Egipto. Le pregunté la hora y me dijo que, según los rivales, eran cinco y media. No podía ser, pero era. Estaba anocheciendo.

Tres minutos después no quedaban dudas de que estaba anocheciendo. Y lógicamente cambiaron los papeles: ahora era el Peluca el que tardaba sesenta y siete años en buscar la pelota detrás de nuestro arco, y yo, el que me llevaba el balón pegado al pie hacia los laterales y se los hacía rebotar para ganar tiempo y saques de costado. Cuando me pasó cerca el Cañito Zalaberri, puteando a sus compañeros para que se apurasen, traía los ojos salidos de las órbitas y los granitos del acné color fucsia, y yo disfrutaba como el sultán de la Polinesia (no sé si ahí tienen sultán, pero mi hermano siempre dice eso).

Tan raro me sentía que ni siquiera lo puteé al Peluca cuando se comió el séptimo gol de ellos después de un rebote pelotudo. Una bola suave que entró pidiendo permiso a medio metro de donde estaba parado el muy infeliz. Pero si tengo que ser justo para ese momento no se veía un cuerno. Era imposible, porque eran las seis menos cinco en pleno diciembre, pero ya no se veía un sorete, con perdón. Cuando fui a sacar del medio se la toqué al Luli, que seguía rezando con la vista elevada a las alturas. Le dije de todo pero no me dio ni bola.

Para entonces empecé a mirar el foquito de la luz de mercurio cada dos segundos y fracción. De los treinta pibes que estaban en el campito esa tarde, yo creo que veintiocho estaban haciendo lo mismo. Lo miraba el Peluca, que atajaba de ese lado y tenía que dejar de ver la cancha para espiarlo. Lo miraban nuestros defensores, y faltaba que soplaran para tratar de encenderlo. Lo miraban los contrarios, pero desesperados. Lo miraba el Cachito Espora, que dicho sea de paso parecía un unicornio con el chichón violeta en la frente. Lo miraba el petiso Angeli, aunque no tan seguido, porque lo preocupaba tanto el final del partido como que el Gato pudiera zamparle un vómito de última hora. Y lo miraba el malnacido del Cañito Zalaberri, que tenía un deseo enorme de asesinar al culpable de lo que le sucedía, pero estaba angustiadísimo justamente porque no sabía a quién tenía que surtirle los bollos que se le acumulaban en los puños.

Del 8 a 7 en adelante habrán pasado dos o tres minutos más. Ojo que para mí fueron unas cuantas décadas, pero por el julepe que tenía de que nos empataran justo entonces. Tiene que haber sido poco tiempo porque la pelota apenas se arrimó a las áreas. Cuando el Gato fue a sacar un lateral, de pronto Lalo y Beto y José y Agustín se le tiraron encima festejando. Me di vuelta y ahí estaba. La luz del farol amarillenta, fría todavía, sin ese color blanco penetrante que toma un ratito después de prenderse. Pero encendida. Total y definitivamente encendida.

La sorpresa puede ser una emoción difícil de manejar, sobre todo si uno es un burro de carga como el Cañito Zalaberri. La prueba está en que en lugar de venírsenos al humo para deshacernos la cara a tortazos salió caminando con los labios sellados y con cara de espectro para el lado de su casa, con sus alcahuetes en los talones.

Nosotros también estábamos raros. Por supuesto que pegamos unos cuantos saltos y gritos festejando la hazaña contra esos grandulones. Pero el asunto seguía siendo extraño. Estábamos parados en el mediocampo, y seguía oscuro aunque parecía como si el anochecer se hubiera detenido. Además no se veían ni la Luna ni las estrellas. Apenas nos iluminaba, de lejos, la luz de mercurio de nuestro farol bendito. El único que estaba sacadísimo de puro feliz era el Luli, que alzó los brazos y empezó a gritar como si lo estuvieran despellejando: "¡Gracias, Dios, mil gracias! ¡Te la debo, Dios, te debo una! ¡Gracias por el milagro!".

Alguno pensó que se había insolado. Yo no, pero igual la cosa me daba un poco de miedo. Cuando el Gato le preguntó qué bicho le había picado, el Luli le contestó enloquecido que se había pasado medio partido pidiéndole a Dios un milagro y que Dios se lo había concedido. Como el Gato y Luis se le mataron de risa, el Luli se puso serio, se enojó un poco y les dijo que no fueran desagradecidos.

—A ver, pescados, a ver... fíjense la hora. No son ni las seis y cuarto, y es de noche. ¿Cómo lo explican, infelices? ¿Cómo lo explican?

Entonces se escuchó la voz científica y helada de Atilio:

—Es un eclipse, pavo. ¿No sabés lo que es un eclipse? —Y siguió explicando, con el tono que usa la señorita Nelly cuando no pescamos algo—: Un eclipse es cuando la Luna se interpone entre el Sol y la Tierra, que queda en un cono de sombra, independientemente de la hora del día, hasta que las órbitas de la Tierra y la Luna se separan y todo vuelve a la normalidad. No te extrañe que en un rato vuelva a aclarar como si nada.

Atilio será de madera jugando, pero que sabe, sabe. Así que todos pusimos cara de estar de acuerdo. Todos salvo el Luli, que lo encaró de nuevo.

—¿Ah sí? ¿No digas? ¿Un eclipse? ¡¿Y vos te creés que justo justo va a haber un eclipse, que pasa cada cualquier cantidad de años, cuando estamos 8 a 7 contra estos turros, y se va a poner lo suficientemente oscuro como para que arranque el automático de la luz de mercurio?! ¡Pero pobre de vos, desagradecido!

—¡Ah sí! —Atilio no se achica cuando lo apuran con lo de saber cosas—: ¿Y vos te creés que Dios tiene tiempo de gastarse un milagro en un partido de morondanga como éste, sólo porque vos te pusiste a recitar padres nuestros? ¡No me jodás, Luli! ¡Yo estoy tan contento como vos, pero no entremos a decir boludeces!

El Luli no contestó. Se arrodilló, hizo varias veces la señal de la cruz y empezó de vuelta con los rezos. Los demás nos hicimos a un lado y nos empezamos a ir, medio porque lo de Atilio nos parecía más lógico y medio porque nos daba no sé qué quedarnos cerca del Luli en medio de sus oraciones.

Pero lo más raro de todo pasó después, cuando empezamos a caminar hacia el tapial, en medio de la penumbra. El Luli seguía rezando, pero ahora improvisaba.

—Gracias, Señor, mil gracias. Aunque el turro de Atilio diga que fue un eclipse, yo sé bien, Dios, que éste es un regalo que nos hacés porque te lo pedimos con fe, como dice el cura Antonio en la parroquia, y porque te gusta la justicia y sabés que el Cañito Zalaberri es un malparido y no se merece jugar a las cuatro, pero se aprovecha de los más chicos porque ya cumplió los quince. ¡Gracias, Dios, mil gracias de nuevo! Te pido perdón por el incrédulo de Atilio, pero igual te doy las gracias por él y por todos nosotros. ¡GRACIAS, DIOS QUERIDO!

El grito final del Luli se escuchó clarito. De lo que pasó después me acuerdo poco, salvo que el alarido final se perdió en el silencio oscuro y que me hice un tajo bien feo en la pantorrilla cuando saltamos como pudimos el tapial de la calle, mudos del cagazo, cayéndonos y levantándonos, cuando desde los cielos se escuchó clarito, clarito, esa especie de trueno que gritó "¡DE NADA! ".

Un verano italiano

No puedo escuchar la música del Mundial de 1990 sin entristecerme. Supongo que ustedes saben a qué melodía me refiero. Todos los mundiales tienen la suya. Esa cancioncita que acompaña las transmisiones y que a veces cantan en vivo en la ceremonia inaugural. Creo que la del Mundial de los Estados Unidos se llamó "Gloria" o cosa por el estilo. En México hablaba de "el mundo unido por un balón" o alguna otra pavada alusiva. En el de Corea-Japón no sé cuál fue la oficial, pero aquí en la Argentina se la pasaron dale que dale con la cancioncita del gordo Casero.

La música de la que hablo, si la memoria no me traiciona (y guarda que bien podría ser que me traicione: ya no me acuerdo de las cosas como antes), se llamaba algo de "Un verano italiano" y sonaba como esas canciones tanas de los años sesenta, melodiosas y levemente azucaradas pero no empalagosas. La cantaban un muchacho y una chica de voces potentes y ásperas.

Si a cualquier argentino más o menos futbolero le ponen seis o siete compases de esa cancioncita seguro que la ubica al toque. Y tal vez a más de uno le produzca una sensación rara volver a escucharla. Triste, o nostálgica, o vaya uno a saber qué. Alguno recordará el dolor de esa final contra Alemania y el penal que les regaló ese mexicano turro. Otro preferirá regodearse en el recuerdo del gol de Caniggia a los brasileños. Alguno se sentirá vengado con la definición por penales contra los italianos y sus caras de velorio en el final. Habrá quien no pueda sacarse de la cabeza la imagen de Maradona puteándolos a todos mientras silbaban el himno.

Pero mi tristeza es algo más personal. Si me permiten, más profunda. Me detengo. Releo lo que he escrito y me veo reflejado, mientras escribo, en el vidrio de la ventana. Me pregunto qué hago contándoles a ustedes estas cosas. Yo, con esta cara de gordito pacífico. Estas pecas de pelirrojo. Estos ojos siempre ojerosos. No es que pretenda definirme como feo, guarda. No sé si soy feo. Supongo que soy simplemente anodino, anónimo. Yo mismo recuerdo mi cara porque es mía. Si no fuera mía difícilmente la recordaría. Imagino que a los demás les pasa lo mismo.

Vuelvo a detenerme y a releer, ahora el último párrafo. Es patético, la pucha. Si fuese solamente aburrido vaya y pase. Pero es patético. Cuando mi jefe lo reciba en la redacción no va a pensar, como otras veces, "Trobiani se puso denso". Seguro que esta vez va a concluir "Trobiani es un pelotudo". Bueno, que se joda, qué tanto. ¿O se cree que es tan fácil mandar una columna todos los lunes, para que salga todos los martes?

Ahora es la madrugada del lunes. La tarde del domingo la pasé en blanco. Ordené papeles. Colgué unos estantes nuevos en la biblioteca. Parece mentira cómo se juntan los libros. Y yo no tiro ninguno. Superstición, supongo. Recibo pilas, carradas, montañas de libros. Y no soy capaz de tirarlos, aunque la mayoría sea un asco. Educación de clase media profesional, supongo. "Los libros no se maltratan, nene." Esos mandatos quedan. La ventaja de vivir solo es ésa, creo. Puedo ir ocupando las paredes con más y más anaqueles para libros que no voy a leer, pero que tampoco voy a tirar. Terminé tardísimo. Miré un partido de la liga inglesa, y no sé a cuento de qué pasaron algunas imágenes de Italia 90 con la musiquita de fondo. Y fue como si me tiraran un cañonazo al pecho. Me derrumbé en un sillón y empecé a recordar. No pienso siempre en eso. Pero a veces me ocurre. Más si escucho la musiquita, como me pasó esta noche. Fui paso por paso, día por día, sensación por sensación, hasta que me quedé vacío de recuerdos. Cuando miré el reloj había pasado como una hora. Entonces me levanté y vine aquí, a la computadora, y escribí que no puedo escuchar la música de Italia 90 sin entristecerme.

En esa época yo estaba en la facultad. Según el viejo axioma que reza "Serás lo que debas ser, o si no serás abogado o contador", gastaba mi año número veinticuatro cursando segundo de Económicas. No puedo explicar qué hacía yo estudiando Económicas, pero no me desespera porque tampoco puedo explicar cosas mucho más importantes de mi vida, y aquí estoy, si vamos al caso.

El asunto es que cursaba segundo año y solía parar, antes de que se hiciera la hora de cursar, en un bar de la calle Uriburu, cerca de la facu. Me encontraba con otros tres o cuatro fulanos, conocidos apenas, que compartían conmigo alguna materia. Siempre odié estudiar. Siempre aborrecí estarme quieto, sentado, recitando de memoria párrafos de libros de estudio (no sé estudiar de otra manera). De modo que juntarme con estos tipos me aliviaba en parte la tortura. No importan sus nombres ni interesan sus historias. Tal vez ahora sean Señores Contadores Públicos Nacionales, se hagan llamar Doctores y cobren buen dinero por asesorar a sus clientes sobre la mejor manera de evadir impuestos. No, olviden eso último. Hablo de envidia, porque en mi educación de clase media profesional pesa, y mucho, el estigma de no tener un título universitario.

Me estoy yendo de tema, esta historia va a quedar larguísima y, cuando la lea mi jefe, va a querer asesinarme. A lo mejor igual la publican. Todo depende del espacio que les quede a la hora del cierre. Pero seguramente tendrán que tijeretearla por todos lados. Habrá que ver cómo queda después de la poda. Si así, enterita, es insufrible, no me quiero imaginar lo que será la versión compactada. Pero bueno, allá ustedes si terminan leyéndola.

Lo importante no son los tipos que se juntaban conmigo, sino la novia de uno de ellos. La vi por primera vez en abril, un jueves al atardecer, antes de entrar a cursar. La trajo el punto este que estudiaba conmigo, de la mano. No puedo describirla. A las mujeres que he amado no se les ajustan nunca las palabras. Quédense con eso. O déjenme agregar que cuando me miraba yo me sentía nadando en agua tibia. Mejor cuando corrija estas páginas tacho lo último que puse. ¿Qué boludez es eso del agua tibia? Aunque no sé, tal vez lo dejo y alguien me entiende.

Soy un tipo que respeta ciertos códigos. Nunca fui de esos fulanos que tratan de levantarse a las novias ajenas. No va conmigo. De modo que traté de no darle demasiada trascendencia. Pero al día siguiente volví al café, mejor vestido y recién afeitado, esperando verla. Victoria (así se llamaba esa belleza) también estudiaba Económicas, pero estaba unas cuantas materias adelantada con respecto al inútil del novio. Cuando lo acompañaba a nuestras reuniones de estudio se quedaba un poco al margen. Abría algún libro, o sacaba algún apunte, se calzaba unos anteojos pequeñitos que le quedaban hermosos y se ponía a estudiar en silencio. Yo ni la miraba. No digo que me cuidaba de que los demás me vieran mirándola demasiado. No. En todo lo que duraba nuestro encuentro no le dirigía ni un vistazo. Sospechaba que si posaba los ojos en ella los demás iban a apiolarse y no tenía interés en pasar vergüenza. Ya dije que no soy precisamente un Adonis. Y hace trece años era igual de feo que ahora. Y la chica esta no estaba casada pero casi. Estaban de novios poco menos que desde salita verde. Se casaban a fin de año. ¿Qué sentido tenía darme manija con esa mina? Ninguno, ninguno. Pero igual me daba una máquina descomunal. En mayo aprendí que si me sentaba junto a la ventana podía mirarla a mi gusto en el reflejo, como si estuviese mirando para afuera. Debo haberme pasado horas con cara de idiota, con la vista clavada supuestamente en la vereda de enfrente. Los demás habrán pensado que yo era medio filósofo, porque jamás dijeron nada. Así yo podía mirarla hasta cansarme, y como no me cansaba nunca, podía mirarla durante horas. Creo que la observé, en esos meses, más de lo que ninguna otra persona pudo haberlo hecho durante el resto de su vida. Más la miraba, más me enamoraba. Me torné un experto en detectar sus estados de ánimo a partir de mínimos signos subrepticios. Sabía que en sus días malos resoplaba a cada rato, inflando un poco las mejillas. Que cuando estaba contenta se quitaba los lentes cada dos minutos, como si su peso fuera un estorbo. Que cuando algo la preocupaba o le dolía se mordía el labio inferior con sus dientes chiquitos y blancos. Que si alguien le dirigía repentinamente la palabra su timidez la hacía sonrojarse y pestañear varias veces antes de responder. Por supuesto que, tal como comprobé en la primera tanda de parciales, nunca tuve ni la mínima noción de los temas que se estudiaron en esos encuentros, pero, ¿qué importancia tenía todo, comparado con ella?

Ya no recuerdo por qué, pero cuando debutó la Argentina contra Camerún estábamos en el café, todos juntos. Naturalmente, durante el lapso que duró el partido nadie tocó un apunte. Cuando terminó, unos cuantos se levantaron masticando bronca. El novio de Victoria se había agarrado una calentura atroz y dijo que se iba a caminar. Los otros tres lo siguieron, y de repente me encontré en el Paraíso. Una mesa de café para seis personas con cuatro puestos vacíos. Victoria y yo. Frente a frente. Nos miramos. No sé por qué ella sonrió cuando estuvimos solos, pero le devolví la sonrisa mientras la cara se me encendía de vergüenza. Comentó algo del partido y que no entendía a los hombres que se ponían frenéticos con el fútbol. No sé qué idiotez contesté, atropellándome con las palabras, porque no podía pensar en nada. Al rato volvieron los idiotas y ella retornó a sus libros. No pegué un ojo en dos noches, recreando una vez y otra vez nuestra primera charla a solas.

El segundo partido fue contra la Unión Soviética, por la tarde, creo que un martes. De nuevo estábamos todos juntos en el café. Cuando se fracturó Pumpido, en la mesa se tiraban de los pelos. Yo, serenamente, dije que Goycochea era un arquerazo, salvo en los centros. Me miraron torcido, pero me mantuve en lo mío. Lo había visto seguido desde la época de la reserva de River, y realmente pensaba lo que acababa de decir. Después del partido Victoria abandonó el café delante de mí. En realidad yo sostuve la puerta vaivén y le cedí el paso, cosa que el inútil del novio no hacía jamás de los jamases. Caminamos juntos la media cuadra que nos separaba de la facultad, apenas detrás del resto. Ella dijo que pensaba como yo con respecto a Goycochea. Sentí que me moría de felicidad. Era una estupidez, una trivialidad, pero que lo dijera entonces, lejos de los otros, sólo para mí, creaba algo, una intimidad nueva, un puente que nos distinguía y nos separaba de los demás y nos aproximaba. Me envalentoné y le dije que ese arquero nos iba a llevar lejos. Ella se rió y me dijo que me tomaba la palabra. Yo me hice el serio y juré que la Argentina tenía cuerda para rato en el Mundial.

La semana siguiente se pareció a estar en el Cielo. En la mesa del café comentaban cada tres minutos la fatalidad de tener que jugar contra Brasil. El novio de Victoria, que la jugaba de entendido, decía que no había manera de ganarle. Los demás asentían o polemizaban. Yo permanecía callado. De vez en cuando Victoria me miraba y sonreíamos. De buenas a primeras yo tenía algo con ella. Algo en lo que nadie más participaba.

Ese domingo vi el partido en casa, solo. Mis viejos habían salido, no recuerdo adónde. El primer tiempo lo vi con una almohada en la cabeza. Cada vez que las camisetas amarillas invadían el área argentina yo me tapaba la cara y rezaba. De más está decir que me pasé cuarenta y cinco minutos medio sofocado y

con más avemarías en mi haber que una vieja devota.
El gol de Caniggia salí a gritarlo a la calle, con tal de-
safuero que me estropeé la garganta por una semana.
Después me puse tan nervioso que apagué la tele y
esperé rezando el final del partido. Cuando iba a encender la radio para enterarme del resultado sonó el
teléfono. Antes de contestar supe que era ella. Faltó
poco para que dijera "Hola, Victoria" al levantar el
auricular. En realidad, hacía una semana que miraba
de reojo el teléfono esperando ese milagro. ¿Por qué?
Nunca tuve la menor idea, pero en esos días yo me
movía, a ciegas, con la seguridad de un predestinado.
Me recordó mi promesa y me dio las gracias, como
si yo hubiese sido responsable de haber ganado esa
epopeya. Me reí. Me solté. Probablemente haya dicho
alguna frase ingeniosa. Estaba en las nubes. Recién al
colgar reparé en la circunstancia de que yo nunca le
había dado mi número. De modo que se había ani-
mado y con alguna excusa lo había conseguido de su
novio o alguno de los otros. Así que habría inventado
alguna excusa para llamar a un compañero de su novio. Esa complicidad me llenó de alborozo. Me sentí invencible. Más allá de todas las posibilidades, por
encima de todas mis previsiones y superando todas
las probabilidades, Victoria se había fijado en mí de
alguna forma. Seguramente no me merecía semejante
privilegio. Pero yo disfrutaba como un beduino.

    Cómo somos los humanos. Qué cosa jodida
que somos. Hasta entonces yo había estado tranquilo,
tranquilísimo. Era punto, perdedor nato, nada, na-
dita. Por eso me había atrevido a conversar un par de
veces con ella. Por eso me habían surgido comentarios
ingeniosos. Si seguro que la mina se interesó porque

a mí no se me notaba el amor enceguecido que para entonces sentía por ella. Bastó que Victoria me apuntase los cañones con ese llamado del partido contra Brasil para que a mí me entrasen unos nervios galopantes. Ella lo notó, estoy seguro, aunque también estaba rara. Tensa. Seria. Con todos salvo conmigo. A veces era tan evidente que yo temía que el idiota del novio se diese cuenta. A los demás les ladraba; a mí me sonreía. A los demás los ignoraba; a mí me sacaba charla. El novio, más allá de su indudable cretinismo, empezaría indefectiblemente a apiolarse.

Con Yugoslavia jugamos un sábado al mediodía.

La gente en el bar se masticaba los vasos de los nervios. Antes de la definición por penales fui al baño y me crucé en el pasillo con ella. No lo premeditamos. Simplemente se dio así: yo iba y ella volvía, y nos interceptamos involuntariamente en un pasillito de medio metro de ancho. Cuando me miró me dieron ganas de llorar, porque no podía creer que alguien pudiese mirarme alguna vez a mí con esos ojos. Me preguntó con quién íbamos a jugar si pasábamos a Yugoslavia. Contesté maquinalmente que la semifinal era el miércoles, contra Italia. Sin dejar de mirarme me dijo que le encantaría que la viésemos los dos juntos. El corazón se me salió por la boca y escapó dando saltitos por las baldosas grises del pasillo. Con lo que me quedaba de vida le devolví la sonrisa.

Recuerde, amigo lector, lo que usted sintió durante esa definición del partido por penales en que la Argentina lo tuvo para ganarlo, lo tuvo para perderlo, y finalmente lo ganó gracias a Goycochea. Imagine lo que pude haber sentido yo, que además de un pasaje a la semifinal del Mundial me jugaba un encuentro a solas con Victoria. Cuando ganó la Argentina el bar se convirtió en un quilombo. Cualquiera abrazaba a cualquiera, y a la primera de cambio terminé en sus brazos y ella en los míos. Fue un segundo, porque cuando nos dimos cuenta nos soltamos, turbados. Pero el perfume de esa chica... no sé, prefiero no describirlo para no quitarle lo sagrado.

El miércoles elegimos un bar de Once, bien lejos de todos esos fulanos de Económicas, noviecito incluido. Debo haber sido el único argentino que encontró un motivo de alegría en el gol de Italia.

Victoria, apesadumbrada, me aferró la mano y no me la soltó hasta que lo empató Caniggia. Cuando iba a empezar la definición por penales volvió a mirarme como lo había hecho en el pasillo del otro bar. Me dijo que después de la final quería que nos viéramos. Yo asentí. Releo lo que puse. Eso de "asentí" suena muy formal, muy severo. Pero es cierto. Lo único que hice fue mover la cabeza de arriba hacia abajo, porque tenía la lengua paralizada. Victoria no estaba diciendo que nos juntásemos a ver la final. Hablaba de encontrarnos después. Y ésa era la puerta hacia el futuro. El Mundial nos había unido. Terminado el Mundial arrancaría nuestra historia. No cometí la torpeza de preguntar por su novio o por su inminente matrimonio. Simplemente moví la cabeza diciendo que sí. No hacía falta más.

Cuando empezaron los penales volvió a tomar mi mano. Y el abrazo que nos dimos cuando Goyco nos dio otro empujón a la gloria fue más profundo, más largo, más cálido que aquel otro que nos unió después de Yugoslavia. Y no sólo porque estábamos lejos de miradas indiscretas, sino porque era un pasaje, una llave maestra que nos abría la penúltima puerta.

No lo habíamos dicho. Pero el destino de lo que nos estaba pasando iba de la mano con ese derrotero de locos de la Argentina en el Mundial de Italia. Desde ese comentario tonto después de la derrota contra Camerún, pasando por los elogios a Goyco cuando la Unión Soviética, hasta ese abrazo lleno de promesas del partido con Italia.

En los días siguientes no pude pensar en otra cosa, naturalmente. Dudo que haya dormido más de cinco o seis horas, si sumo todas las noches desde el miércoles hasta el domingo. La musiquita del mundial me sonaba en los oídos a todas horas. Y no sólo por el tachín tachín de la radio y de la tele, que no paraban de hablar del milagro argentino y todo eso. Me sentía parte del milagro o, más bien, protagonista de mi propio milagro paralelo. Yo era como la Argentina, que seguía avanzando contra todos los pronósticos y desafiando todas las leyes de probabilidades. Los jugadores no lo sabían, pero al ganarles a los rusos me habían mantenido en carrera a mí. Al eliminar a Brasil me habían entreabierto las puertas del Paraíso. Yo me había colgado con ellos del travesaño en el primer tiempo. Yo había esquivado las camisetas amarillas del mediocampo junto al Diego. Mi alma había corrido con el viento y la melena rubia del Cani cuando lo sobró al arquero por la izquierda. Todo mi futuro se había encomendado en las manos sagradas de Goycochea en esos penales memorables.

Victoria me llamó el domingo al mediodía. Nos costó hablar. Estábamos nerviosos. Pero también rabiosamente felices. Acordamos dónde vernos, para evitar a los testigos peligrosos y a las multitudes de los festejos.

El partido lo vi solo, en mi cuarto. Cuando le pegaron a Calderón en el área de Alemania grité penal, me abracé a la almohada y rodé por el piso. Cuando vi que el mexicano se hacía el otario con el "Siga, siga", sentí que algo se rompía en el futuro que había estado construyendo. Y cuando el delincuente ese les dio el penal de biógrafo que les dio, no pude con mi desesperación y salí a la vereda. El mundo estaba muerto. No se veía a nadie. Me dije que si el Goyco lo atajaba, los gritos iban a anunciármelo. Pasaron los minutos. Entendí que habíamos perdido. Volví adentro y vi los festejos de los alemanes.

Lloré. No sé a qué tarado de la transmisión se le ocurrió pasar la musiquita del Mundial. Yo supe que ésa era la despedida. Mientras el Diego lloraba, y mientras los alemanes recibían la copa, yo me sentí como la Cenicienta a las doce y un minuto. Me miré en el espejo. Me vi como era y como soy. Feo, torpe, desgarbado, insulso. Supe que se había roto el hechizo. Y que Victoria debía estar despertando también del suyo. La imaginé reconstruyendo esas semanas de locos. Seguramente estaría acalorándose al recordar el modo en que me había mirado, avergonzándose al pensar en las cosas que había insinuado, arrepintiéndose al sacar cuentas de hasta dónde había permitido llegar esa historia ridícula conmigo. De modo que le simplifiqué las cosas y le evité el mal trago de tener que decírmelo en la cara. Me quedé en mi pieza, y cada vez que pasaron la musiquita esa del "Verano italiano" puse la tele a todo volumen. Tal vez fue estúpido, pero fue mi modo de despedirme.

Obviamente, jamás volví al bar de nuestros encuentros. Para evitar tener noticias suyas dejé la facultad. A fin de cuentas, no tenía sentido torturarme. Probablemente en el grupito de estudio les haya llamado la atención mi ausencia definitiva. Alguno, tal vez, habrá comentado algo. Otro habrá concluido en que, a la luz de mi rendimiento universitario, había tomado una buena decisión. Y Victoria, mordiéndose apenas el labio inferior, habrá pensado lo mismo.

Independiente, mi viejo y yo

"Mirá que esta noche es el partido", me dijo él. Hizo bien porque uno, a los cinco años, no tiene una conciencia cabal de la periodización del tiempo. Como mucho distingue el sábado y el domingo, porque esos días no hay que ir al jardín, y papá se queda en casa a jugar con uno. Pero con los otros días y las otras noches, la cosa se complica. Por eso sin la advertencia de papá, hecha con el beso de recién llegado del atardecer, yo habría pasado por alto la infinita importancia de esa noche.

Los preparativos fueron los de siempre. Mientras él encendía el Stromberg-Carlson con suficiente antelación para darle tiempo a las válvulas, yo le pedí a mamá la ropa apropiada para el evento. Primero se negó a lo del pantaloncito corto, aduciendo que era invierno y que hacía mucho frío. Yo argüí hasta el cansancio que los jugadores juegan con pantalones cortos, y al aire libre. Una salomónica intervención de papá desempantanó por fin el pleito: con pantalón corto, pero sentado cerca de la estufa de kerosene del comedor. Después me puse la camiseta roja con el cuellito blanco, con el once de cuero cosido en la espalda, igualito que Daniel Bertoni. Papá, mientras tanto, iba trayendo la colección de trapos rojos que colgábamos a modo de banderas. Había pañuelos, una frazada, un pulóver, un par de camisas chillonas. La lámpara de pie, el timón de barco que adornaba la pared, varias de las sillas, todos terminaron ocultos en nuestro rito ornamental y futbolero. Cuando llegué, rigurosamente ataviado con los colores reglamentarios, me llené los ojos de banderas rojas. Lo único que nos faltaba era el viento para que flamearan, como en la cancha.

Papá se negaba, pese a mis acaloradas argumentaciones, a vestir también el atuendo correspondiente. Nada de camiseta. Y mucho menos de pantalones cortos. A mí me parecía un desperdicio, con tanto trapo rojo disponible y tan a mano. Pero él prefería verlo con su bata de siempre, calzado con sus chinelas ruidosas, con el paquete de Kent y el cenicero, pobrecito, para fumarse los nervios uno por uno.

Mientras daban las últimas propagandas, y antes del aviso de "minuto cero del primer tiempo, es tiempo para una ginebra Bols" (o cosa por el estilo) que marcaba la hora señalada, papá se sintió en la obligación de preservarme de desilusiones demasiado abruptas. Me miró como me miraba siempre que tenía algo importante que decirme, con una mezcla de solemnidad y de ternura, con un bosquejo de sonrisa iluminándole los ojos. "Mirá, tipito —empezó, porque él me llamaba de esa manera cuando teníamos que aclarar cosas importantes—, que la cosa viene difícil." Y volvió a enumerarme todas las dificultades que nos esperaban en esa noche de invierno. Que ellos habían ganado en Brasil, que nos habían pegado un peludo bárbaro, que no sólo teníamos que ganar, sino que debíamos hacerlo por no sé qué diferencia de gol. Pero para mí sus argumentos sonaban confusos. ¿Acaso él mismo no me había dicho que Independiente era el rey de copas, que la copa, la copa se mira y no se toca, que los brasileños nos tenían un miedo descomunal, y que en Avellaneda y de noche se morían de frío, y no podían ni levantar las patas del pasto? Él trató de convencerme de que, pese a la absoluta veracidad de lo dicho en otras ocasiones, esta noche las cosas iban a ser muy difíciles y peliagudas.

De todos modos, nos entonamos cantando un par de veces el "sí, sí señores, yo soy del Rojo", y algún otro estribillo para ir matando el tiempo. Cuando finalmente se acabaron las propagandas, papá encendió la radio Phillips, con su estuche de cuero, que debía ser la primera portátil de Sudamérica (y la teníamos en casa). Le bajó el volumen a la tele: ambos sabíamos que los relatores de radio son mejores que los otros. Cada uno ocupó su sitio de siempre. Él en la cabecera de la mesa, y yo sobre el arcón de mirar la tele. Acercó la estufa de querosene de ese lado para cumplir lo pactado en cuanto a temperatura corporal con la madre del win izquierdo de bolsillo.

Pero la carne es débil. No importa cuánta preocupación ocupe nuestro pensamiento, ni cuánta angustia agobie nuestro espíritu. Uno siempre termina teniendo hambre, o teniendo sueño, y sucumbiendo a esas necesidades poco altruistas. Empecé a cabecear apenas empezado ese partido inolvidable. Mamá me dijo varias veces que me fuera a la cama. Pero yo seguía ahí, impertérrito, sentado en el arcón, con las patas colgando y pateando en el aire como si estuviese en plena cancha en los escasos momentos de lucidez que tenía en medio de mi mar de sueño.

Papá esperó un rato y después me dijo que me fuera, que me quedara tranquilo. Yo protesté que de ninguna manera, que teníamos que seguir ahí los dos, haciendo fuerza con los cantitos y las banderas. Él me dijo con aire confiado que no hacía falta, que igual sin mí íbamos a salir campeones, que me quedara tranquilo, que los teníamos de hijos. Ante semejante desparramo de confianza le hice caso y me dormí.

A la mañana siguiente mamá me despertó para ir al jardín. Embotado de sueño me dejé vestir, abrigar y conducir a la cocina a tomar la leche. Después ella me sentó en el sillón del living para atarme los cordones, como hacía siempre mientras esperábamos que pasara el micro. Apenas me despabilé un poco recordé la noche de la víspera, y me desesperé preguntándole el resultado del partido. A la luz del día, y después de un sueño reparador, mi deserción de la noche me parecía imperdonable. Ella me miró y dijo no saberlo. Le pregunté por papá, y respondió que aún no se había levantado.

Han pasado veinticinco años, pero aunque pasen sesenta voy a recordarlo como si hubiese sucedido hoy. La casa estaba iluminada por uno de esos soles oblicuos y tibios del invierno. Yo tenía el guardapolvo cuadrillé lila y blanco, y la bolsita en el regazo, bien agarrada en la diestra, para no olvidármela (otras veces me había pasado, y me había quedado sin el Jorgito de dulce de leche y sin la taza de plástico para el mate cocido; así que ahora la cuidaba más que a mi vida). De repente oí abrirse la puerta del dormitorio. Y enseguida escuché el clásico arrastrar de las chinelas en el parquet del pasillo. El corazón me dio un vuelco. Lo llamé a los gritos. Entró a las carcajadas, preguntándome el motivo de mi ansiedad. Yo lo interrogué por el resultado, ya totalmente despierto, ya absolutamente pendiente de lo que dijeran sus labios, ya indiferente a mamá terminando de atarme los cordones.

Él se acercó, se inclinó, me dio un beso de buenos días, y se me quedó mirando con expresión jubilosa. Recién cuando volví a preguntarle me dijo que sí, que claro, que habíamos salido campeones de nuevo, y que no me olvidara en el jardín de decirle a todo el mundo que Independiente había vuelto a salir campeón de América. Yo, aún en medio de mi alegría, me hice el tiempo de preguntarle cómo habíamos hecho, si él me había dicho que era muy difícil, que en Brasil nos habían dado un baile bárbaro, que teníamos que hacerles como tres goles, que en el campeonato de acá andábamos como la mona. Él me miró risueño, y sembró una semilla más en el fértil potrero de mis sueños de pibe.

"Pero, tipito —empezó, como enunciando una verdad ya reiterada hasta el cansancio—, ¿no te dije que los brasileños ven la camiseta del Rojo y se asustan tanto que no pueden ni mover las patas? ¿No te dije que, con el frío, se quieren volver a su casa a comer bananas para entrar en calor? Por eso te dejé dormir. Porque era tan fácil que nos las rebuscamos sin tu aliento." Y en medio de mi maravilla impávida, terminó: "Menos mal que te dormiste. Imaginate si te quedás despierto y gritás conmigo: les hacemos veinte goles y no quieren venir a jugar nunca más, y nos quedamos sin nadie a quien ganarle la copa". Después me levantó en brazos y cantamos "la copa, la copa, se mira y no se toca", y dimos la vuelta olímpica a los saltos, por toda la casa. Vino el micro y me fui al jardín de infantes.

Supongo que ésos son los recuerdos que se le meten a uno en los recovecos del corazón, y echan cría y se nutren de su propio néctar, y nos marcan para toda la vida. Por lo menos así ocurrió conmigo. Y no me avergüenza reconocer que ahora, ya grande, cuando tengo un problema que me agobia, o cuando me toca sufrir por radio y por televisión un partido de Independiente y me como los codos por la ansiedad y la angustia (la vida me enseñó lo inconveniente que puede resultar fumarse los nervios), siento un impulso difícil de dominar, una tentación casi irresistible que me invita a irme a dormir, a abrigarme en la certeza de que mientras yo sueño, mi papá e Independiente, como duendes laboriosos, van a arreglarme el mundo para que yo lo encuentre refulgente en la mañana.

Y queda en mí el mandato inexorable que dictan las fidelidades eternas. Cuando Independiente gana un campeonato —al fin y al cabo, Dios y sus milagros evidentemente existen— lo primero que hago, en la cancha o en mi casa, es levantar los brazos y los ojos hacia el cielo, abrazándolo a mi viejo a través de todos los rigores del destino, y por encima de todas las traiciones de la muerte. Lo que pasa es que tratándose del Rojo, de mi viejo y de mí, hay veces que la muerte es una señora que nos tiene un miedo bárbaro. Una vieja podrida a la que, de locales en Avellaneda, le tiramos la camiseta y podemos, de vez en cuando, llenarle la canasta.

Todavía me acuerdo de ese número once de cuero blanco, cosido en la camiseta como el de Bertoni. Pero ahora también veo, cuando me fijo con suficiente atención, que mi viejo también lleva lo suyo. Lo tiene ahí, en la espalda, justo a la altura del nacimiento de las alas: un diez de cuero blanco, igualito igualito al de Bochini.

Por Achával nadie daba dos mangos

La verdad es que por Achával nadie daba dos mangos. Y si terminó atajando para nosotros en el Desafío Final que armamos contra 5º 1ª en marzo del 86 fue porque se sumó una cantidad descomunal de casualidades, de situaciones y de contingencias que, si no se hubiese dado, habría hecho imposible que Achával terminase donde terminó, es decir, defendiendo nuestro honor debajo de los tres palos.

Cuando lo conocí, en 1º 2ª, pensé: "Este tipo tiene cara de otario". Pero me dije que no tenía que ser tan mal bicho como para juzgar a alguien simplemente por la cara, de modo que me obligué a darle una oportunidad. Jugamos contra 1º 1ª por primera vez en mayo de 1981. Apenas nos conocíamos, y Cachito —que iba a terminar atajando durante toda la secundaria— todavía se daba aires de mediocampista y se negaba a ir al arco. Por eso no tuvimos mejor idea que decirle a Achával. Error de pibes, claro. Porque cuando hacíamos gimnasia el tipo ya nos había demostrado que era un paquete que no servía ni para una carrera de embolsados. Pero en el apurón de juntar los once para el desafío, y ante la evidencia cruel, el viernes a la tarde, de que éramos diez y de que el resto de la división eran mujeres y ninguno de los diez quería ir al arco, Perico lo encaró y le dijo que teníamos un partido el sábado y que si quería podía jugar de arquero.

El otro aceptó encantado, y yo pensé: "Bárbaro, un problema menos".

El asunto fue en la mañana del sábado. Cuando lo vi llegar se me bajaron los colores. Se había puesto una chomba blanca, un short con bolsillos, unas medias de toalla hasta la mitad de la pantorrilla y zapatillas blancas. Me quise morir. Un tipo que te viene a jugar al fútbol vestido de tenista es un augurio de catástrofe. Mientras nos calzábamos los botines detrás del arco el fulano se mandó para la cancha. Se paró bajo el arco y lo miró con curiosidad, como si fuese la primera vez en su vida que veía un artefacto como ése. Los chicos que estaban peloteando cerca le tiraron un pase. Esperó con las manos a la espalda, como un alumno aplicado. Que un tipo te venga a jugar en chomba blanca es delicado. Pero que espere el balón con las manos cándidamente cruzadas a la espalda se parece a una tragedia. Supongo que mi cara dejaba traslucir el espanto, porque Agustín me codeó y trató de tranquilizarme: "Andá a saber, capaz que al arco el tipo es una fiera". Pero ni él se lo creía. No hace falta que diga que cuando la pelota le llegó hasta los pies la devolvió sin intentar siquiera el más modesto de los jueguitos. Y le pegó de puntín, sin flexionar la rodilla. "Dios santo", pensé. Pero era tarde.

Cuando empezó el partido salimos todos como salvajes contra el arco de ellos. Pavadas que uno hace a los trece años, qué se le va a hacer. Nos esperaron, nos aguantaron, y a los diez minutos nos tiraron un contraataque que parecía el desembarco en Normandía. Cuando los vi disparando hacia nuestro arco, con pelota dominada, cuatro tipos contra Pipino, que era el único juicioso que se había parado de último, dije: "Sonamos". Pero guarda, que ellos también tenían trece, y cada uno estaba dispuesto a hacer el gol de su vida. De manera que el petisito Urruti, que jugaba de siete, en lugar de tocar al medio, lo pasó a Pipino por afuera y se jugó la personal. La pelota se le fue larga, pero Achával seguía clavado a la línea como si fuera un arquero de metegol. La verdad es que viéndolo así, alto, tieso, con las piernas juntas, lo único que le faltaba era la varilla de acero a la altura de los hombros. Cuando el petisito le pateó tuve un atisbo de esperanza. La pelota salió flojita, a media altura. Fácil para cualquier tipo que tuviera la mínima idea de cómo se juega a este deporte. Pero se ve que Achával no era el caso. Porque en lugar de abrir sencillamente los brazos y embolsar la pelota se tiró hacia adelante, como para cortarle el paso al balón en el camino. Pobre, supongo que habría visto alguna vez un partido por la tele y pretendía que lo tomásemos en serio. Lo doloroso fue que calculó tan horriblemente mal la trayectoria que la pelota, en lugar de terminar en sus brazos, le pegó en el hombro izquierdo, se elevó apenas y entró en el arco a los saltitos. En lo personal hubiera deseado insultarlo en cuatro idiomas y dieciséis dialectos, pero como no había nadie dispuesto a tomar su puesto en la valla me mordí los labios y volvimos a sacar del medio.

El segundo gol fue, sin dudas, más pavo que el primero. Un tiro libre más o menos desde Alaska. Pipino la dejó pasar al grito de "Tuya, arquero", porque el delantero más cercano estaba fácil a diez metros de la pelota. Pero Achával no estaba listo para semejante momento. No atinó a agachar su metro ochenta y cuatro para tomar la pelota con las manos. Intentó un despeje con la pierna derecha. Y pasó lo que tenía que pasar cuando el tipo que intenta pegarle de derecha te viene a jugar un desafío con medias tres cuartos de toalla blancas y zapatillas de tenis: le pifió, la pelota le pegó en la pierna izquierda y siguió el camino de la gloria. Riganti —el que había pateado— tuvo al menos la honestidad de no gritarlo. Yo ya tenía tal calentura que para no insultar a Achával estaba masticando mis propios dientes como chicles.

Cuando los de 1º 1ª vieron el paquete que teníamos al arco decidieron aprovechar el festival hasta las últimas consecuencias. Pateaban desde cualquier lado, y si nos comimos solamente siete fue porque Agustín y Chirola terminaron jugando pegados uno a cada palo y sacando pelota tras pelota de la propia línea. El tercero y el cuarto fueron casi normales. En el quinto había pateado Zamora. La pelota fue al pecho de Achával, quien, dispuesto a complicar todo lo complicable, dejó que el balón le rebotase y le quedara servida a Florentino. En el sexto gol Achával quiso experimentar en su propia piel qué sentía un arquero al despejar un centro con los puños. Fue casi un milagro: logró que sus puños se encontraran con la pelota en el aire. Lástima que el puñetazo lo dio sobre su propio arco, y tan bien colocado que lo sobró a Chirola, que estaba cuidándole el primer palo.

Perder 7 a 3 en nuestro primer desafío fue traumático para nuestros tiernos corazones adolescentes. Pero por lo menos sacamos dos conclusiones importantes: Cachito renunció a sus aspiraciones de ocho gambeteador y se resignó a vivir el resto de la secundaria bajo los tres palos. Y a Achával no volvimos a llamarlo en la perra vida para jugar los desafíos.

Quedamos con diez, pero gracias a Dios lo solucionamos rápido. En junio nos cayó Dicroza directamente de los cielos. Le habían dado el pase del Enet para no echarlo. Creo que no hubo un solo año en el que el tipo terminase con menos de veinte amonestaciones. Pero su espíritu belicoso —que según el rector García lo convertía en un individuo "totalmente indisciplinado"— bien orientado por el plantel, bien contenido, bien guiado hacia las pantorrillas de los contrarios, era algo así como una espada de justicia que disuadía a los rivales de peligrosas osadías.

De manera que el debut y despedida de Achával se había producido en mayo de 1981. Y así hubiesen quedado las cosas de no ser porque el pelotudo de Pipino tiene más boca que cerebro. Nos recibimos en diciembre del 85, con una estadística preciosa. Verdaderamente una pinturita. Treinta y dos ganados, seis empatados, dieciocho perdidos. Por supuesto que ésa era la estadística general, de primero a quinto. Pero los parciales también nos fueron favorables. Empezamos quinto año sabiendo que 5º 1ª no podía alcanzar a nuestro 5º 2ª, salvo que jugásemos doce mil partidos en el año. Igual mantuvimos la distancia. Jugamos ocho, ganamos cuatro y empatamos uno. ¿Qué más podíamos pedirle a la vida? Nada, absolutamente nada. Cuando nos dieron los diplomas colgamos una banderita en el salón de actos. Me dijeron que García, el rector, preguntó qué eran esos números, "32-6-18", en tinta roja, imitando sangre. Pero ninguno de los del palco sabía una pepa del asunto. Los que sí sabían eran, lógicamente, los de 5º 1ª, que sufrieron como viudas toda la ceremonia y que intentaron vanamente quemarnos la insignia una vez iniciada la desconcentración, cuando los invitados se encaminaron hacia el gimnasio para el brindis.

De manera que listo, la vida ya estaba completa. Pero no: va el imbécil de Pipino y se encuentra en Villa Gesell con Riganti y con Zamora, dos de nuestros archienemigos, y los otros lo hacen calentar con que somos una manga de fríos y que por qué no jugamos un Desafío Final a la vuelta de las vacaciones, para "terminar de definir quién era quién en la promoción 85". Y el inocente, el idiota, el boludo de Pipino, en la calentura del momento les dice que sí, que no hay problema. ¿Puede alguien ser tan inútil? Bueno, sí, Pipino puede.

Cuando en febrero empezamos a contactarnos con la idea de seguir jugando juntos, Pipino se vino con la novedad del desafío que había pactado. Chirola se lo hizo repetir varias veces, para asegurarse de haber escuchado correctamente. Después tuvimos que agarrarlo entre cuatro porque lo quería moler a golpes, pero la cosa no pasó a mayores. Agustín y Matute dijeron que ellos no iban a agarrar viaje, ni a arriesgar un prestigio bien ganado a lo largo de todo un lustro, porque cualquier estúpido se fuera de boca hablando con el enemigo.

Pero códigos son códigos, qué se le va a hacer. De manera que cuando se nos pasó la bronca del momento nos dimos cuenta de que no había escapatoria. Agustín insistió todavía con alguna protesta. Nos dijo que pensáramos en el bochorno y en el lugar en el que nos íbamos a tener que meter la bandera si nos ganaban justo ese partido. Nos llamó la atención sobre que el último año del colegio había venido bastante parejo, que nos habían ganado tres de ocho, y que el riesgo de que nos acostaran era grande. Que se hiciera cargo el imbécil de Pipino, a fin de cuentas. Tenía razón. Seguro que tenía razón. Pero ahí habló Pipí Dicroza, nuestro zaguero sanguinario, y dijo que si vos tenés un perro y tu perro muerde a una vieja que pasa por la vereda, al veterinario lo tenés que garpar vos, porque no podés hacerte el otario si el perro es tuyo. Y después lo miró a Pipino, como para que no nos quedaran dudas de la alegoría. Ahí no quedó margen para seguir discutiendo. Había que jugarlo. Jugarlo y punto.

Pero nuestras dificultades recién empezaban. Cuando nos juntamos el sábado siguiente a patear en el colegio, faltaban Rubén, Cachito y Beto. Los esperamos un buen rato, y al final lo encaramos a Pipino, que para expiar parte de su pecado había quedado encargado de convocar a los que faltaban. Con un hilo de voz, muy pálido, nos dijo simplemente que eran "clase 67". Algunos no entendieron, pero a mí se me heló la sangre. Recorrí las caras que tenía alrededor. Todos eran del 68, menos Dicroza, que se había salvado por número bajo. Así que teníamos a tres jugadores haciendo la colimba. Maravilloso, definitivamente maravilloso.

Agustín trató de mantenerse sereno, preguntándole a Pipino si sabía dónde estaban destinados. Ahí Pipino se aflojó un poco. Evidentemente tenía alguna buena noticia al respecto. Con una sonrisa, nos dijo que Beto y Rubén la estaban haciendo en el distrito San Martín, porque el tío los había acomodado y salían cuando querían. A mí me preocupó un poco que después se quedara callado, porque de Cachito no había dicho nada. Agustín lo interrogó al respecto, sin perder la calma. El otro respondió en un murmullo, tan bajito que tuvimos que pedirle que lo repitiera. "Río Gallegos", suspiró. Eso fue todo. Nos sepultó la sombra del silencio. Jugarles un Desafío Final y darles a esos turros la posibilidad de puentear la estadística y abrazar la gloria era un desatino. Pero jugarles sin Cachito al arco era como ponernos un revólver en la sien nosotros mismos. Yo me quise morir. Chirola, en cambio, aprovechó la distracción del resto para ponerle una buena mano a Pipino como un modo de sacudirse la angustia. Pero hasta él sabía que de ese modo tampoco arreglaba nada.

De manera que terminamos por tirarnos bajo los árboles a rumiar las peripecias de nuestro plantel, hasta que alguien tuvo la hombría de sumar dos más dos, pensar en voz alta y decir que íbamos a tener que llamarlo a Achával, porque era el único varón disponible. El Tano preguntó si no era preferible jugar con diez, pero Agustín, que es un estudioso, nos dijo que no valía la pena, porque la cancha medía como ciento cinco metros por setenta y pico, y que en semejante pampa un jugador menos se notaba demasiado. "Un jugador ya sé, pero Achával...", el Tano sacudía la cabeza sin convicción.

Nos pasamos cuarenta y cinco minutos discutiendo en qué puesto ponerlo. Finalmente consideramos que el sitio menos peligroso era ubicarlo delante de la línea de cuatro, como para tapar un poco el aire a la salida del círculo central. A lo mejor era capaz de obedecer un par de órdenes concretas, al estilo de "No te le despegués al cinco" o "Pegale al diez bien lejos del área". A lo mejor algo había aprendido en esos años.

Lo que no fuimos capaces de calcular era que el punto ese se viniera con exigencias al momento de la convocatoria. Cuando lo llamó Agustín le dijo que sí, que se prendía encantado, pero al arco. Agustín no estaba listo para eso. Y cuando insistió, el otro volvió a retrucarle que no tenía problema en asistir, pero que jugaba sí o sí al arco, que era "su puesto natural". Cuando Agustín nos contó me acuerdo que Pipí Dicroza se agarraba el pelo con las dos manos y se reía como loco, pero de los nervios. "¿Cómo que el puesto natural? ¿Se le fundieron los tapones al boludo ese?" Yo pensé que tal vez era una venganza, una cosa así. Al tipo nunca lo habíamos convocado en toda la secundaria, y ahora nos tenía en el puño. Se iba a dejar hacer los goles como un modo de castigarnos. Así que me fui hasta la casa a encararlo.

Pero cuando me abrió la puerta me desbarató las intenciones. Salió a darme un abrazo con cara de Virgen María. Estaba chocho. No me dejó ni empezar a hablar, y de movida me informó que se había ido esa misma mañana a comprar guantes y medias de fútbol. Que durante la semana estaba trabajando en Cañuelas en el campito de unos tíos, pero que me quedara tranquilo porque ya había pedido permiso, y el sábado iba a salir de madrugada para llegar cómodo a su casa, descansar un rato y venirse después de comer para el partido. Y cuando me invitó a pasar y tomar unos mates a mí se me había atravesado como una angustia terrible, de pensar cómo carajo le decía a este tipo que lo íbamos a poner de tapón en el mediocampo para que no estorbara. Mientras la pava silbaba me dediqué a mirarlo. Estaba igual que a los trece. Altísimo. Flaquísimo. Con las patitas enclenques y un poco chuecas. La espalda angosta y los brazos largos.

Capaz que para el béisbol prometía, qué se yo. Pero lo que era para ponerlo al arco en el Desafío Final contra 5º 1ª, ni mamados. No había modo. Pero ahí se volvió a mirarme con una sonrisa de angelito y me dijo: "Ya sé que cuando jugué con ustedes en primer año los hice perder, pero quedate tranquilo. Esperé demasiado tiempo una oportunidad como ésta, y no los voy a hacer quedar mal".

Si me faltaba algo para terminar de sentirme el tipo más hijo de mil puta sobre el planeta Tierra era eso. Al mono ese lo habíamos colgado hacía cinco años. Nunca jamás lo habíamos llamado para jugar, por perro. Y en lugar de estar tramando una venganza de Padre y Señor Nuestro, el tipo lo único que pretendía era no defraudar a sus compañeros de 5º 2ª con un nuevo fracaso.

¿Qué iba a hacer? Me paré, le di un abrazo y le dije que estuviese tranquilo, que sabíamos que no nos iba a fallar. Cuando me acompañaba hasta el portoncito del frente le pregunté, como al pasar, si en estos años había estado jugando en algún lado. Me dijo, con el mismo rostro de beatitud infinita, que no, que en realidad su último partido de fútbol había sido ése, porque el médico le había recomendado que se dedicara a correr y él le había hecho caso.

Cuando me tomé el colectivo para casa pensé que estábamos perdidos. Íbamos a jugar un partido inútil contra nuestros rivales de sangre. Sin necesidad, simplemente porque el Pipino era un imbécil bravucón. Íbamos a jugarlo sin Cachito al arco, porque estaba haciendo la colimba en Río Gallegos. Íbamos a poner al arco a un fulano que no la veía ni cuadrada y que durante los últimos cinco años se había dedicado a maratonista. Y yo era el estúpido que tenía que decírselo a los muchachos.

Cuando nos encontramos para entrenarnos el jueves a la tarde, hice lo único que correspondía hacer en semejante situación. Les mentí como un cochino. Les dije que estábamos totalmente a cubierto, que Achával era una fiera bajo los tres palos, que el tipo se la había jugado de callado todos estos años pero que había llegado hasta la quinta división de Ferro y que estaba esperando club. Paro acá porque me da vergüenza escribir todas las mentiras que dije en ese momento. Para peor las dije tan bonitas, o los muchachos estaban tan necesitados de escuchar buenas noticias, que se abrazaban, saltaban, cantaban cantitos de cancha. Estaban chochos. Alguno hasta comentó como un buen augurio el hecho de que Cachito estuviera haciendo la colimba en el culo del mundo. Yo los dejé. ¿Para qué les iba a amargar la vida? Si bastante se la iban a amargar el sábado a la tarde.

El día señalado estuvimos temprano, después de comer. Pasé lista a las dos y media y estaban todos excepto nuestra nueva estrella. Con los de 5º 1ª nos saludamos de lejos. Parece mentira, cinco años en el mismo colegio y había tipos de los que nos sabíamos sólo los apellidos. Pero, qué se le va a hacer, cosas de la guerra.

Cuando llegó Achával, cerca de las tres, hubo un momento de cierta tensión. Los muchachos se pusieron de pie y le estrecharon la mano. Supongo que cuando lo vieron, con la misma pinta de poste de alumbrado de toda la vida, sospecharon que el asunto de la quinta división de Ferro era un invento. Igual fueron cordiales. El que estaba raro era Achával.

Les sonrió a todos, es cierto. Pero estaba muy pálido, y nos miraba atento y a la vez distante, como si nos viese a través de un vidrio. "El tipo debe estar más nervioso que nosotros", pensé. De reojo, vi que los de 5º 1ª lo habían localizado, y los más memoriosos debían estar recordándoles a los otros las virtudes arquerísticas de nuestro crack recién recuperado. Tuve un momento de zozobra cuando Achával se sacó la campera y los pantalones largos de gimnasia. Pero cuando lo vi me volvió el alma al cuerpo. Buzo verde y amplio, medio gastado. Pantaloncito corto pero sin bolsillos. Medias de fútbol. Zapatillas bien caminadas. "Arrancamos mejor que la vez pasada", festejé para mis adentros.

Cuando empezó el partido se notó que los tipos esos de 5º 1ª estaban dispuestos a lavar sus desdichas de cinco años en noventa minutos. Se lanzaron a correr como galgos hambrientos. Ponían pierna fuerte hasta en los saques de arco. Se gritaban unos a otros para mantenerse alertas y no mandarse chambonadas.

Y nosotros... ¡ay, nosotros! Parece mentira cómo diez tipos que se han pasado la vida jugando juntos, que se saben todas las mañas y todos los gestos, que tocan de memoria porque se conocen hasta las pestañas, pueden convertirse en semejante manga de pelotudos en un momento como ése. Fueron los nervios. Por más que tratásemos de no pensar, la idea se te imponía, me cacho. Les ganaste treinta y dos veces, pero si te ganan ésta, sonaste. Y no importa que Pipino sea un enfermo. Es de los tuyos y arregló el desafío. Así que si perdés, fuiste para toda la cosecha. Como cuando estás en el picado y algún iluminado de tu equipo, que va ganando por diecisiete goles, no tiene mejor idea que decir, para animar el asunto, la maldita frase "El que hace el gol gana". ¿Pueden existir semejantes otarios? Existen. Juro que existen. Bueno, el Pipino había sido una especie de monumento al idiota de esa categoría. Y yo no me lo podía sacar de la cabeza, y supongo que los demás tampoco. Porque si no, no se explica que hayamos arrancado jugando tan, pero tan, pero tan como los mil demonios. No dábamos dos pases seguidos. Hasta los laterales los sacábamos a dividir, y perdíamos todos los rebotes. Dicroza, sin ir más lejos, estaba hecho una señorita dulce y temerosa, una bailarina clásica, mal rayo lo parta.

A los cinco minutos del primer tiempo yo ya estaba mirando el reloj. A los siete, ellos se acercaron por primera vez seriamente al área. Se armó un entrevero apenitas afuera de la medialuna. Zamora la calzó con derecha, de sobrepique, y la bola salió como si le hubiese dado con una bazuca.

Yo recé. La pelota pegó en el travesaño y picó apenas afuera. Achával, que algo hubiera debido tener que ver en el asunto, la miraba como si se tratase de un objeto extraño y hostil, difícil de catalogar, que atravesaba el aire a su alrededor. Despejó Chirola con lo último de lo último. Cuando iba a venir el córner me acordé del despeje con los puños que Achával había perpetrado en 1981 y sentí profundos deseos de llorar. No sabía si cavar una trinchera, llamar a la policía o retirar al equipo. Daba lo mismo. Ellos lanzaron un centro precioso, al primer palo, para que la peinara Reinoso y la mandara para alguno de los altos en el segundo. Para cualquier arquero era un balón complicado. Para Achával era imposible. Cerré los ojos.

Cuando los abrí, el área se estaba vaciando de gente. Chirola pedía por derecha y Agustín por izquierda. Ellos volvían de espaldas a su propio arco. Y ahí, en el borde del área chica, con la pelota bajo un brazo, las piernas apenas abiertas, el chicle en la boca, la mirada altiva, estaba Juan Carlos Achával. El amor de Dios es infinito, pensé. Nacimos de nuevo.

Lástima que el asunto recién empezaba. Supongo que todas las chambonadas que no cometimos en cinco años de secundario estábamos decididos a llevarlas a la práctica en esa tarde miserable. A los veinte les dejamos libre el camino para el contraataque y quedó Pantani cara a cara con Achával. Encima ese Pantani es más frío que una merluza. En lugar de patear al voleo lo midió, le amagó y se tiró a pasarlo por la derecha. Lo escribo y todavía no me lo creo. Achával, con su metro ochenta y pico a cuestas, estuvo en el piso en una fracción de segundo, hecho un ovillo en torno de la pelota. Ahí los nuestros sí que le gritaron. Y el tipo, cuando se levantó, estaba radiante. Era como si cada cosa que le salía derecha le fortaleciera las tripas, porque de a poco se soltaba en los movimientos y le volvían los colores a la cara. Cuando a los treinta minutos se colgó del aire y sacó al córner, con mano cambiada, un tiro libre de González, yo ya casi no me extrañé. Era como si simplemente lo hubiese estado esperando. Como cuando tenés fe ciega en tu arquero. Como en los mejores días de Cachito. Y al terminar el primer tiempo, cuando le tapó otro mano a mano al nueve de ellos, yo mismo, que soy más callado que una planta, me encontré felicitándolo a los alaridos.

Cuando a los tres minutos del segundo tiempo le sacó un cabezazo a quemarropa a Zamora mientras

los otros malparidos ya gritaban el gol, yo me dije:
"Hoy ganamos". Esas cosas del fútbol. Cuando te re-
vientan a pelotazos durante todo un partido y no te
embocan, por algo es. A la primera de cambio los
vacunás. Dicho y hecho. Por supuesto que no fue un
golazo. Con la tarde de mierda que teníamos todos,
como para andar convirtiendo goles inolvidables.
Fue a la salida de un córner, en medio de un revoleo
descomunal de patas. Le pegó Pipino, se desvió en
uno de los centrales, pegó en el palo y entró pidiendo permiso. Por supuesto que lo gritamos como si
hubiese sido el gol del milenio. La bronca que tenían
esos tipos no se puede explicar con palabras. Pero
guarda: estaban recalientes pero no desesperados.
Faltaban treinta y cinco minutos. Y si nos habían
metido diez situaciones de gol hasta ese momento,
calculaban que cuatro o cinco más iban a tener de
ahí en adelante.

Se equivocaron, pero porque se quedaron cortos. Yo conté catorce. Y paré ahí porque no quería saber más nada, aunque deben haber sido como veinte
en total. Nosotros nos metimos atrás como si fuéramos Chaco For Ever ganando uno a cero en el Maracaná. De giles, qué se le va a hacer. Pero el asunto es
que con esa táctica lo único que logramos fue cortar
clavos como beduinos. Nuestro delantero de punta
estaba parado a la salida del círculo central, pero del
lado nuestro. A la cancha faltaba ponerle una de esas
señales de tránsito negras y amarillas, con el autito
por la subida, para indicar que el pasto estaba en pendiente pronunciada contra nuestro arco. La revoleá-
bamos de punta y a los cielos, y a los veinte segundos
la teníamos de nuevo quemándonos las patas.

Menos mal que estaba Achával. Sí. Aunque parezca increíble. En medio de semejante naufragio, el único tipo que tenía la cabeza fría y los reflejos bien puestos era él. Se cansó de tapar pelotas, de gritar ordenando a la línea de cuatro, de calentar a los delanteros de ellos para hacerles perder la paciencia. Vos lo veías esa tarde y parecía que el tipo había nacido en el área chica, debajo de los tres palos. A los quince del segundo cacheteó una pelota por encima del travesaño que a cualquier otro, incluso a Cachito, se le hubiese metido. A los veintidós cortó un centro abajo cuando entraban cuatro fulanos de 5º 1ª para mandarla a guardar, y sin dar rebote. A los treinta se lanzó como una anguila para sacar un puntinazo que se metía en el rincón derecho contra el piso. Más le tiraban y el tipo más se agrandaba. Le llovían los centros y Achával los descolgaba como si fueran nísperos.

Nunca en la perra vida vi a un tipo atajar lo que esa tarde le vi atajar a Juan Carlos Achával. La cara se le había transformado. Estaba rojo de la alegría, de la tensión y de la manija que le dábamos nosotros con nuestro aliento. Gritábamos sus tapadas como si fueran goles. Estábamos en sus manos enguantadas, y el tipo lo sabía. Lo malo era que no lo ayudábamos para nada. Lo único que hacíamos era pegotearnos contra el área y hacer tiempo en cada ocasión que teníamos. Pero el reloj parecía de goma.

A los treinta y cinco yo sentía que íbamos por el minuto ciento quince. Me acuerdo de que iba justo ese tiempo porque Agustín acababa de gritarme que faltaban diez, que parásemos la pelota en el mediocampo. Pero no tuve ni tiempo de contestarle porque lo que vi me dejó helado. El nueve de ellos acababa de pasar a los dos centrales y estaba entrando al área recto al arco. Por primera vez en la tarde, Achával, aunque le achicó bien, erró el zarpazo cuando el otro se tiró a gambetearlo. Estábamos listos, porque el petiso acababa de dejar a nuestro arquero en el piso a sus espaldas. Supongo que Urruti (el mismo que le había embocado el primer gol en aquella jornada fatal del 7 a 3) debe estar todavía el día de hoy preguntándose qué cuernos pasó que terminó pateando el aire en el lugar en que debía estar la pelota. Seguro que no vio (no pudo ver, porque nadie pudo verlo) la manera en que Achával se incorporó y desde atrás se tiró como una lanza, con el brazo arqueado por delante de los pies del otro, para tocarle apenitas la bola hacia el costado, sin rozar siquiera el pie del delantero. Poesía. Esa tarde Achával fue poesía.

Después de esa jugada pareció como si el partido hubiese terminado. En los minutos siguientes se jugó muy trabado en el mediocampo, pero ellos no volvieron a posiciones de peligro. Era como si pensaran que si no habían hecho ese gol, no podían hacer ninguno. Supongo que nosotros también nos relajamos, porque de lo contrario no puede entenderse el córner estúpido que les regalamos cuando faltaban dos minutos. Zamora lo tiró bien, el muy turro. Podrido como estaba de que Achával le descolgara todos los centros, esta vez lo lanzó muy pasado y muy abierto. Nosotros, que, como ya expliqué, no parábamos ni a un caracol anciano, la miramos pasar por arriba con expresión de vacas. Lo terrible fue que del otro lado la estaba esperando Rivero, el arquero de ellos, parado en posición de diez, un metro afuera del área. Yo supongo que si lo ponés a Rivero a pegarle setecientas veces a un centro que baja así de pasado, trescientas veces le pifia al balón y las otras cuatrocientas la cuelga de los árboles. Pero esta vez el muy mal parido la calzó como venía y la escupió abajo contra el palo derecho. Ya dije que Achával era lungo, flaco y torpe. Pero la mancha verde de su buzo pegándose a la tierra me indicó que iba a llegar también a ésa. La pelota traía tanta fuerza que, después de rebotar contra las manos de Achával, volvió al centro del área. Cuando González, el maldito que mejor le pegaba de los veintidós presentes, pateó como venía con la cara interna del pie zurdo hacia el palo izquierdo del arco nuestro, necesariamente estábamos fritos. Por más que Achával estuviese en una tarde de epopeya, no podía levantarse en un cuarto de segundo junto al palo derecho y volar al ángulo superior izquierdo para bajar semejante bólido.

Gracias a Dios, esta vez no cerré los ojos. Porque lo que vi, estoy seguro, será uno de los cinco o seis mejores recuerdos que pienso llevarme a la tumba. Primero la bola, sólo la bola, subiendo hacia el ángulo. Pero enseguida, por detrás de esa imagen, un tipo lanzado en diagonal, con los brazos todavía pegados a los lados del cuerpo para mejorar la fuerza del impulso. Después, los brazos abriéndose como las alas de una mariposa volando con un buzo verde, las manos enguantadas describiendo dos semicírculos perfectos, armónicos, exactos. Y al final dos manos al frente del vuelo, encontrándose entre sí y con una bala brillante y blanca, que de pronto cambia de rumbo y se pierde veinte centímetros por encima del ángulo del arco.

Cuando terminó, lo primero que quise hacer fue ir a encontrarme con Achával. No fui el único. Todos tuvimos la misma idea al mismo tiempo. Lo rodeamos cuando se estaba sacando los guantes al lado del palo y lo levantamos en andas como si acabase de hacer un gol de campeonato. Achával nos sonreía desde su modesto Olimpo y se dejaba llevar.

Cuando se liberó de los últimos abrazos, me acerqué para saludarlo cara a cara. No sabía bien qué iba a decirle, pero le quería pedir perdón por haberlo borrado todo ese tiempo, por haber sido tan pendejo de no ofrecerle otra oportunidad después de aquel debut de catástrofe. Cuando le tendí la mano y me largué a hablar, me cortó en seco con una sonrisa: "No tenés de qué disculparte, Dany. Está todo perfecto". Y cuando insistí, me repitió: "Quedate tranquilo, Daniel, en serio. Yo quería esto. Gracias por invitarme".

Le pedimos cincuenta veces que se quedara con nosotros a tomar unas cervezas, pero dijo que tenía que rajarse en seguida para Cañuelas. Le dijimos que no, que no podía, porque a la noche habíamos quedado en la pizzería de la estación con las chicas del curso para salir todos juntos. Volvió a sonreír. Nos dio un beso y se despidió con un "Bueno, cualquier cosa después los veo", pero a mí me sonó a que no pensaba pintar por la pizzería ese sábado a la noche.

Llegué a casa como a las siete, con el tiempo justo para comer algo, pegarme un buen baño, vestirme y volver a salir, porque habíamos quedado en encontrarnos a las nueve. Pasé por lo de Gustavo y después nos fuimos los dos hasta lo de Chirola. A una cuadra de la pizzería vimos que Alejandra y Carolina venían caminando para el lado nuestro.

Cuando estuvieron cerca nos quedamos de una pieza: las dos venían llorando a mares. Gustavo les preguntó qué pasaba.

—¿Cómo...? ¿No saben nada? —La voz de Alejandra sonaba extraña en medio de los sollozos. Nuestras caras de sorpresa significaban que no teníamos ni la más remota idea.— Juan Carlos... Juan Carlos Achával... se mató en un accidente en la ruta 3, viniendo para acá.

Yo sentí que acababan de pegarme un martillazo encima de la ceja.

—¿Cómo viniendo? Yendo para Cañuelas, querrás decir... —en medio de mi espanto escuchaba la voz de Gustavo.

—No, nene —Carolina siempre le dice nene a todo el mundo—, viniendo para acá, esta madrugada...

Chirola me miraba con cara de no entender nada y Gustavo insistía en que no podía ser.

—Te digo que sí —Alejandra porfiaba entre sollozos—, hablé con la hermana y me dijo que se había venido temprano en la chata del tío porque a la tarde tenía el desafío de ustedes contra el otro quinto... ¿no es cierto?

Supongo que de la tristeza me habrá bajado la presión de golpe. Para no caerme redondo me senté en el cordón de la vereda. No entendía nada. Las chicas tenían que estar equivocadas. No podía ser lo que decían. De ninguna manera.

Pero entonces me acordé de la tarde. De la bola que Achával había cacheteado, arqueado hacia atrás, por encima del travesaño. De la otra, la que había sacado con mano cambiada del ángulo derecho. De la que le había afanado de adelante de los pies al petiso Urruti. Y por encima de todo me acordé del doblete con Rivero y con González. Me vino la imagen de Juan Carlos Achával lanzado de un palo al otro, sostenido en el aire a través de los siete metros de sus desvelos, con las alas verdes de su buzo de arquero y todo el aire y la bola brillante y la sonrisa. Y entonces entendí.

Jugar con una Tango es algo mucho más difícil de lo que a primera vista se podría suponer

Tal vez para los grandes, con esa facilidad que suelen tener para las simplificaciones abusivas, los dos barrios eran uno solo. Tal vez para los grandes, con su indolencia, su falta de perspectiva, su desatención por los detalles esenciales, la cuadra nuestra, la ochava de nuestras fechorías, formaba con las manzanas de alrededor un único barrio.

Pero para nosotros, con la claridad diáfana que tienen las cosas cuando uno es chico, los barrios eran dos, el nuestro y el de ellos: esos pibes que vivían a la vuelta. El nuestro eran cuatro cuadras, dos por una calle y dos por la otra. El barrio era esa cruz perfecta que formaban esas veredas simétricas y nuestras, absolutamente nuestras. A la vuelta estaban ellos, pero a la vuelta, y eso era muy lejos. Tan lejos que ése era el barrio de ellos.

Cuando teníamos ocho, nueve a lo sumo, la autonomía de nuestro vuelo aventurero era escasa. Las madres exigían, todavía, la molesta condición de poder vernos al asomarse a la vereda. De modo que la vuelta, o sea el mundo, el universo, quedaba todavía prohibitivamente lejos. Pero a los once, a los doce, las madres ya empiezan a resignarse a salir a la vereda y a no vernos, a confiar en el Espíritu Santo, a aceptar el dolor y la angustia de sabernos a la vuelta, o a la vuelta de la vuelta, o vaya a saber dónde. Como mucho pueden exigir el retorno a la hora de la leche, a más tardar. Pero no pueden pretender, Dios nos libre, que uno siga en la vereda propia, o en la cuadra de casa, habiendo tanto mundo más allá esperándonos. Cuando uno tiene ocho, o tiene nueve, vaya y pase. Pero a los once, la cosa cambia, y cambia para siempre.

En una de esas recorridas, bicicleta mediante, ahí nomás de nuestro propio mundo, aparecieron ellos. Estaban sentados en la vereda, contra una de esas casas que eran las de ellos, dejando pasar la vida. Eran seis o siete, como nosotros. Se repartían el fondo de una botella de agua. Se veían sudados y sedientos. En la calle perduraban los cascotes de los arcos. Evidentemente acababan de jugar al fútbol.

El ser humano es un bicho dado al desafío, a la competencia. Supongo que fue por eso que alguno de nosotros, alguno de los más osados y pendencieros (seguro que no fui yo, siempre tan tímido), frenó la bici, apoyó un pie en el cordón y se los quedó mirando. Los demás lo habremos imitado, obedeciendo a ese reflejo solidario que en la niñez funciona a la perfección y que con los años se va, tristemente, anquilosando.

Primero habrán sido unas preguntas tiradas al voleo y contestadas con evasivas. Que de dónde eran, que de dónde éramos. Que cuántos eran en su barrio, que cuántos en el nuestro. Que de qué cuadro éramos hinchas, que de qué cuadro eran ellos. Que si sabían jugar, que si nosotros sabíamos. Después uno de ellos se habrá ufanado de alguna victoria memorable contra otro barrio tan distante como temible y misterioso. Algún lenguaraz de los nuestros habrá replicado con una hazaña aun más espeluznante. Habrá habido un cruce de miradas, alguna seña sólo perceptible para entendidos. Y el desafío habrá partido por fin de uno de los frentes, como una lanza en llamas, clavada ante la tribu rival y belicosa.

Ellos se miraron con cara de experimentados, de gente ducha en estos temas. Acordaron la fecha como dudando, como dando a entender que eran tipos muy ocupados. Supongo que, enroscados en sus propias mentiras y en sus respectivas alucinaciones, no notaron el temblor de algunas de nuestras voces, las caras de pánico de los más chicos, las miradas urgentes de los menos osados. Ellos pusieron una sola condición: ponían la cancha y la pelota. Nosotros, pobres ingenuos, torpes incautos, aceptamos.

El día fijado fuimos a pie: uno no puede jugar un desafío y mirar cada dos minutos la pila de bicis a ver si siguen donde uno las ha dejado: las distracciones pueden ser fatales, tanto porque te roben una bici como porque te metan un gol estúpido. La primera sorpresa fue la cancha. Ellos nos esperaban en la vereda de la vez pasada, pero no tenían armados los arcos en la calle. Cuando preguntamos, señalaron con calculada indiferencia el paredón legendario de la canchita de la calle Buchardo. Nos miramos azorados. Decir en nuestra niñez "la canchita de Buchardo" era como decir "jugamos acá, en el Maracaná", o "pasen, el desafío es en el estadio de Wembley".

Era un baldío enorme, cerrado a la gilada por un paredón alto de ladrillo a la vista. El único acceso posible era a través del jardín del vecino. Vecino que se entretenía en golpear el vidrio de su ventana, en medio de agresivas gesticulaciones, las pocas veces que teníamos la valentía de pararnos siquiera a pispear un poco el asunto. Porque esa cancha, que tenía arcos de madera y todo, y que tenía hasta manchones de pasto en las esquinas, la usaban los grandes, jamás los chicos. Uno de esos grandes, que jugaban los fines de semana, era ese celoso cancerbero que nos echaba a las patadas. Lo que ignorábamos, y que descubrimos recién el día del desafío, era que el capitán de ellos era sobrino del terrible ogro de la casa contigua, y que los días de semana tenían libre acceso a ese estadio bellísimo.

Caminamos la media cuadra dándonos valor con la mirada, ocultando celosamente que jamás en la vida habíamos jugado en una cancha en serio. Entramos al jardín del vecino como quien atraviesa a ciegas un campo minado, esperando el terrible momento del estallido, de la cortina corrida, de los golpes furiosos en el vidrio, del rajen de acá, mocosos del demonio. Pero nada pasó. O no estaba, o su sobrino lo había puesto sobre aviso. Saltamos por fin la pared por la parte más baja. Íbamos cayendo con un ruido seco en la tierra prometida, un ruido que jamás pude olvidar, y que supongo que los demás tampoco olvidaron. Un ruido que sonaba a misterio, a iniciación, a ultraje y a aventura.

El miedo nos volvió a ganar cuando los vimos abrir las bolsas que traían bajo el brazo. Eran botines. Los sacaron con gesto displicente, pero a sabiendas de nuestro pasmo inevitable. Porque nosotros, más allá de nuestras brabuconadas, éramos gente de jugar en el asfalto. Y uno, en la calle, juega en zapatillas. Y encima con zapatillas viejas, con esas Flecha que nuestra madre nos ha cedido para que las terminemos de deshilachar, de destruir y de enmugrecer en esas tareas inútiles. Esas que tienen la tela totalmente descosida de la puntera de goma. Ésas con las que hay que tener cuidado de que no se salgan los dedos por el agujero, cuando uno le pega a la pelota. Y van estos tipos y sacan los botines negros, relucientes, con esos tapones amenazantes, tan útiles para pegar de puntín como para arruinarle la pantorrilla a un pobre contrario infedenso.

Yo, calentón como fui siempre, les hice notar que nosotros jugábamos todos en zapatillas, y que con los botines iban a lastimarnos. Pero con cara de inocencia dijeron que nadie les había dicho nada, y que ellos jugaban siempre así, como se juega de verdad, y que lo del otro día en la calle había sido un entrenamiento. Con la sensación de ser un cavernícola analfabeto me callé la boca y me volví hacia los míos, buscando algo de confianza. Pero todos estaban demasiado asustados.

Lo peor vino después. Traían la pelota en una bolsa grande de Casa Tía. Era una bolsa enorme, blanca, y no se veía nada adentro. La llevaba un gordito pecoso y flequilludo. Con gesto grandilocuente la levantaron desde abajo y la dieron vuelta. La bolsa se inclinó, abrió su boca misteriosa, y escupió una pelota Tango. Aquello era demasiado: la cancha de tierra con arcos de madera vaya y pase. Eso de los rivales provistos de botines ya era todo un riesgo. Pero una Tango original, que picó tres veces hasta quedar mansita en el mediocampo, eso era inaceptable. Nosotros —que jugábamos con una número cinco chiquita, de gajos alargados blancos y negros, que tendía más al óvalo que a la esfera, que picaba para el demonio, a la que había que engrasar primorosamente con la grasa sobrante del churrasco— habíamos visto la Tango por la tele, en el mundial 78; y después en la vidriera de la Proveeduría Deportiva. Pero en nuestro barrio ése era un objeto desconocido. Y van estos tipos y la sacan ahí, como si tal cosa, como si fuera algo de todos los días.

Ahí Felipe protestó, que "cómo no la tenían el otro día, en la vereda, cuando los vimos la primera vez". El capitán de ellos, Walter creo que se llamaba, se aproximó con la Tango entre las manos, y nos habló en un tono peyorativamente didáctico, como si se dirigiera a una manga de infradotados. Nos dijo que, como era evidente, esa pelota tenía un plástico recubriendo el cuero, que hacía imposible su uso en la calle salvo que uno quisiera arruinarla, y que como ellos jugaban siempre en canchas de pasto, o de tierra a lo sumo, no se habían imaginado que nosotros pensáramos jugar con una pelota común y corriente. Gustavo tuvo entonces el tino de esconder la nuestra, miserable, debajo de una campera.

Nosotros nos quedamos mirándola como tarados. Encima era naranja debido a que, según el chico se dignó a informarnos, el padre se la había traído de Europa porque era piloto de Aerolíneas, y allá la pintaban de naranja para poder jugar en medio de la nieve sin perderla de vista.

Cuando empezó el partido corroboramos, con angustia, nuestro pálpito de que una Tango no tenía nada que ver con el resto de las pelotas existentes en el universo. Por empezar, picaba el doble. No conseguíamos bajarla ni a los tiros. Saltaba en cada piedrita de la cancha, cambiaba de rumbo y nos dejaba pagando. Aparte dolía de lo lindo. A mí me tiraron dos o tres pelotazos que me dejaron las manos rotas, y eso que jugaba con guantes (unos de lana, ya jubilados del colegio). El que más sufría era Gustavo, nuestro crack, que en lugar de patear de puntín, como el resto de nosotros, lo hacía de chanfle, o acariciando el balón con el empeine. Al rato de empezar le dolían los pies hasta los tobillos. Esas zapatillas nuestras eran absolutamente inapropiadas para patear semejante cascote. Además estaba el tamaño. Nuestra número cinco era una especie de prima pobre y escuálida, que apenas debía superar la mitad del tamaño de aquella enormidad anaranjada y con lustrosos vivos negros. Lo dura que sería que Gustavo tuvo la inconciencia de cabecearla en un centro, y quedó medio tarado un buen rato hasta que se le pasó el mareo (si hasta me acuerdo que le quedó la frente toda colorada). Lo que más bronca nos daba era que ellos eran tan burros como nosotros. Pero con los botines ponían pata fuerte, y nosotros sacábamos el pie por precaución, y perdíamos todos los balones divididos. Y con la Tango nos tenían a maltraer. No hilvanábamos dos pases seguidos como la gente. Nos metieron un gol estúpido: me tiraron un chumbazo a quemarropa, y la muñeca me dolió tanto que se me dobló la mano (para colmo yo no lograba hacerme a la idea de atajar con palos de verdad, a qué negarlo).

Nos iban ganando 1 a 0 con ese gol mugroso, y en cualquier momento iban a embocarnos otro, eso era seguro.

Pero gracias a Dios, y en medio de nuestra adversidad tumultuosa, Adrián tuvo un rapto de inspiración mística. Empezó a los gritos a llamarlo a Miguelito, que ya había pegado el estirón y nos llevaba como dos cabezas. Ese día andaba más caliente que nadie, porque todavía no se acostumbraba a sus nuevas dimensiones, y ese balón endemoniado lo tenía más mareado que al común de nosotros. Así que Adrián le habló algo al oído, y el otro sonrió con placer, como sopesando la idea, como paladeando por anticipado una venganza que se sabe tan justa como inolvidable. Yo, desde el arco, entendí poco y nada, hasta que vino un despeje desde el área de ellos, y Miguel se perfiló para pegarle de zurda. Miguel era, con la pelota en los pies, y como ya dije, un poco más espantoso que la mayoría de nosotros. Pero tenía la rara virtud de pegarle como con un fierro. La Tango venía picando casi mansita, como pidiendo permiso para seguir unos metros. Miguel se afirmó con la derecha, se inclinó levemente, y le pegó un chumbazo descomunal. La Tango salió como un bólido, como un meteorito en reversa rumbo al cielo. Pasó el paredón no hacia la calle (nuestro arco era el que daba a la vereda) sino hacia los fondos que daban a una casa vieja y sombría. En los laterales, donde el paredón también era medianera, había un lindo alambrado como de dos metros de alto, porque estaba cerca de las líneas de la cancha, y el riesgo de tirarla afuera era evidente. Pero detrás del arco de ellos, del lado de la casa aquella, quedaban todavía como treinta metros de terreno, lleno de malezas y arbustos y árboles petisos, que hacían suponer que la pelota jamás superaría el límite del predio por ese lado. De modo que cuando Miguelito le pegó ese chumbazo histórico, la Tango subió a los cielos, superó por amplio margen el travesaño de ellos, sobrevoló dos limoneros apestados y unas cañas de esas que nunca faltan en los baldíos, planeó sobre el yuyal y sobre la hiedra, y se perdió en el misterio del más allá, con un ruido a chapas de lo más espeluznante. El dueño de la pelota, que aparte de ser un gordito paliducho y pecoso nos había demostrado que de fútbol sabía lo que yo de astronomía, no pudo reprimir un grito de terror, y los suyos se miraron consternados. Nosotros pusimos cara de compungidos, atravesamos con ellos el yuyal, y hasta les hicimos pie para que se asomaran por encima de la tapia. No había caso: la pelota descansaba en un patio de lajas, y el ruido a chapa se había producido cuando la Tango había golpeado contra la puerta de hierro de la cocina que daba a ese patio.

Por suerte para nosotros, eran las tres de la tarde. Tocarle el timbre a un extraño para pedirle una pelota es una tarea ardua y peligrosa a cualquier hora del día. Pero a la hora de la siesta, es directamente concurrir por propia voluntad al patíbulo. Nosotros lo sabíamos, y ellos también. El gordito traslúcido intentó despertar el espíritu de cuerpo de los suyos para que lo acompañaran, pero fue en vano. Contestaron, en medio de evasivas, que más tarde a lo mejor, pero que ahora, en plena siesta, ni mamados.

Con cara de circunstancia Adrián declaró que era una lástima, una barbaridad, pero que íbamos a tener que seguir con otra pelota. Ellos se miraron y asintieron. Dijeron que no tenían ninguna otra a mano. Yo sabía que mentían, porque había visto de refilón la azul y roja, linda también, con la que habían jugado el otro día en la calle. Pero se ve que tenían un miedo atroz de que Miguelito, zapatazo mediante, la colgara en un vuelo sideral de la misma especie, y la enviara sin escalas a hacerle compañía a la Tango anaranjada. Adrián, como si hubiese recordado súbitamente, se golpeó la frente y dijo que nosotros teníamos una. Aclaró, con tono de singular franqueza, que no tenía nada que ver con la que Miguelito acababa de colgar. Pero que, a falta de una mejor...

Ellos se apuraron a decirnos que sí. Adrián mismo fue hasta detrás del arco y sacó nuestra pelota de abajo de la pila de camperas. Me acuerdo que nunca la vi tan linda, con sus gajos grises de tan despintados, con el olor rancio de la grasa cuidadosamente embadurnada, con ese par de protuberancias que la alejaban indefectiblemente de la esfericidad, con la marca indeleble en birome azul en el lugar de la válvula, entre las costuras, hecha para evitar chambonadas trágicas a la hora de inflarla. Porque ahí la cosa era distinta. Todo era cuestión de pegar unos cuantos puntinazos bien al ras del piso, de modo tal que entre las piedras que encontrara en el camino, y el azar de sus tumbos ovalados, a cualquier arquero se le escaparan dos o tres de ésas y a cobrar. Todo era cuestión de apretar los dientes y soportar a pie firme un par de taponazos en nuestras pantorrillas indefensas. Al fin y al cabo, uno a los doce tiene que ir aprendiendo a hacerse hombre.

Ganamos 3 a 2, y fue una fiesta. Sobre todo porque ellos, humillados, nos pidieron la revancha para la semana siguiente. Nosotros pusimos cara de gente ocupada, de tipos abrumados por un montón de compromisos. Quedamos en volver a hablar recién el mes siguiente, porque argüimos estar tapados de desafíos contra los del Club Argentino, los de la canchita de "Tienda Presente", los de la Triangular de Segunda Rivadavia, y otros cotejos tan severos como ineludibles.

Después nos enteramos de que recuperaron la Tango, y de que lo hicieron a través de los buenos oficios que interpusieron dos de los padres de ellos ante el anciano propietario de la casa sombría, tan venerable como remiso a las devoluciones. Pese al hallazgo, no nos alarmamos. La revancha sería en el barrio nuestro. Y de locales, la cosa iba a ser en la calle. Y en la calle con los botines no podés jugar. Aparte, como los palos son dos cascotes, podés discutir de lo lindo cada pelotazo que pase cerca de los arcos, sobre todo si Miguelito juega de tu lado. Y sobre todo, en la calle la Tango no se usa porque se arruina, se moja en los charcos de los cordones, se le despelleja el plastiquito y te la puede aplastar cualquier colectivo. Y nadie va a correr semejante riesgo, ni siquiera siendo un gordito platudo con un padre en Aerolíneas. Porque una Tango es muy linda y muy canchera, pero sale un ojo de la cara.

Un viejo que se pone de pie

Algunas historias son fáciles de contar. Otras no. Como si fuesen demasiado complejas, huidizas, inabarcables. La que en estas páginas me empeño en narrar pertenece a estas últimas.

Como casi todas las historias nace a partir de una única imagen, cargada de sentido. Esa imagen primera, esa que me subyuga al punto de querer contarla es ésta: en una tribuna baja, una tribuna de tablones de madera en la que, salteados aquí y allá, hay unos cuantos espectadores, un hombre mayor, un viejo, se pone de pie.

Claro: escrito así no dice casi nada. No explica quién es el viejo, ni qué es lo que lo conduce a incorporarse del tablón en el que está sentado, ni por qué es importante que lo haga, eso de levantarse con los ojos absortos clavados en la cancha, con los ojos absortos y húmedos.

La historia debe explicar todo eso, o de lo contrario conduce a un callejón sin salida en el que no dice nada. Y no hay peor destino para una historia. Y el problema radica precisamente en el modo de juntar esa imagen, la del viejo alzándose desde la grada, con las otras imágenes que deben encadenarse con ella para formar una trama y que haya cuento. Ni más ni menos.

El primer obstáculo con el que me topo es decidir quién contará la historia, o sea, la dichosa cuestión de la voz del narrador. ¿Quién relatará los sucesos que conducen al viejo y a esa acción final del viejo? Podría contarlos el propio anciano, porque hay asuntos, algunos muy importantes, que le dan sentido a esta historia, que sólo él conoce. Pero el desenlace de la historia tiene que ver con el asombro, con la sorpresa infinita del viejo, y entonces ese hombre no puede narrar su propio asombro. Porque al asombro no le quedan bien las palabras. Casi me atrevería a decir que es al contrario. El asombro aparece cuando se retiran las palabras. Como la marea, o como el reflujo de una ola, que se retira y deja la arena lisa sin otra cosa que ella misma, sin nada más que la arena lisa. Claro que en algún momento, más tarde o más temprano, las palabras vuelven. Y cuando eso sucede el asombro ha terminado. Cuando somos capaces de encontrar explicaciones, o por lo menos de buscarlas echando mano a las palabras, ya no estamos asombrados. Podemos estar conmovidos, felices o dañados, pero ya no asombrados.

Por eso el viejo que se pone de pie en la tribuna —agreguemos que lo hace bajo un cielo gris, un cielo de siesta de sábado de mayo—, aunque sabe —y porque sabe puede ponerle palabras a buena parte de la historia—, no puede hacerse cargo del final, porque ese final lo deja sin palabras.

Ninguno de los otros personajes sabe tanto de esta historia como el viejo, y si hay cosas que hasta el mismo viejo ignora, no me queda más que acudir a un narrador omnisciente. Que como van las cosas vengo a ser yo mismo, metido a tal. Y en general no me agradan gran cosa los narradores omniscientes, sobre todo en las historias cuyo desenlace guarda al menos una módica dosis de sorpresa. No me cae bien alguien que al mismo tiempo me cuenta y me esconde, me dice y me engatusa, hasta que a último momento se sincera. Un desencanto parecido al de los trucos de magia: un navegar fallido entre las dos aguas de la verdad y de la inocencia.

Otra cuestión espinosa es la del manejo de los tiempos. También con eso me encuentro en un apuro. Se supone que un cuento transcurre en un lapso no demasiado prolongado. No es bueno que la trama abarque un período demasiado extenso, o que abuse de los saltos temporales. Pero esta historia requiere esos recursos del ir y del venir y del detenerse en varias estaciones intermedias. No es que la trama carezca de un tiempo presente. Tiene un presente: efímero, pero lo tiene. Es el del anciano, en el exacto momento en que se pone de pie. Pero son varios los pasados que le dan origen y sentido a ese breve presente. Si esos pasados no están, no tengo idea de cómo suplirlos. Y si no puedo acudir a ellos, esto que estoy escribiendo es cada vez menos un cuento y cada vez más es otra cosa que en el fondo no sé lo que es.

Con los personajes el aprieto no es tan grave, y si los cánones del cuento clásico establecen que los personajes deben ser pocos, esta historia acepta bien esa limitación. Los personajes principales son dos: el viejo en la tribuna y un muchacho que juega al fútbol, al otro lado del alambrado. Hay varios ausentes. Varios que han sido pero que ya no son. Unos cuantos fantasmas que sueldan esos pasados dispersos, lejanos y cercanos, y necesarios a la trama, con el presente del sábado a la tarde en el momento en que el viejo se pone de pie.

Del viejo pueden decirse unas cuantas cosas. Unas cuantas más de las que pueden decirse del muchacho. Por algo el viejo es el núcleo sobre el que debería descansar el relato, si se me desanudan las manos y las ideas y consigo a fin de cuentas escribirlo. Él, el viejo, es el paño sobre el que se cruzan los hilos cosidos por diferentes destinos.

Empecemos diciendo que el viejo ese que escruta la cancha con el ceño fruncido —porque aunque está nublado se trata de un nublado claro y desvaído, de frío más que de lluvia, un nublado con reflejo de sol que le fatiga la vista— carga sobre sus hombros una historia dolorosa. Iba a agregar, después del calificativo "dolorosa" y de una coma, "como todos los hombres, o por lo menos como todos los viejos". Pero ahora no estoy del todo seguro de esa sentencia. ¿Por qué iba a escribirla? ¿Por qué me arrepentí? Supongo que me resulta torpemente tranquilizador suponer que el dolor es algo que se reparte con criterio más o menos igualitario, y que cada ser humano se lleva una dosis más o menos equivalente. Que unos sufren primero y que otros sufren después, pero que a fin de cuentas a todos nos corresponde sufrir más o menos lo mismo. Aunque sea una idea torpe, supongo que la prefiero porque su contraria es inquietante: pensar que puede tocarnos sufrir mucho más que a nuestros semejantes, que puede tocarnos precisamente a nosotros la peor parte en una distribución azarosa y desigual de tragedias, es un principio angustiante. Suponer que existen personas particularmente señaladas por el dolor suena a injusto, a abusivo, a caprichoso. Y debe ser así, salvo que alguien nos venga con la novedad de que el mundo es un sitio justo, equilibrado y ecuánime.

De todos modos mi divagación no hace al caso. Baste asentar aquí que este viejo, el de la historia, el que está sentado en el vigésimo tablón de una grada que en total tiene menos de treinta, el que todavía ignora que terminará por ponerse súbitamente de pie, ha sufrido mucho, y "mucho" significa aquí que le ha tocado atravesar la pena sin nombre de perder a un hijo. Muchos hombres viven y mueren sin que les ocurra eso. Este viejo no. Este viejo ha sido atravesado por ese dolor horrendo y particular. También por otros, pero fundamentalmente por ése.

Eso no significa que el anciano viva recordando su dolor: ése o los otros. Tiene recuerdos tenebrosos, pero no son los únicos que tiene. También tiene numerosos recuerdos bellos y recuerdos plácidos. Y a veces recuerda esos recuerdos y no los otros. Y a veces no recuerda ninguno, porque su mente está ocupada con cosas sencillas y triviales, de esas que pueblan las compañías y las soledades.

Es muy posible que este sábado en que lo tenemos al viejo sentado en la tribuna pertenezca a esa categoría de días simples y corrientes. Y en la sencillez hay sitio para placeres igual de sencillos. Ese partido, por ejemplo, que el viejo disfruta desde la grada. Un partido entre muchachos que todavía no tienen edad de profesionales. No sólo les falta edad de tales, puede pensar el viejo, mientras mira. El viejo sabe de fútbol, y sabe detectar el talento, las condiciones, la predisposición. Y también sabe advertir su ausencia. Por eso para el viejo es evidente que muchos de esos chicos que juegan un preliminar, mientras la gente llega de a poco y sin apuro para ver un partido de la liga regional, no se convertirán jamás en profesionales. Terminarán trabajando en las chacras o en el pueblo, pero no podrán vivir del fútbol. Los mejores se darán el gusto de jugar en la propia liga, y cumplirán el sueño de jugar por algo, y de hacerlo en una cancha con tribunas y una hinchada, escuálida pero animosa, y eso será todo.

Muy excepcionalmente alguno escapará a esa medianía y logrará convertirse en jugador profesional. No lo conseguirá allí, claro. No en ese pueblo. Para lograrlo deberá irse a alguna ciudad con las espaldas suficientes como para aguantar un equipo en el Nacional, o en el torneo Argentino con aspiraciones de ascender. Estará ausente unos años. La gente del pueblo, mientras dure su ausencia, buscará su nombre en la página del suplemento de deportes del diario del domingo. Y en algún momento volverá a casa, y terminará trabajando en las chacras o en el pueblo.

Difícilmente trabaje en el regimiento. Porque aunque, lindero con el pueblo, se encuentra el regimiento del ejército, es difícil que los dos —el pueblo y el regimiento— se mezclen demasiado. Es verdad que los del regimiento están, en cierto modo, dentro del pueblo. Pero al mismo tiempo, no. En algún sentido están adentro, pero en otro están afuera. Por empezar porque a los militares que lo habitan los trasladan cada tanto, y nunca dejan de ser un poco forasteros. Pero no es sólo una cuestión de rotación de personal. Ni es sólo el alambrado que rodea el perímetro del cuartel. Ni las garitas. Es algo que flota en el aire cuando están y cuando no. Cuando están presentes, se los saluda con cortesía, aun con amabilidad. Pero cuando no están, la cosa es diferente. Como si el aire se moviese más. Por algo en el pueblo se refieren a ellos como "los milicos". Nunca delante de ellos. Pero cuando no están, cuando acaban de irse de los lugares, sí.

El viejo, desde donde está sentado, podría ver, si quisiera, el regimiento. Está un poco lejos, porque la cancha queda al oeste de la rotonda y del camino de acceso, y el cuartel está del otro lado de esa línea recta y gris del asfalto que viene de la ruta. Pero en las dimensiones de ese pueblo, "lejos" no lo es tanto. Por eso el viejo, si alzara la cabeza y aguzase la vista, vería las líneas grises y horizontales de los techos de las barracas, las manchas claras y regulares de las casas de los suboficiales, el verde del campo de tiro, la torre de agua. Podría ver todo eso pero no lo hace. No le agrada mirar para ese lado. Si hubiese una tribuna que le diese la espalda a ese horizonte, probablemente el viejo la utilizaría. De todos modos no hay, y la que existe le da las espaldas al oeste para que a los espectadores no los moleste el sol de la tarde. El viejo podría quedarse junto al alambrado, a la altura del césped, pero no lo hace. Antes sí. Pero de eso hace muchos años. Ahora el viejo mira siempre desde la tribuna, y lo cierto es que desde allí arriba el partido se ve mejor. Por eso está ahí arriba, mezclado con otros veinte o treinta espectadores. Los demás son familiares de los jugadores. Por eso la tribuna está casi vacía. A la hora del partido principal la cosa será distinta. Este año el pueblo ha formado un equipo bastante bueno para el torneo Regional, y anda derecho, y por eso el público acompaña.

Entre las piernas el viejo tiene una botellita de agua y un envoltorio de papel con un sándwich de salame. Tiene pensado almorzar en el entretiempo de ese partido preliminar. Siempre lleva lo mismo. Le encanta el sabor del pan con el salame. Y el agua es para bajarlo. Aparte el médico le dijo hace poco que tiene que tomar más líquido y el viejo es un paciente dócil y le hace caso.

Una vez, cuando vivía en Santa Fe, un policía quiso sacarle la botella de agua en el acceso a la cancha de Colón. El viejo, que entonces era un poco menos viejo, se lo había quedado mirando sin comprender, y el otro le dijo algo de prohibir los proyectiles en la cancha. Pero por suerte había intervenido otro policía, que lo conocía y que le dijo al primero que lo dejara pasar, que con ese señor no pasaba nada. Eran los años en que, por vivir lejos del pueblo, había debido prescindir de esa cancha y esos partidos. Se las había rebuscado con Colón y con Unión, pero no era lo mismo. Al viejo le gustaba esa cancha. Esos partidos. Ese salame. Aunque últimamente las urgencias de orinar lo asaltaran de repente y lo obligasen a bajar de la tribuna dos o tres veces en un rato. Maldita próstata. Menos mal que la tribuna era tan chica, porque podía ir y volver enseguida. En la cancha de Unión, o en la de Colón, hubiera sido un problema.

También por eso, estar de vuelta en el pueblo es una suerte. Porque para el viejo esos diez años en Santa Fe han sido vivir en un exilio. Su mujer había insistido en irse, después de lo de Lito, y el viejo había aceptado. En realidad había dicho "quiero irme para siempre de este pueblo de mierda". Y el viejo había respondido que sí.

Por eso fueron a Santa Fe y vivieron diez años allá. Pero cuando murió su mujer, el viejo decidió pegar la vuelta. No para contradecirla, sino para hacerle caso a su propia nostalgia. Además, no compartía el criterio de ella. Él no le echaba la culpa al pueblo por lo de Lito. "Lo de Lito y Graciela", solía aclarar para sus adentros. Su mujer nunca la nombraba. El viejo sí. Para adentro, pero la nombraba. Su mujer no. Jamás pronunciaba su nombre. También a ella, a Graciela, le echaba la culpa de lo de Lito. Al pueblo y a Graciela. El viejo no. De lo contrario, no habría vuelto.

El viejo había dudado, cuando murió su esposa, acerca de dónde enterrarla. Se decidió por Santa Fe, aunque él hubiera preferido el cementerio del pueblo. No lo hizo porque temió que para ella significase una especie de traición. Lamentó no haberlo hablado a tiempo, aunque también pensó que es muy difícil hablar de ciertas cosas. Y en verdad con su mujer era difícil hablar de todas las cosas. Como de Lito y de Graciela. O del pueblo. Ella había preferido callar y odiar en silencio. Y desde lejos. Por eso Santa Fe.

Si al final se decidió por enterrarla en Santa Fe fue por eso que ella había dicho de no querer volver a pisar el pueblo nunca jamás, y el viejo pensó que tenía que respetárselo. Pero cuando pasaron unas semanas de su muerte el viejo decidió que ahora él podía elegir dónde vivir sin faltarle a nadie, y armó su valija y pegó la vuelta.

Había encontrado todo igual. Diez años y los mismos negocios sobre la calle principal. Los mismos juegos en la plaza. Faltaba su mujer, por supuesto. Y Lito. Los primeros días había tenido la sensación fea de que los demás cuchicheaban apenas él se alejaba dos pasos. Después se le pasó. A lo mejor no había sido cierto, eso de que murmuraran. O a lo mejor sí, y lo que había ocurrido era que una vez que todos se habían puesto recíprocamente al tanto de la historia del viejo, se habían calmado y listo. A veces termina siendo bueno que la gente se aburra.

El viejo se había acomodado rápido en ese retorno al pago, y sus pocas rutinas simples lo habían ayudado. Unas compras diarias. El viaje quincenal a Santa Fe para visitar la tumba y emprolijarle los floreros y las flores. Al viejo le gusta hacer el viaje. Le pone algo distinto a la semana. Y le lleva todo el día. Y no lo entristece visitar el cementerio. Extraña mucho a su mujer, pero no es que la extrañe más de pie frente a la tumba que sentado en la galería de su casa, a la hora del mate. Como con Lito, que lo extraña en cualquier momento y en cualquier lado. De todos modos no puede comparar, porque con Lito no tiene una tumba para ir a visitar, ni en el pueblo ni en otra parte. De Graciela tampoco hay tumba. Si hubiera, la visitaría. El viejo siente que le quedó trunca la curiosidad de conocerla. Ahora ya no puede. A Lito se le notaba cuánto la quería.

Ya llevo varias páginas escritas y temo haberme ido por las ramas. O no. Tal vez lo que ocurre simplemente es que mi temor inicial estaba plenamente justificado y lo que sucede es que esta historia no se deja contar y punto. Porque es todo tan intrincado, y tan antiguo, que he tenido que hablar del viejo, y del pueblo, y de sus afectos idos, y hasta del regimiento, y todavía tengo al viejo sentado en la tribuna, mirando ese partido de muchachitos, y nada de lo dicho parece acercarme lo suficiente al momento en el que el viejo, de una vez por todas, se ponga de pie.

Y para peor no he dicho nada del muchacho. El muchacho que es uno de los veintidós que juegan.

Uno de los veintidós a los que el viejo mira desde la grada. Ya que entra en esta historia como jugador, tal vez corresponda describirlo primero como tal.

Juega de cinco. Quizá le faltan unos centímetros de estatura y unos cuantos kilos de peso para dar la talla del cinco clásico, ése capaz de salir a mandar, a barrer y ordenar el medio. También es cierto que hay cincos y cincos, que existen los cincos de marca y los cincos de creación. Pero este chico es difícil de encasillar. Porque es hábil y ligero y uno podría entonces pensar que es un cinco creativo. Pero aparte mete y mete, y entonces uno puede definirlo como un cinco de marca. Por eso el viejo le dedica más atención que a los otros. El viejo ha visto suficiente fútbol como para advertir que en general los tipos que saben, saben; y los que meten, meten. Pero este pibe parece pertenecer a ese género extraño de los que por un lado saben pero por el otro lado meten. Esos jugadores distintos que aprovechan lo mucho que tienen y que suplen con huevos lo poco que les falta.

A los tres minutos de juego el muchachito ya le ha llamado la atención. En la primera o segunda pelota que tocó, en lugar de tocar cortito y hacia atrás, como hacen todos, encaró al cinco rival y lo gambeteó hacia adelante. Y en la siguiente, cuando tuvo que cortar un ataque de los contrarios, el pibe no dudó en poner la patita y trabar fuerte la bola, a sabiendas de que el delantero rival venía jugado e iba a llevárselo puesto. El viejo lo anticipó y lo vio, y también vio que cuando el árbitro pitó para él, se levantó, se sacudió la tierra del trasero y tocó rapidito para habilitar al diez. No se quejó, ni pidió tarjeta amarilla para el rival. Y el viejo se lo agradeció.

Por eso el viejo lo mira. Porque ha detectado que es distinto. O tal vez empezó a mirarlo por eso, aunque ahora lo mire por otra cosa. Y por eso entrecierra los ojos. No sólo porque lo molesta el reflejo del sol entre el nublado, sino porque tiene la curiosidad de conocerle mejor los rasgos. No lo ha visto antes. De eso está seguro. Por eso acaba de preguntarle a un vecino, que está sentado dos o tres escalones más abajo, quién es ese pibe que juega de cinco en el equipo de los rojos. El otro le ha contestado, después de consultarlo a su vez con otro, que es un pibe nuevo, cree, hijo de un milico del cuartel, le parece.

Ahí está lo que decíamos antes. Como el viejo es oriundo del pueblo y sus interlocutores también, le han dicho que es hijo de uno de los milicos. Nada de "suboficiales", o "personal del regimiento". Eso es todo y es suficiente. No le dan otros datos porque no los tienen. Comentan, eso sí, que tiene pinta de crack, y que no es común ver un jugador así, con esa edad, por esos pagos. Y tienen razón, piensa el viejo.

Pero hemos vuelto a desviarnos del eje del asunto. ¿De dónde ha salido esta conversación del viejo con sus vecinos de tribuna? De la descripción del muchacho. De la semblanza del jugador que es el muchacho. Habrá que describirlo también físicamente, o decir algo de su historia. Algo que justifique definitivamente su inclusión en el relato.

Ya dijimos que es más bien menudo. También es ñato, y tiene los ojos muy negros y el pelo largo y enrulado. Eso es raro en los pibes del cuartel, pero a veces pasa, aunque casi nunca. En su casa se lo dicen, lo del pelo. Sobre todo ahora que viven de vuelta en las casitas de los suboficiales, esas que se ven, si uno mira, desde lo alto de la tribuna, hacia el Este. "De vuelta" porque el muchacho es nacido ahí, aunque ha vivido lejos hasta hace un par de meses. Cosas de los destinos militares. Tres años en Corrientes, seis en Campo de Mayo, tres en La Pampa, tres más de nuevo en Buenos Aires.

Al pibe le han dicho que ése es su pueblo. Que es nacido ahí, en el regimiento, y eso es verdad. Pero al pibe no le gusta demasiado vivir ahí. Tal vez porque cada dos por tres lo molestan con eso de que se corte el pelo, y le dicen que queda mal. Tampoco es que lo tenga tan largo, piensa el muchacho. Pero igual lo tienen frito, en su casa, con eso. Que para entrar a la Fuerza va a tener que cortárselo sí o sí, le dicen, así que mejor que se acostumbre. Pero él se pone furioso, porque no quiere saber nada con ninguna de las dos cosas: ni con cortarse el pelo ni con entrar a la Fuerza. El pibe quiere nada más que jugar al fútbol. Jugar en serio. No se trata de que piense "quiero ser un jugador profesional y ganar mucho dinero". Es difícil que un chico de quince años piense las cosas así, con tantas palabras, con semejante profundidad de conceptos. Suponiendo que ser profesional y ganar mucho dinero sean conceptos profundos. No. El pibe simplemente sabe que los jugadores profesionales se pasan todos los días jugando a la pelota y él quiere eso para su propia vida, porque es lo que mejor hace y es lo que más le gusta.

Y además quiere dejar de andar de un lado para otro. Está bastante podrido con eso de cambiar de escuela y de barrio cada dos por tres. Y cambiar de amigos, más que nada.

Él no lo sabe. Nunca nadie sabe todas las cosas. Pero ese carácter itinerante de su crianza le ha venido estupendamente para perfeccionar su juego. Dentro de un tiempo alguien va a explicarle por qué. Va a señalarle que cuando uno juega siempre con los mismos compañeros uno termina achanchándose, acostumbrándose, haciendo siempre lo mismo, resolviendo las jugadas siempre del mismo modo. Le explicará que cada uno juega lo que necesita, gambetea hasta donde le hace falta y listo. Uno no aprende más. Y que en cambio, cuando uno juega con tipos nuevos, tiene sí o sí que esmerarse. Primero porque de entrada los demás piensan que uno sobra, que está de más. Y si uno quiere que le hagan un lugar tiene que ganárselo, que merecérselo. Y segundo porque de entrada a uno van a mirarlo torcido. No porque esos desconocidos sean mala gente. Pero a uno lo van a mirar así y listo. Y tercero porque a uno no van a perdonarle nada. No le van a jugar livianito ni para que se luzca sino todo lo contrario. Le van a ir con todo, y uno tendrá que poner y poner y jugar y jugar, sin calentarse ni hacerse el dolorido ni el ofendido. Y que moverse, porque si uno se queda quieto no faltará el grandote que le tire a uno todo el camión encima y le aplaste hasta las muelas. No se trata de que sean mala gente. A uno no lo conocen. Eso es todo. Después, con el tiempo, sí. Se harán amigos. Pero de entrada no. La macana será que si uno vive cambiando de pueblo carga siempre con el chiste ese de ser el nuevo.

Esa tarde, todavía, el pibe no sabe nada de esto. Lo ha vivido, pero no lo sabe. No es lo mismo vivir las cosas que saberlas. Parecen lo mismo, pero no lo son. Una cosa es que las cosas te sucedan y otra cosa es saber que te están sucediendo.

En todas las vidas hay cosas que no se saben. Que pasan sin que se sepan. Y algunas no se saben hasta que uno se da cuenta. Porque uno se da cuenta o porque se las dicen. O a veces sucede que cuando a uno se las dicen uno se da cuenta de que las sabía, o casi. Como eso de lo bueno que es haber cambiado de pueblo y de amigos para convertirse en un buen número cinco. El pibe no lo sabe, pero va a entenderlo cuando se lo digan. Y el que va a decírselo es el viejo. Ese viejo que está sentado en el vigésimo tablón, y que entrecierra los ojos porque le molesta el reflejo del sol entre las nubes. Ese viejo al que todavía no conoce, y que no lo conoce a él. Pero por poco, por un margen muy estrecho, por un tabique delgado que los separa de saberse y conocerse.

Y volvemos a recaer en el viejo. El viejo que mira el partido y que ha detectado al muchacho casi de entrada, cuando gambeteó con osadía y cuando apostó el físico para quitar un balón complicado. El viejo piensa que tiene talento. Ese chiquito, el cinco, el de rulos, el que viene del cuartel. Y como dándole la razón, el pibe de camiseta roja baja con delicadeza una pelota que le han jugado demasiado larga y arma una bonita pared con el volante por derecha.

Si el viejo fuese dado a la soberbia podría ufanarse de esa facilidad que tiene para entender el fútbol. Eso de advertir, de un vistazo nomás, que el de rulitos sabe. Pero el viejo es de esa gente que sabe sin necesidad de mostrar que sabe, o aun sin saber demasiado todo lo que sabe. Y eso no significa que el viejo sepa todo. De hecho, ignora cosas importantes. Tampoco para él vivir es lo mismo que saber.

Hago otra pausa para releer lo escrito y de nuevo me asalta la sospecha de que no hay modo de contar esta historia entera, cerrada y concluida. Porque todo lo dicho hasta aquí, pese a lo confuso y lo diverso, debería estar incluido en el cuento. Y sospecho que hay otro montón de cosas que se me escapan.

¿Cómo sería el final, por ejemplo? ¿Qué palabras usar para ese final? Hablé al principio del asombro del viejo. Un asombro nacido y crecido más allá de las palabras. Un asombro que le impide hablar. Un asombro que le permite, únicamente, ponerse abruptamente de pie sobre la grada. ¿Cómo llegar a ese instante? Es cierto, si quiero ser optimista, que algunas cosas llevamos dichas. Tenemos al viejo en la tribuna, sentado. Tenemos al muchacho en la cancha, tal vez con la pelota en los pies. Desconocidos. Recíprocamente ajenos, los tenemos. Lo que poseen en común, si algo poseen, es que ignoran cosas. Bah, todos los mortales ignoran cosas, pero estos dos ignoran cosas importantes. Pero las ignoran por poco. No es que estén a años luz de la verdad. Digamos que están separados por muros delgados de esa verdad.

Y el muchacho tiene la pelota en los pies. El viejo lo mira y entiende que va a hacer algo distinto. No va a revolearla sin ton ni son. No. El pibe no es de ésos. El viejo está seguro y tiene razón. Cuando el rival más próximo se le viene encima, el pibe apoya la suela derecha sobre el balón y lo adelanta hacia el tipo que corre hacia él, tomando la precaución de no sacar el pie de la pelota. Y en el instante en que el otro adelante el pie para quitársela, el pibe de rulos retrocede la pierna y con ella la pelota. "Ole", se escucha, desde algún punto cercano al alambrado. El marcador desairado gira la cabeza y endereza el cuerpo, buscando al insolente. Lo encuentra sin dificultad, porque el flaquito no se ha movido. El único cambio es que ahora la pelota descansa bajo el otro pie. El marcador no quiere dejarlo pensar. Calcula que no se atreverá a repetir la maniobra y por eso se le va encima con todo lo que tiene y los pies para adelante. El pibe, que lo sabe antes de que suceda, le ha deslizado el balón por entre las piernas, y con un saltito se libra de la embestida furiosa. "Ole", vuelve a escucharse. Se oyen un par de risas en la tribuna. Unos aplausos sueltos. Ahora parece que el pibe va a meter el cambio de frente, porque mira hacia la posición del win izquierdo y señala el ángulo de la cancha, como indicándole que corra hacia allí, que se la tira con un derechazo de tres dedos.

Pero no es lo que va a ocurrir y el único que lo sabe, además del pibe de rulos, es el viejo. Lo sabe o empieza a saberlo. Entre los que no, entre los que ignoran que va a suceder otra cosa, está el enfurecido marcador del pibe de rulos, que acaba de juramentarse para sus adentros que ese flaquito de rulos no va a salirse con la suya, y por eso lo embiste desde atrás con toda la rabia de que dispone y que es mucha.

Éste es el momento en que los músculos del viejo acaban de tensarse. Todos los músculos del viejo. Y aunque sigue sentado, ya no entrecierra los ojos. Los tiene muy abiertos porque necesita ver lo que sigue. El viejo necesita determinar si lo que acaba de ver es una casualidad o no. Depende.

Si el chico, ahora, satisfecho con el doble lujo que acaba de dibujar, se la pasa nomás al once que pica por la punta, si se la tira nomás como su propio brazo extendido parece indicar que está a punto de hacer, listo, se acabó. No era nada. Simplemente el viejo acaba de presenciar una casualidad impresionante.

Pero también puede pasar otra cosa. Puede ocurrir que el pibe no meta el cambio de frente con un zapatazo de tres dedos. Puede que se quede ahí, de espaldas a su rival, con sonrisa de torero, esperando que el otro se componga y se le venga al humo y entonces le tire un caño de espaldas y con pisada, y un breve giro del cuerpo para recoger el balón del otro lado y ahora sí, tirar el pelotazo.

Pero si hace eso último el viejo no podrá permanecer sentado. Porque entonces querrá decir que las cosas no son como el viejo viene suponiendo que eran. Algunas sí, pero otras no. Porque no es la primera vez que el viejo ve esa jugada. Esa misma. La pisada, el caño, el amague del paso largo y otro caño, de espaldas, con pisada. Hace años que la ha visto. Quince, para ser exactos. Pero no desde la tribuna, no desde el vigésimo tablón en el que ahora está, todavía, sentado. Hace quince años la vio desde el alambre, porque Lito le decía que lo mirase desde ahí, desde el lateral, porque le gustaba tenerlo cerca para escucharle los consejos y el viejo le daba el gusto.

Era bueno, Lito. Muy bueno. Lito también era distinto. Cómo lo quería el viejo. No sólo porque fuera capaz de meter ese triplete imposible, aunque también. Y el pibe, el de rulos, sigue esperando. Claro que son sólo unos segundos. Tardo mucho más en contarlo que en que suceda. ¿Cuánto puede tardar un marcador en ponerse de pie y volverse hecho una furia hacia el flaquito que acaba de humillarlo? Pero por otro lado el tiempo es una experiencia subjetiva. Quince años puede ser una eternidad o un suspiro, según sepamos o no sepamos el grosor del tabique que separa el saber del no saber lo que hemos vivido. Y nuestra identidad y nuestra herencia pueden yacer encriptadas en un peculiar encadenamiento del ácido de nuestras células, pero también y al mismo tiempo manifestarse en el modo único e irrepetible de hilvanar tres gambetas al hilo contra el mismo marcador y en la superficie de medio metro cuadrado de césped.

Supongo que aquí se acaba esta historia. Con el pibe de rulos, nacido en el regimiento, que toca la bola con una pisada hacia atrás, apenitas. Termina con el pibe de ojos renegridos quebrando la cintura para esquivar la locomotora enceguecida del rival que no puede evitar comerse el caño. Termina con el último "ole" admirado de los veinte o treinta familiares regados por la tribuna. Termina con el viejo que ahora sí, enmudecido en su certeza, se pone de pie.

El Apocalipsis según el Chato

A primera vista pudo parecer que el quilombo se armó porque a nosotros no nos gusta que nos den la vuelta olímpica en la jeta. Cosa que es cierta, ojo. ¿Hay alguien a quien le guste semejante cosa? Pero apenas escarbás un poco te das cuenta de que la cosa venía de más lejos. Porque mirándolo un poco más a fondo era también un asunto de polleras. O tal vez en cierto modo la clave del balurdo estaba en lo de la chata ladrillera. O más bien era todo junto, bien revuelto: la cosa venía cargada con lo de la chata, se complicó feo con lo de la Yamila y se terminó de pudrir con lo de la vuelta olímpica.

Arranquemos por el principio: el Chato y el Alelí son primos hermanos, pero desde que eran pibes se quieren sacar los ojos. Se han pasado la vida buscándose camorra. Si hasta parece que cada cosa que piensan, que hacen y que dicen, la piensan, la hacen y la dicen para joderle la vida al otro. Los dos son los mayores de cinco hermanos. Los dos nacieron en agosto del 61. Y los dos se odian. Bastó que uno se hiciera de Estudiantes para que el otro se hiciese de Gimnasia, y eso que La Plata nos queda en el culismundis. A uno le gustaba de chico jugar al Zorro y el otro no paraba de decir que ése era un enmascarado trolo y que no había nadie mejor que Batman. Uno se hizo hincha de Ford y el otro, naturalmente, fanático de Chevrolet. Uno se las daba de la Momia y el otro se hacía pasar por el Caballero Rojo. Físicamente son parecidísimos: dos negrazos gigantescos, grandes como roperos, de esos que si te los cruzás de noche por una calle oscura te conformás con que lo que te vayan a hacer dure lo menos posible. Al Chato le dicen Chato porque antes de pegar el estirón, hasta los doce, era un enano. Alelí y sus amigos dicen que no, que le dicen Chato porque tiene la nariz aplastada como los boxeadores, y que eso es producto de una piña que le puso el Alelí cuando eran pibes. Pero no es cierto. Al Alelí le dicen así porque se llama Alberto Elías, y bastó que una vez el Chato le dijera que tenía iniciales de florcita para que el otro se pusiera violeta de la rabia y lógicamente le quedara el apodo para toda la vida.

Ya dije que se han pasado la existencia odiándose con una entrega sin fisuras. Y no se han fajado más porque siempre vivieron relativamente lejos uno del otro. Alelí es de La Merced, y nosotros con el Chato somos de La Blanquita, y para el que no conoce la zona hay que aclarar que entre los dos barrios hay como treinta cuadras y son de tierra. Las calles siempre fueron una ruina, de modo que cuando caen dos gotas te queda un enchastre de pantano que reíte de los de la Florida, porque lo único que les falta son los cocodrilos. Así que se veían para los cumpleaños de los viejos, para Pascua, para Fin de Año, para las comuniones, y se daban que era un contento.

Lindo se puso cuando entramos al secundario. El único colegio que había en diez kilómetros a la redonda estaba sobre la ruta, de modo que ahí sí tuvieron que encontrarse. Duraron dos años y protagonizaron batallas memorables. En primer año tenían la delicadeza de fajarse en el campito de las vías, pero en segundo perdieron totalmente la compostura y se daban en el aula, en los recreos, en la formación, en el baño o donde los sorprendiese la furia. El Chato finalizó su carrera académica el día en que hizo aterrizar una silla a los pies del director, previo paso por el ventanal del aula que daba al patio. El Chato aclaró después que se trató de un error comprensible porque una silla es difícil de dirigir, y él tenía que optar entre apostar al impulso de cruzar el aula de punta a punta con el sillazo o asegurar el impacto en la frente del Alelí, y en esa disyuntiva entre propulsión y exactitud optó por lo primero y el resultado fue expulsión directa. El Alelí no duró mucho más. Fue como si desaparecido su enemigo no hubiera tenido sentido seguir torturándose en la batalla del conocimiento. Al mes siguiente, y con la excusa de unos petardos en el baño de mujeres, el director se dio el gusto de firmar la expulsión del segundo de los primos. Para los que quedamos, el colegio perdió casi toda su pimienta. Bueno, "para los que quedamos" es casi una manera de decir, porque para mis amigos del barrio La Blanquita la secundaria era un tormento que no estaban dispuestos a tolerar. De La Merced se recibió únicamente Rubén Acevedo, y de nuestro terruño fui el único sobreviviente. Parece mentira cómo la tenacidad y la inercia tienen premio. Fue cuestión de ponerse en la cola y aguantar, de ahí hasta terminar la facultad.

Tuve suerte, porque conseguí un buen trabajo y este vocabulario universitario tan distinguido, atributos ambos envidiables en mi barrio. Pero ahí está: cuando digo "mi barrio" me refiero a ése, a La

Blanquita, y no al hermoso, cuadriculado, pavimentado y arbolado suburbio de clase media en el que vivo ahora. Será por eso que todos los fines de semana, llueva o truene, haga frío o calor, esté sano o enfermo, me escapo a jugar al fútbol allá. Caiga quien caiga, armo el bolsito y me tomo el bondi bien temprano. Mi mujer me sonríe tiernamente al despedirnos, porque supone que dejo el auto en casa para que mis amigos no se sientan mal por mi progreso. Yo la dejo pensar que soy un dulce, pero la verdad es que no lo llevo porque en La Blanquita cualquier auto de modelo 1970 para acá puede demorar entre veinte y veintitrés minutos en convertirse en 2.476 repuestos.

Pero bueno, no sé por qué estoy hablando tanto de mí, cuando el asunto es contar lo que pasó con el Alelí y el Chato. Por si no ha quedado claro, yo soy amigo del Chato desde primer grado y amigo de los amigos del Chato. Eso me convierte en enemigo del Alelí y en enemigo de los amigos del Alelí. Ojo que ellos deben ser buena gente, como los míos, pero en lo que llevamos de vida nuestros encuentros han sido demasiado tumultuosos como para detenerme a averiguarlo. La única excepción somos el Rubén Acevedo y yo, porque la soledad del secundario nos unió en el infortunio cuando ninguno de los otros vagos sobrevivió a tercer año. Pero nuestra amistad es un secreto mejor guardado que los de la Guerra Fría, porque si se llegan a enterar el Chato y el Alelí, nos excomulgan y nos echan de la tierra prometida.

Ahora que crecimos las batallas son menos frecuentes y más civilizadas. No incluyen ni sillas ni gomeras. Apenas uno que otro trompazo, pero nada grave. Gracias a Dios nos queda el fútbol. Hace una pila de años que jugamos un campeonato en las canchas del Sindicato Postal, sobre la ruta. Se supone que es por el honor y una copita de morondanga, pero todos saben que es por guita. Se hace una vaquita con la inscripción, pero la mayor parte no es ni para alquilar las canchas ni para pagar los jueces: es para el equipo que gana. Como juegan arriba de veinte equipos se juntan unos lindos mangos. El campeonato es largo como esperanza de pobre, pero nadie se queja porque cuantos más equipos son, más plata se junta para el premio. Lógicamente, hace como veinte años, cuando el Chato se enteró de que el Alelí y sus secuaces se habían inscripto, nos conminó a abandonar nuestros destinos, nuestras familias, nuestras carreras, nuestros sueños y nuestras ilusiones para seguirlo, y aclaró que si desoíamos semejante convocatoria nos iba a cagar a patadas.

No hizo falta porque nos pareció magnífico. Eso sí: hay gente a la que le cuesta entender que uno tenga compromisos deportivos impostergables los fines de semana, como pude comprobar cuando me puse de novio. Igual, con un poco de buena voluntad, se liman esas desavenencias. En mi caso, por ejemplo, logré que mi flamante esposa aceptase salir de luna de miel un lunes en lugar de un domingo, porque justo nos habían puesto el partido el domingo a mediodía. Igual lo nuestro en la cancha fue anecdótico: después del casorio y con lo que chuparon esos animales en la fiesta, dimos pena y nos llenaron la canasta. Gracias a Dios mis tres hijitos tuvieron la genial ocurrencia de nacer en días hábiles y así me evitaron más de un dolor de cabeza. Pero la pucha, estoy de nuevo hablando de mí y no hace al asunto.

El famoso campeonato del Sindicato Postal lo ganamos en el 84 y en el 93. Y los del Alelí embocaron los del 90 y el 96. Pero el año pasado quiso la mala leche que esos turros tuvieran una campaña gloriosa y que la nuestra fuese paupérrima, y que el maldito fixture nos mandara a jugar la última fecha contra ellos. Y no había chance para la hazaña. Para que perdieran el campeonato hacía falta que los que venían segundos ganaran por ocho goles el último partido y que nosotros les hiciésemos diez a los del Alelí. Eso era imposible, sobre todo porque cuando nos enfrentamos salen unos partidos de mierda, bien tipo clásico, con sesenta y tres mil patadas y un octavo de idea, así que no había manera de arruinarles la fiesta. El asunto fue tema de vestuario desde agosto, y a medida que pasaban los fines de semana y los guachos seguían ganando, la cara del Chato iba tomando un tono gris lápida.

Para los demás no era tan grave. Como mucho tendríamos que bancarnos el show de ellos (con festejos y vueltita alrededor de la cancha) sin chistar, pero podríamos tomar una dulce revancha llenándolos de taponazos en cada pelota dividida. Para el Chato, en cambio... Para el Chato iba a ser distinto. Ya hablé del odio viejo que se tienen con el Alelí. Pero ese odio tomó un cariz económico-empresarial cuando el Chato se compró, hace tres años, la "chata ladrillera", que no se llama así en honor a su dueño sino porque es un híbrido estrafalario entre un camión chico y un Rastrojero grande, con la caja plana y la cabina en tal estado de oxidación que parece el Titanic en el fondo de los mares. El Chato adquirió el adefesio para poder dedicarse a su sueño: comprar ladrillos en los hornos que hay detrás del barrio y revender-los a los corralones. No parece un sueño demasiado atractivo, si perdemos de vista lo fundamental: lo de los ladrillos fue como meterle el dedo ahí donde más molesta al Alelí, que está en ese negocio desde hace como siete años. Para colmo el Chato tuvo un éxito rotundo. Como es más simpático, les da charla, les convida chipá recién horneado por su vieja, reparte una damajuana aquí, otra allá, esas cosas. El Alelí no estuvo a la altura de esa política agresiva de conquista del mercado. Se durmió, y cuando quiso acordarse había perdido un montón de hornos y de corralones. Si no quebró fue porque el viejo le dio una mano para comprar un camión como Dios manda y con eso pudo triplicar la carga que hace el Chato en cada viaje. Aunque tampoco es tan simple, porque con ese tremendo camionazo hay lugares a los que con el ba-rro no puede entrar, y según el Chato lo mata el pre-cio del gasoil porque tiene un motor de la san puta, y en cambio a la chata ladrillera no hay con qué darle porque anda con cualquier cosa, le tirás un fósforo de cera en el carburador y arranca, le tirás el agua del termo y avanza unos metros. Eso dice el Chato, que está orgullosísimo de la porquería de chata que tiene.

Pero la venganza del Alelí vino por el lado sen-timental, cuando le sonó la novia al Chato. Resulta que el Chato se había conseguido a la Yamila, que según los cánones estéticos de mi barrio es una diosa. Tal vez caballeros más civilizados la encuentren algo vulgar, o poco estilizada, o excesivamente carnosa, pero en La Blanquita la Yamila es una bomba en todo el sentido de la palabra. El Chato la había conquista-do y andaba con los ojos brillantes y casi flotando a unos centímetros del piso. Para mejor el Alelí no había tenido otra idea que meterse de novio con la Pupi, que es la hermana del Lalo, uno de sus amiguitos, y la Pupi es más horrible que chupar un pickle en ayunas, cosa que para saludarla no sabés si darle un beso o moverla con un palito. Hasta ahí, el Chato se sentía el Agente 007 y el Alelí se quería matar de a poco. Pero quiso la mala fortuna que el Chato se agarrase una hepatitis de novela que lo puso por un tiempo más cerca del arpa que de la guitarra, y que lo tuvo tres meses en reposo y alejado de los lugares conocidos. Y ahí el Alelí hizo su jugada. Como la carne es débil, y la Yamila es más bien ligerita de cascos, cuando el Chato regresó del túnel brillante que anticipaba el Más Allá se encontró con la novedad de que la Yamila descansaba en brazos de su peor enemigo.

En síntesis, el año pasado el conflicto Chato-Alelí estaba al rojo vivo. La Yamila en manos del Alelí, el negocio ladrillero con leve ventaja del Chato. Pero este asunto del campeonato con vuelta olímpica en las narices enemigas podía significar un desequilibrio intolerable para el sacrificado espíritu de mi amigo. Al Chato le ofrecimos que ese día no viniera. Él, grave y sereno como un estadista, nos dijo que no podía haber funeral sin muerto y que podía ser muchas cosas pero cobarde jamás, así que muchas gracias pero imposible.

Y ahora me acerco al foco de los hechos, porque faltando tres fechas los acontecimientos tomaron un giro inesperado. Estábamos tirados en el vestuario, sobre los bancos de listones de madera, sin apoyar los pies en el suelo porque los muy mugrientos que juegan ahí lavan los botines en las duchas y llenan todo de barro, y si no tenés cuidado te podés pegar una patinada de la reputísima madre, sobre todo si venís con tapones de aluminio como le pasó una vez a Walter, pero no viene al caso. El asunto es que ahí estábamos, rumiando el destino, mientras el vapor de las duchas flotaba a un metro del piso enlodado. Habíamos estado sacando cuentas y no había modo de que los malparidos esos perdieran el campeonato. Nos habíamos callado ante lo irreparable de nuestra fatalidad, y de pronto Carucha comentó entre suspiros, como para sí mismo: "La pucha, hay que joderse... Es como el Apocalipsis". Walter levantó la cabeza y lo interrogó con un "¿Lo qué?", que en Walter es la máxima expresión de duda metafísica. Habrá pensado que Carucha se refería a un boliche bailable que se llamaba así y que supimos frecuentar en nuestra tierna adolescencia. Yo pesqué lo que decía porque Carucha siempre dice eso del Apocalipsis, que no sé de dónde lo aprendió, cuando quiere significar que algo es demasiado terrible. Le suena como una palabra irrevocable, aunque no tenga mayores datos al respecto. Así para Carucha la crisis económica es "como el Apocalipsis", y el descenso de Ferro fue "como el Apocalipsis", y esa misma tarde había hecho "un calor de Apocalipsis". Me disponía a explicarle a Walter a qué se refería nuestro metafórico volante central, cuando entre las brumas del vestuario emergió la cara del Chato, que con tono enérgico le hizo repetir a Carucha lo que había dicho. "Como el Apocalipsis, Chato, eso dije", repitió obediente, y al instante el Chato le preguntó si su cuñado seguía siendo pastor evangelista. Carucha, asombrado, dijo que sí, y ahí nomás el Chato le pasó una lapicera y un papel humedecido y le dijo que le anotara ya mismo el teléfono. Después se bañó y rajó sin chistar, sin tiempo ni para una cerveza ni para nada.

Las dos fechas siguientes (las anteriores a la última) el Chato no aportó por el campo de deportes del sindicato. Para contabilizarle al Chato dos ausencias consecutivas al campeonato había que remontarse a la hepatitis, de manera que nos resultó extraño. De todos modos no había a quién preguntarle porque también estaba desaparecido del boliche de Damián, que es donde se encuentran los muchachos entre semana. Y tampoco quisimos pasar por su casa porque la vieja del Chato es más loca que él y si sospecha que le oculta algo le encaja dos cinturonazos antes de preguntarle qué pasa. Preferimos aguardar.

Naturalmente, el día del último partido estuvimos todos. Como ya manifesté, no había más que resignarse, aceptar la ignominia y surtirles un par de buenos patadones para que nos recordaran durante el receso veraniego. Naturalmente, del equipo del Alelí también estaban todos. Todos los pataduras que se la dan de jugadores, y todos los hijos y todos los padres y todas las mujeres y todos los tíos y todos los cuñados y todos los amigos, me cacho, porque ya que se trataba de humillarnos la iban a hacer completa. Por supuesto, también estaba la Yamila, metida a duras penas en una remerita roja y en un vaquero prelavado que partía las piedras y por el que más de uno se la quedaba mirando con la mandíbula chocándole las rodillas. El turro del Alelí la tenía ahí como trofeo. Campeonato, vuelta olímpica y la Yamila. Fiesta completa. No por nada el fulano ponía cara de satisfecho y se había comprado pantaloncitos y medias nuevas para salir en la foto. El Chato llegó puntual pero puso cara de "no questions", así que lo dejamos cambiarse sin preguntas.

Lo que se jugó del partido, que fue un tiempo y moneditas, salió según era previsible. Árbitro nervioso, pierna fuerte, foules continuos, muy conversado, un asco. Era uno de esos 0 a 0 que podés jugar ocho meses y veinte días y seguís sin hacerte un gol ni por equivocación. Ni ellos iban a cometer el desatino de querer ganarnos y ligar un planchazo a la altura del ombligo, ni nosotros íbamos a hacernos echar por carniceros y comernos una suspensión de siete fechas para el año entrante. Jodía un poco, eso sí, el barullo que metían los familiares de ellos, que hacían cantitos y tocaban cornetas. Por suerte su equipo se llama Escapes Nahuel, que es el nabo que les garpa las camisetas, y con ese nombre de mierda no hay cantito que rime. Así que no podían pasar del dale campeón, dale campeón, y se aburrían pronto.

Iban como diez minutos del segundo tiempo y el juego estaba detenido porque el ocho de Escapes Nahuel había tenido un arranque de originalidad y le había tirado un caño con pisada al Gallego. Y si hay un tipo al que le molesta que le pisen la bola y le tiren un caño es al Gallego, que no tuvo más remedio que intervenirlo quirúrgicamente en el círculo central. Mientras atendían al osado mediocampista levanté la vista y vi, más allá del alambrado y caminando a buen paso por la banquina de la ruta, a un grupito bastante numeroso de personas vestidas con túnicas blancas. Eran algunos hombres, muchas mujeres y un montón de pibes. Cantaban, aplaudían y algunos tocaban panderetas.

Me distraje en seguida porque se reanudó el partido, pero dos minutos después no pude evitar mirarlos de nuevo porque habían llegado a la altura del portón de ingreso, habían girado a la derecha y habían entrado al campo de deportes a paso redoblado. Ahora el sonido de sus cantos tapaba los cornetazos de la hinchada de los rivales, o tal vez la sorpresa de todo el mundo era tan grande que el público había hecho silencio. No había pasado otro minuto cuando, mientras la pelota se jugaba cerca de la línea de fondo nuestra, los monos de las túnicas se lanzaron serenamente a invadir el campo de juego al grito de Aleluya, Aleluya. La pelota la tenía el once de ellos, yo lo estaba marcando, y el árbitro tocó un silbatazo capaz de perforarle el tímpano a cualquiera. Por un segundo dudé, porque acababa de decidir terminar la gambeta de mi rival con un taponazo directo al cuádriceps, pero todavía no había ejecutado el movimiento correspondiente y este tipo me cobraba el foul por adelantado. Nada que ver: lo que hacía el réferi era salir como loco para impedir la invasión de cancha. Los intrusos no le dieron ni bola, seguían cantando con rostros dichosos, abriendo los brazos y diciendo Aleluya, hermano, Aleluya, a los pocos que se les iban acercando para ver qué bicho les había picado.

Era tan extraño todo que los de las túnicas, aprovechando el factor sorpresa, pudieron llegar hasta el círculo central y sus adyacencias, se hincaron de rodillas en ronda, se dieron las manos e iniciaron un rezo ferviente, alzados los ojos al Altísimo. En el centro, el pastor dirigía la plegaria. Y el pastor no era otro que el cuñado de Carucha, cuyo teléfono había solicitado tan vehementemente el Chato unas semanas atrás, en el vestuario. Pero no tuve tiempo de apuntar más conclusiones porque el tipo vociferó de pronto, con una voz propia de Moisés en el Sinaí, que ése era el día del regreso del Señor, arrepiéntete, hermano, arrepiéntete, porque el Apocalipsis ha llegado. Agregó algo de unas trompetas y unos jinetes, pero me lo perdí porque una súbita sospecha me hacía buscar al Chato en medio de la muchedumbre, y no conseguía ubicarlo. Enseguida el pastor recuperó toda mi atención cuando anunció que íbamos a escuchar el testimonio del hermano Ceferino, a quien el Señor se le había manifestado en sueños el miércoles por la noche, anunciándole su segundo advenimiento. Y digo que recuperó mi atención no tanto por lo del advenimiento sino por lo de Ceferino, porque ése es, ni más ni menos, el verdadero nombre del Chato, cosa que sabemos cuatro o cinco tipos nada más, porque le dicen el Chato desde que era un pibito, pero eso ya lo expliqué.

Y entonces el turro de mi amigo, como si siguiera una senda luminosa trazada por los poderes celestiales, alzó los brazos y al grito de aleluya empezó a caminar hacia el círculo central, y los peregrinos le abrieron un caminito para que pasara y pudiera pararse al lado del pastor, que le apoyó la mano en el hombro como invitándolo a hablar; la verdad que era cómico verlo al Chato disponiéndose a predicar en pantaloncitos cortos y con la camiseta a rayas verticales, aunque se ve que el pastor advirtió que perdía imagen porque se apuró a zamparle una túnica extra que traía alguno de los caminantes. Una vez ataviado, el Chato, con su metro noventa de estatura y los brazos alzados al cielo, los botines asomando por debajo de la túnica porque le quedaba corta, los ojos bajos y la voz entrecortada, declaró que sí, hermanos, que era cierto, que hacía un tiempo había iniciado un camino de fe y de victoria en las manos del Señor, que lo había alejado de Satanás y sus tentaciones, Amén, y que Dios lo había colmado de bendiciones y triunfos y sanaciones diversas, y que como punto culminante de esa cadena de milagros se le había presentado en sueños el miércoles por la noche, Aleluya, para hacerle saber que en ese sitio exacto, en ese punto preciso de la verde pradera, el Señor iba a apacentar a su rebaño, porque pronto se produciría la segunda venida del Señor, Amén, Amén. En ese punto los de las túnicas se lanzaron de nuevo a las panderetas y a las bendiciones, y el Chato cayó postrado con una expresión tan emocionada que si yo no supiera que es un hijo de mil puta mentiroso era como para enternecerse en serio, y el piola se tapaba la cara como si estuviera llorando deslumbrado por la imagen de Dios todavía grabada en su retina, y entonces el pastor Pedro aprovechó para tomar de nuevo la palabra y anunciar alborozado que ese día, hermanos y hermanas, era un día de gozo y de gloria y de triunfo para la comunidad de la Nueva Iglesia Libre de Jesús Alborozado, siempre colmada de bendiciones, porque iban a comenzar la construcción de un templo para gloria del Señor, en el exacto punto de su próxima venida, Amén, y que Jesús nos colmaría a todos de sanaciones y rompería todas las ataduras y maleficios lanzados por nuestros enemigos, y que era imprescindible poner manos a la obra porque el Reino de Dios estaba cerca, y que ese círculo de cal con una raya y un punto en el medio era premonitorio, pues seguramente el Señor utilizaría esa señal para orientarse en el descenso desde las alturas del Paraíso. Y el Chato se incorporó enfervorizado, se arremangó la túnica, y mientras gritaba que había que apurarse para que Jesús tuviera un lugar propicio para el aterrizaje, a trabajar, hermanos y hermanas, a trabajar, Amén, sacó una pala no sé de dónde y empezó a puntear el pasto con alma y vida, casi en el círculo central.

Ahí fue como que se rompió el hechizo, no sé si por casualidad o porque la cara de satisfacción del Chato no era precisamente la de un converso reciente que acaba de recibir la revelación del Altísimo, sino más bien la de un malparido que está haciendo lo humanamente posible dentro del muy terrenal proyecto de cagarle la vuelta olímpica a su enemigo de sangre. El árbitro le preguntó al Chato qué carajo hacía y el otro le informó con enorme dicha que se disponía a iniciar los cimientos del templo. Cuando los de Escapes Nahuel escucharon la respuesta se fueron al humo y la multitud se fue apretando cada vez más sobre el círculo central. El primero que logró atravesar el cordón de túnicas y llegar sobre el Chato intentó sacarle la pala, pero el flamante apóstol le metió un empujón que lo sentó de culo mientras seguía paleando tierra, y el hermano Pedro gritaba haya paz, haya paz, e invitaba a todos a participar de la grande obra del Señor, alabado sea Dios, y el arquero de ellos le gritaba ma' qué alabado, pibe, rajá de acá que estamos jugando el partido, y el Chato de vez en cuando interrumpía su sagrada labor para vociferar que lo ayudaran a impedir la sucia tarea de los servidores de Satanás. Y entonces varias de las minas de las túnicas se abalanzaron para proteger al portador de la buena nueva, que sonreía con cara de estampita en medio de sus ángeles custodios, pero el Alelí, que por fin caía en la cuenta de que lo estaban acostando y que estaban por afanarle la vuelta olímpica que venía soñando desde mayo, se lanzó como una topadora hacia su primo, y como entre los dos había como treinta personas se las fue llevando puestas a medida que avanzaba y se tropezaba con los caídos, de manera que se estaba armando un revuelo de la puta madre, pero hasta ese momento era como una olla a presión cuando larga el silbidito sin estallar, porque aunque algunos forcejeaban la mayoría de los presentes apenas atinaba a mirar con cara de vacas asombradas. Cierto es que Carucha, como hace siempre en los tumultos, aprovechó para pegar unos cuantos puntinazos en las pantorrillas rivales amparado en el quilombo de gente empujándose para un lado y para otro, pero la cosa no pasó a mayores hasta que el pastor Pedro se hizo subir a babuchas sobre los hombros de uno de sus seguidores, y con la misma voz mosaica del principio vociferó pidiendo calma, hermanos, calma, porque al fin de cuentas el que estuviera libre de pecado debía ser el que arrojara la primera piedra. La verdad es que no fue una frase demasiado feliz, teniendo en cuenta que en el auditorio estaba Lalo, que juega de siete para ellos, y que como win derecho es una flecha pero que tiene de bruto lo que su hermana la Pupi tiene de fea, y como usa el cerebro apenas para acolchar por dentro los huesos del cráneo, pobrecito, suele tomar las cosas de manera demasiado literal, así que cuando escuchó lo de arrojar piedras no tuvo mejor idea para colaborar con la grande obra del templo del segundo advenimiento que sacudirle un lindo cascotazo al pastor Pedro en el parietal derecho con una puntería francamente admirable, si tenemos en cuenta tanto la distancia como la abundancia de obstáculos móviles que tuvo que sortear el proyectil antes de dar en el blanco, blanco que dicho sea de paso cayó de cabeza al pasto con un chillido, en medio del horror espectral de su rebaño.

Fue un segundo de expectación, porque bastó que el Chato gritara que no iba a permitir el triunfo de Satanás, sacudiendo la pala por encima de las cabezas, para que todo el mundo, jugadores, peregrinos, público, administrador del campo, veedores del campeonato, réferi y demás yerbas terminásemos sumergidos en un mar de piñas. Por lo menos era fácil identificar a quién mandarle un tortazo: todos los que tenían la camiseta de Escapes Nahuel y todos los que estaban de civil eran el enemigo; los de camiseta a rayas y los de túnica blanca eran de los nuestros. No sé quién tuvo la genial idea de desarmar un par de bancos del vestuario, pero cuando entraron a fajar con los listones de madera la cosa se puso brava, y a mí me sacudieron un tablonazo que me dejó un chichón color guinda del tamaño de un damasco que tardó como tres semanas en bajarse.

No tengo ni noción de lo que duró el despelote, pero debe haber sido un buen rato porque la comisaría queda bastante lejos y hasta que no llegó el segundo patrullero no hubo manera de serenar los ánimos. Y digo el segundo porque el primer auto de las fuerzas del orden fue objeto de los nuevos apóstoles del segundo advenimiento, cuando el hermano Ceferino, o sea el Chato, en una breve pausa del intercambio de tortazos en el que estaba enfrascado con el Alelí en duelo singular, dijo que había que dar al

César lo del César y a Dios lo de Dios, y por lo tanto impedir que las fuerzas terrenales se interpusieran en la gran obra del ministerio celestial, y yo me maté de risa mientras un grupo de minas se lanzaba a rechazar a los demonios uniformados, porque eso de Dios y el César debía ser una de las trehs cosas que al Chato le quedaron de cuando hicimos catequesis para la comunión.

Al rato cayeron dos patrulleros más y un camioncito celular, y entraron a levantar muñecos como en pala. Algunos muchachos saltaron el alambrado por el fondo. A otros los vi encaramándose en los árboles. Yo zafé porque se me dio por correr para el lado de las piletas. Me lancé a lo hondo con botines y todo, y me la pasé hundido hasta la nariz hasta que logré sacarme la ropa y quedar en slip, aunque me dio un poco de calor enfilar así, en taparrabos, para el vestuario, porque el solario estaba lleno de gente. Cuando me atreví a volver para las canchas había terminado todo. Quedaban un par de túnicas tiradas, la pala y una linda zanjita de tres metros como para empezar un buen encadenado de cimientos.

Y ése es todo el asunto, o casi todo. El Chato salió de la comisaría el lunes a la mañana. El pastor Pedro quedó en observación en el hospital hasta el martes. No lo detuvieron porque permaneció inconsciente por la pedrada durante todo el evento. Igual está de parabienes. Los de las túnicas lo promovieron al cargo de máximo líder espiritual de la recién fundada Nueva Iglesia del Advenimiento Inminente del Pastor Pedro, y se están construyendo un templo nuevo cerca de la rotonda.

Por supuesto, el partido jamás terminó de jugarse. Lo dieron por empatado, y a ellos les alcanzó con ese punto para salir campeones. Pero eso no es nada. Lo lindo del caso es que al Alelí parece que se le vino la noche. Antes de largarlo, en la cana le hicieron la averiguación de antecedentes y le saltó un asunto de cheques sin fondos que lo marginó de las canchas, y del aire libre en general, por espacio de siete largos meses. Si ya antes de su detención el Chato le hacía la guerra de tarifas con la chata ladrillera, ahora está a punto de monopolizarle el mercado. Y otra cosa. La gente de La Blanquita, por lo general, es rápida. Y el Chato, como creo que quedó demostrado, es capaz de tomarle la patente a una mosca en vuelo. Para Fin de Año se cayó por lo de la Yamila con un ramo de flores, y la dama, enternecida por la conversión religiosa de su antiguo enamorado, se dejó reconquistar. Es cierto que, para que no digan por ahí que es una chica fácil, se hizo rogar como tres cuartos de hora.

Así están las cosas ahora. El Alelí acaba de salir y tiene una furia que mastica durmientes de ferrocarril. Jura a los gritos que ya llegará el tiempo de su venganza. Igual nosotros estamos tranquilos. Primero porque el Chato está contentísimo, y la felicidad de los amigos es el mejor pan para nutrirnos el alma. Y segundo porque este año venimos hechos un violín en el campeonato, y no creo que se nos escape, Amén.

Señor Pastoriza

Cuando me enteré, casi no pude decir palabra sobre su muerte, señor Pastoriza. No sé muy bien por qué. Aunque supongo que siempre me ocurre eso con las cosas que me lastiman. No puedo nombrarlas mientras me duelen, o mientras me duelen mucho, o mientras son un dolor nuevo y desconocido, un dolor que busca su sitio en el cementerio de tristezas que todos tenemos en algún lugar del alma.

Pero al mismo tiempo supe, desde el momento mismo en que me enteré, temprano en la mañana, mientras escuchaba la radio al afeitarme, que iba a tener que escribirle estas líneas, u otras como éstas, señor. Eso también es algo que me ocurre con las cosas que me duelen. Se me traban en la lengua pero se me destraban en palabras, cuando las escribo. Aunque con la muerte nunca sea sencillo. Siempre es más difícil con la muerte, señor Pastoriza.

Pero si tengo la necesidad, casi la obligación, de escribirle por lo menos estas líneas, señor Pastoriza, es por algo que le debo desde hace muchos años, y que no pude agradecerle correctamente en su momento. Espero sepa perdonar, a medida que yo avance en este relato, semejante dilación de mi parte. Digamos que tiene que ver con eso de lo difícil que es lidiar con la muerte, señor Pastoriza. Con todas las muertes. Pero dicen que nunca es tarde, de modo que tal vez sea éste el momento de darle las gracias, mis propias gracias, esas que tengo demoradas desde hace tanto tiempo. Ahora que se fue usted, señor, siento que es el momento de decírselo, o de escribírselo, que —como ya apunté— es mi modo de decírselo.

Usted no necesita que yo le recuerde, señor Pastoriza, esa hazaña de enero de 1978 cuando Independiente, con ocho jugadores, consiguió un empate imposible contra Talleres de Córdoba, como visitante y con medio mundo en contra, en la final del Campeonato Nacional de 1977. Lo ganaba Independiente y lo dio vuelta Talleres, con un gol mentiroso, convertido con un manotazo impúdico que el árbitro no tuvo la hombría de anular. Sí tuvo la hombría de echar a tres jugadores de Independiente que le fueron a gritar su indignación. Y la historia estaba escrita. Todos querían irse, llenos de bronca y de impotencia. Pero estaba usted, señor Pastoriza. Usted estaba y los detuvo. Los detuvo y los hizo volver. Los hizo volver y les dijo: "Jueguen". Les dijo "jueguen" y ellos le hicieron caso, señor Pastoriza.

Esa noche yo no supe nada, señor Pastoriza. Me habían enviado a Villa Gesell, junto con mi hermana, a veranear con unos tíos. Esas cosas que pasan y que cuando uno es chico no se da cuenta de que lo están engatusando. ¿Cómo era posible que me fuese de vacaciones sin mis viejos ni mi hermano mayor, con lo que a todos nos gustaba el mar? Tendría que haberme dado cuenta de que había una matufia rara, con ese viaje a la playa. Pero a los diez años a veces uno se distrae y pierde las marcas, señor Pastoriza.

De manera que esa noche yo ni me enteré. Usted estaba con los brazos en alto frenando a los jugadores de Independiente; arengándolos, sosteniéndolos, y yo dormía como un bendito. Mi viejo, allá en Castelar, fumaba como la chimenea de un acorazado con la radio pegada a la oreja, y yo soñaba como si tal cosa, fíjese qué barbaridad. Usted mandaba a la cancha a Bertoni, medio lesionado y todo, y yo no me enteraba de nada. El corazón de mi viejo latía al ritmo frenético de la pared que armaban Biondi, Bertoni y Bochini, y yo seguía en la nube más distante de los sueños. Bochini empujaba el balón hacia la gloria y yo roncaba a pata suelta. Mi viejo gritaba en la puerta de casa, para que se enterasen los vecinos, y yo como si nada, bien metido bajo la frazada porque las noches geselinas por entonces eran frescas.

Recién a la mañana siguiente algún hincha del Rojo me puso en autos de la hazaña. Yo me sentí raro. Para mí, Independiente campeón eran los cantitos con mi viejo, los saltos por la casa, las banderas rojas colgadas de los muebles. No esa noticia atrasada, a cuatrocientos kilómetros de Castelar, traída por un desconocido.

Pero usted no sabe lo que fue a la vuelta, señor Pastoriza. Usted no se imagina. Con mi hermana llegamos de noche, y fue mi papá el que nos abrió la puerta. Se lo escribo y lo estoy viendo, señor Pastoriza. Alto. Levemente encorvado. Pelado. La bata que lleva a bien atada a la cintura y que no podía ocultar la ponchada de kilos que había perdido en esos meses.

Creo que primero me dio un abrazo. No estoy seguro. De lo que sí tengo certeza, porque me acuerdo de cada uno de los diez pasos que di, es que me llevó de la mano desde la puerta hasta la mesa del comedor. "Vení, tipito", me dijo. "Vení que te guardé todo." Cosas que tiene la vida. Yo tenía diez años y él no podía decirme que se estaba muriendo. Pero podía ingeniárselas para preparar sobre la mesa todos los recortes de esa noche de fábula del 2 a 2 con ocho hombres, señor. *La Nación. Clarín. La Razón. El Gráfico. Goles.* Entre todas las noticias y las fotos, eligió una para leérmela en voz alta. "El gol lo hice con la mano" era el título, y el autor del segundo gol de Talleres confesaba la trampa. Mi papá lo leyó eufórico, airado, saliéndose de la vaina. Era la prueba definitiva de que nos habían currado y ni así, señor, ni así nos habían podido sacar el campeonato. Y había otro recorte que hablaba de usted, señor Pastoriza. De cómo se plantó y los plantó y les dijo jueguen.

Y en la noche de enero mi viejo me mostraba cada titular. Cada foto. Y yo miraba los recortes y lo miraba a él. Y miraba las fotos y lo miraba a él. Mierda que era invencible. Flaco y todo. Enfermo y todo. Medio muerto y todo. Señalaba con el dedo los papeles y el partido se levantaba desde la mesa para que yo lo viera. Los marcaba con el dedo índice y era Moisés abriendo de punta a punta las aguas del mar Rojo. Adán tocando la mano de Dios. Bochini empujando la bola, 2 a 2 y a cobrar. Usted no sabe lo que era ese hombre, señor Pastoriza.

Tengo esos recortes guardados en mi casa. Tal vez alguna vez junte el valor de ir a buscarlos. No lo sé. Temo que si abro la bolsa verde en la que los tengo escondidos se escapen, también, todas las lágrimas.

Pero mi debilidad no tiene que ser ingratitud. Por eso, gracias, señor Pastoriza. Por ese campeonato de leyenda que me dio la oportunidad de dar la última vuelta olímpica con mi viejo, sobre la mesa del comedor, mientras él le hacía las últimas gambetas a la muerte.

Ya ve que no es porque sí, que usted se muere y yo me acuerdo de estas cosas. Será más bien que Independiente es un puente que perpetuamente me conduce hacia mi viejo. Y bueno. Usted estuvo siempre parado en ese puente. Así que gracias, señor Pastoriza. Gracias y hasta siempre.

Los traidores

Que nadie se haga cargo de esta historia, ni de sus apellidos ni de sus equipos. Lo único cierto es Ella.

¿Qué decís, pibe? Llegaste temprano. Vení, acomodate. "¡Hey, jefe: Dos cafés!" Dejáte de jorobar, pibe, yo invito. El sábado pasado convidaste vos. ¿Y qué tiene que ver que hoy sea el clásico? El café sale lo mismo. Van 1 a 0. Miralo bien al petisito que juega de nueve. Lo vi en el entrenamiento del jueves, no sabés cómo la lleva. Se mezcló bárbaro con la Primera. Lo acaban de traer. De Merlo, creo. Una maravilla. Aparte ahora que nos cagó Zabala nos hacen falta delanteros. Es una fija, pibe. La única que nos queda es sacar pibes de abajo. Y sacarlos como si fueran chorizos, ¿eh? Si no, te pasa como con Zabala. El club se rompe el alma para retenerlo cuatro, cinco años, y a la primera de cambio cuando le ofrecen dos mangos se te pianta a cualquier lado y te desarma el plantel. Sí, seguro. Si no les importa nada. ¿La camiseta? No, pibe, ésa te calienta a vos o a mí, pero ¿a éstos? ¿No fue el imbécil este y firmó para Chicago? Ya sé que es un traidor, pero fijate lo que le importa.

Se muda al Centro y listo, si te he visto no me acuerdo. Igual no te preocupés. Hoy no la va a tocar. A ese matungo no le da el cuero para amargarnos la vida. Ya sé que con Chicago la cosa se puede poner fulera. Clásicos son clásicos. Pero quedate tranquilo. Es un amargo y no se va a destapar ahora.

Si vos hubieras vivido en la época de Gatorra sí que te hubieses chupado un veneno de aquéllos. Vos no habías nacido, ¿no? Si fue hace una pila de años... ¿Y cómo sabés tanto del asunto? Ah, tu viejo estuvo en la cancha. Bueno, entonces no tengo que recordarte mucho. Fue algo como lo de Zabala pero peor. Porque Gatorra era nuestro, pero nuestro, nuestro. Desde purrete había jugado con los colores gloriosos. Pero resulta que en el pináculo de su carrera, cuando nos dejó a tres puntos del ascenso en una campaña de novela, va y firma con Chicago. Fue el acabose, pibe, el acabose. No lo lincharon porque en esa época la gente se tomaba las cosas con más calma. Porque en Chicago la siguió rompiendo. Y para peor, en el primer clásico en el que jugó contra nosotros, con ese harapo bicolor puesto en el lugar donde hasta entonces había estado "la gloriosa", nos metió tres goles y nos los gritó como un loco. Así, pibe, sin ponerse colorado. Lo putearon de lo lindo, pero el resentido parece que cuanto más lo insultaban más se enchufaba. Escuchame un poco: el tercer gol lo metió de taco, con las manos en la cintura, sonriendo para el lado en que estaba la hinchada del Gallo. Ni te imaginás, pibe.

Así que tu viejo lo vio, fijate un poco. Si hubieses estado, nene. No sabés lo que fue aquello. Pero lo mejor, lo mejor...

¿Te cuento una historia rara? ¿Seguro? Tiempo tenemos: van cinco minutos del segundo tiempo. Falta como una hora para que empiece. Bueno, entonces te cuento: ¿qué me decís si te digo que ese partido de los tres goles de Gatorra con la camiseta de Chicago yo lo vi en medio de la tribuna de ellos, rodeado por esos ignorantes que gritaban como enajenados? ¿Qué me dirías si te digo que los dos primeros goles hasta tuve que alzar los brazos y sonreír como si estuviera chocho de la vida?

¿Sabés qué pasa, pibe? La verdad es que Gatorra no era el único traidor de aquella tarde: yo también estaba del lado equivocado. Sí, flaco, como te cuento. Y todo, ¿sabés por qué?: por una mina. Todo por una mina, ¿te das cuenta? No, ya sé que no entendés ni jota. No te apurés. Dejame que te explique.

A veces la vida es así, pibe, te pone en lugares extraños. La cosa vino más o menos de este modo: un año antes más o menos de ese partido de la traición de Gatorra, les ganamos en Mataderos, encima con un gol de él, fijate un poco. A la salida me desencontré con los muchachos de la barra, así que entré a caminar por ahí, cerca de la cancha, pero me desorienté feo. Muy tranquilo no andaba, qué querés que te diga. Ya era de tardecita, y terminar a oscuras rodeado de gente de Chicago no me hacía ninguna gracia, sabés. Pero en una de ésas doy vuelta una esquina y la veo. No te das una idea, pibe. Era la piba más linda que había visto en mi vida. Llevaba un trajecito sastre color grisecito. Y zapatitos negros. Mirá si me habrá impactado: jamás de los jamases me fijaba en la pilcha de las minas. Y de ésta al segundo de verla ya le tenía hasta la cantidad de botones del chaleco. Era menudita pero, ¡qué cinturita, mama mía, y qué piernas! Bueno, pibe, no te quiero poner nervioso. Y cuando le vi la cara... ¡Qué ojos, Dios Santo! No sabés los ojos que tenía. Cuando me miró yo sentí que me acababa de perforar los míos, y que el cerebro me chorreaba por la nuca. Qué cosa, la pucha. Estaba apoyada contra un auto, con un par de fulanos a cada lado. Dudé un momento. Si me paraba ahí y la seguía mirando capaz que esos tipos me terminaban surtiendo. Pero ¿si me iba? ¿Cómo iba a verla de nuevo? No tenía ni idea de dónde cuernos estaba. Era entonces o nunca. Así que enfilé para donde estaban. Sí, como lo oís. Mirá que me he acordado veces, pibe. ¿Cómo me animé a encarar hacia el grupito ese, de nochecita, en Mataderos, después de llenarles la canasta? Y fue por amor, pibe. No hay otra explicación posible ¿Qué vas a hacerle?

Cuando me acerqué medio que entre dos de los fulanos me salieron al paso. Ahí un poco me quedé: los medí y me avivé de que me llevaban como una cabeza. Atorado, voy y les pregunto para dónde queda Avenida de los Corrales. Apenas hablé me quise morir. Ahí nomás se iban a apiolar: ¿qué hacía un tarado caminando solo por Mataderos el sábado a la nochecita, preguntando por Avenida de los Corrales, si no era un hincha de Morón que venía de llenarles la canasta y no tenía ni idea de dónde estaba parado? Tranquilo, Nicanor, me dije. Capaz que estos tipos ni bola con el fútbol. Pero la esperanza me duró poco. Uno de los tipos me encara y me pregunta de mal modo: "¿Vos no serás uno de esos negros de Morón, no?". Yo me quedé helado. Iba a empezar a tartamudear una excusa cuando la oí a ella: "Alberto, cuidá tus modales, querés". Dijo cinco palabras, pibe. Cinco. Pero bastó para que yo supiera que tenía la voz más dulce del planeta Tierra. Casi me la quedo mirando de nuevo como un bobo, pero el instinto de conservación pudo más y me encaré con el tal Alberto. Yo sé que ahora te lo cuento, cuarenta años después, y parece imperdonable. Pero ubicate en el momento. La piba esta. Yo con el amor quemándome las tripas. Y esos cuatro camorreros listos para llenarme la cara de dedos. La boca puede caminarte más rápido que la mente, sabés: "¿Qué decís? ¿De Morón? Ni loco, enterate". Y volví a mirarla. A esa altura ya me quería casar, sabés. Así que no se me movió un pelo cuando seguí: "De Chicago hasta la muerte".

Los tipos sonrieron, y a mí me pareció que ella se aflojaba en una expresión tierna. El único que siguió mirándome con dudas fue el tal Alberto: "Y decime, si sos de Chicago, ¿cómo cuernos no sabés dónde queda la Avenida de los Corrales?". Era vivo, el muy turro. Los demás me clavaron los ojos, repentinamente apiolados del dilema. Pero yo andaba inspirado. Y la miraba de vez en cuando a la piba y el verso me salía como de una fuente: "Resulta... —me hice el que dudaba si exponer semejante confidencia—, resulta que es la primera vez que puedo venir a la cancha". Los tipos me miraron extrañados. Yo ya andaba por los treinta, así que no se entendía mucho semejante retraso. "Yo vivo en Morón —seguí—, es cierto, pero... —los tipos me clavaban los ojos—, pero volví a caminar recién hace cuatro meses".

Te la hago corta, pibe. Arranqué para donde pude, y lo que se me ocurrió fue eso. Supongo que fue por los nervios. Pero no vayas a creer. Después fui hilvanando una mentira con otra, y terminó tan linda que hasta yo terminé emocionado. Les dije que de chiquito me había dado la polio y había quedado paralítico. Y que por eso nunca había podido ir a la cancha. Agregué que me hice fanático de Chicago por un amigo que me visitaba y que después murió en la guerra (no sé en qué carajo de guerra, dicho sea de paso, pero les dije que en la guerra). Y que me había enterado de que en Estados Unidos había un doctor que hacía una operación milagrosa para casos como el mío. Y que había vendido todo lo que tenía para pagarme el tratamiento. Terminé diciendo que había sido todo un éxito. Que había vuelto hacía dos semanas, después de la rehabilitación, y que apenas había podido me había lanzado a Mataderos a ver al Chicago de mis amores. Tan poseído del papel estaba que cuando conté mi tristeza por los dos goles recibidos en la tarde se me quebró la voz y se me humedecieron los ojos. Cuando terminé los cuatro energúmenos me rodeaban y el tal Alberto me apoyaba una mano en el hombro.

"Me llamo Mercedes, encantada." Me alargó la diestra, y mientras se la estrechaba pensé que cuando llegara a casa me iba a cortar la mano y la iba a poner de recuerdo sobre la repisa. Tenía la piel suave, y me dejó en los dedos un aroma de flores que me duró hasta la mañana siguiente. Después se presentaron los tipos. Tres eran hermanos de ella, "gracias a Dios", pensé. Y el coso ese, Alberto, era un amigo. "Me cacho en diez, será posible, el muy maldito", me lamenté. Estaban en la vereda de la casa de ella. Y acababan de volver del partido. El corazón me dio un vuelco cuando me enteré de que el papá de ella era miembro de la comisión directiva, y que el más grande de los hermanos era vocal de la asamblea. No sólo eran de Chicago: ya era una cosa como Romeo y Julieta, ¿viste?

Resulta que iban todos los sábados a ver a Chicago, pero Mercedes iba sólo cuando jugaban de locales. Y al palco, junto con el padre. Los hermanos y el otro tarado iban a la popular, con algunos amigos. Se ofrecieron a llevarme a casa. Traté de disuadirlos, diciéndoles que en Morón tal vez no fueran bien recibidos, pero insistieron. "Tendrás que descansar", decían.

Yo fui rezando todo el viaje para no cruzarme con ninguno de los vagos de mis amigos. Llegué sano y salvo. Tuve el cuidado de cojear levemente al bajar delante del portón de casa. Los saludé efusivamente. Ellos se dijeron algo mientras yo me alejaba. "¡Nicanor!", me llamó el hermano grande. "¿Querés venir el sábado con nosotros?" Mi alma estaba vendida definitivamente al diablo. Me di vuelta. Y algo vi en los ojos de ella que me decidió. "Seguro —contesté—. Pero no se molesten hasta acá. Los veo en la sede." Los miré alejarse creyendo entender a San Pedro cuando escuchó cantar al gallo el Viernes Santo.

Cuando entré a casa la encaré a mi vieja y le di rápido el resumen de mi nueva vida. Pobre viejita, no entendía nada. Cuando le dije que me habían traído unos hinchas de Chicago rajó para la heladera para prepararme unos paños fríos. "Vos te insolaste", diagnosticó. Pero la seguí hasta la cocina y con paciencia le expliqué varias veces el asunto. "¿Tan rica es esa chica, Nicanor?", me preguntó. "No me pregunte, mamita", contesté turbado. Se ve que entendió, porque nunca más me dijo nada.

Con los muchachos la cosa iba a ser distinta. ¿Cómo explicarles semejante agachada? No me animé a hablar. Tuve que apilar una mentira sobre la otra, y sobre la otra, y así hasta formar una torre interminable. En el barrio dije que me había salido un laburito de contabilidad en una empresa de colectivos, los sábados. Y los muchachos, lógicamente, se quejaron. Decían: "¿Para qué lo querés Nicanor? Si con el sueldo del banco para vos y tu vieja te alcanza y te sobra". Y yo que "no, sabés que pasa, que quiero ahorrar unos manguitos", y toda esa sanata. La vieja resultó de fierro. Tan entregado me veía a mí que hasta colaboró con alguna mentirita menor para darme más coartada. Cuando salía a hacer las compras comentaba que el pobre Nicanor estaba deslomándose con dos trabajos, para comprarle los remedios para el asma. "¿Y desde cuándo tiene asma, doña Rita?" "Es 'asma muda', por eso", contestaba. Pobre viejita, se ve que en la familia nunca fuimos demasiado brillantes para el verso.

El asunto es que en ese año emprendí una doble vida de Padre y Señor nuestro. Durante la semana hacía mi vida normal: después del banco pasaba por la sede del Deportivo a tomar una copita y jugar naipes con los muchachos. Cara de póker, como si nada. Una vez sola estuve a punto de pisar el palito. Se habían trenzado en una discusión de las habituales, pero ese día se les había dado por lucirse citando equipos en cuya formación se repitieran ciertos nombres de pila. No sé, Carlos, Artemio, el que fuera. Y voy yo como un pelotudo y digo que en la primera de Chicago juegan cuatro tipos que se llaman Roberto. Me miraron como si fuera un extraterrestre. Salí del paso levantando el dedo y con voz solemne: "Y, viejo, conoce a tu enemigo" o alguna imbecilidad por el estilo. Pero transpiré la gota gorda. ¿Qué querés? Pasaba lo evidente. Todos los sábados a ver a Chicago. Chicago para acá, Chicago para allá, como si fuese el hincha más fiel del planeta. Ya me conocía hasta las mañas del aguatero suplente. Pero ¿cómo no iba a ir? Si a la vuelta los hermanos me insistían para que me quedara a un vermouth en casa de Mercedes. Por supuesto me los tenía que bancar al viejo y a los hermanitos, pero también estaba ella, que se prendía a las conversaciones futboleras con elegancia pero sin remilgos.

Todo tenía sus ventajas: si perdía Chicago yo disfrutaba como un príncipe heredero las caras de culo de mis acompañantes, mientras fingía certeras palabras de consuelo y pronosticaba futuras abundancias. Si ganaban, la algarabía del papá solía redundar en una invitación para comer afuera, todos juntos, Merceditas incluida. Así que no podía quejarme. Es cierto que la conciencia a veces me remordía mientras saboreaba la picada con el Gancia rodeado de mis enemigos de sangre. Pero de inmediato se acercaba Mercedes, precedida por su sonrisa de arcoiris y su mirada de incendio; Mercedes rodeada por su fragancia de mujer inolvidable, ofreciéndome la última aceituna antes de que se la deglutieran aquellos mastodontes, y la sensación de culpa se disolvía en una egoísta gratitud a Dios y a la creación en general.

Pero lo bueno dura poco, pibe. Ése es el asunto. Ya iba para un año de mi traición inconfesa cuando se me vino encima el choque del siglo. Morón versus Chicago, con el malparido de Gatorra estrenando los trapos verdinegros luego de venderse a Lucifer por unos pocos pesos. Yo ya tenía decidido enfermarme de algo incurable ese fin de semana y ver el clásico desde la tribuna correcta de la vida. Ya había anunciado en la sede del Deportivo que en la empresa de colectivos había pedido un adelanto de vacaciones para disfrutar de esa tarde impostergable, en la cual con justa razón los simpatizantes del Gallo harían naufragar al "vendido" en un océano de insultos que perseguiría su memoria por el resto de la eternidad.

Los muchachos habían recibido mi anuncio con alborozo. En el campamento enemigo abrí el paraguas aludiendo a cierta enfermedad incurable de una cierta tía mía residente en Formosa (que súbitamente se agravaría y me llamaría a su lado para no despedirse del mundo en soledad).

El problema surgió el martes anterior al partido. Debo confesar que para ese entonces yo asistía los martes a la nochecita a un vermouth en la sede de Mataderos. No me mirés así, pibe. Yo estaba compenetrado de mi papel, y Mercedes me tenía totalmente enajenado. Pero los cuatro brutos esos me la marcaban de cerca. De alguna manera tenía que verla entre semana, aunque fuera de pasadita. Además, estaba ese fulano Alberto, el "amigo", que no la dejaba ni a sol ni a sombra. En verdad, nunca los había visto en actitud de noviecitos. Nada que ver. Pero el tipo se la comía con los ojos. Y al viejo de ella lo seguía como un perro, el muy guacho. Le chupaba las medias que daba asco: le llevaba los papeles, le hacía de chofer, le tenía la puerta vaivén de la sede. Lástima que yo siempre fui tan bueno. Porque si no, en algún amontonamiento en la popular lo empujo y termina veinte escalones más abajo con cuarenta huesos rotos, viste. Pero siempre fui un romántico bobalicón, qué le vas a hacer.

Pero ese martes anterior al clásico se me vino el mundo abajo. El muy imbécil va y anuncia en la mesa de café que el viejo de Merceditas lo ha autorizado a llevarla al cine el sábado a la noche, como festejo especial del previsible triunfo de Chicago en el clásico vespertino. Los hermanos de Mercedes lo palmearon complacidos; y yo tuve que fingir algo parecido a una sonrisa aprobatoria.

Ahora no tenía salida. O lo mataba el sábado en la cancha o el tipo me ganaba definitivamente de mano. Justo ahora, que Mercedes prolongaba las miradas que cruzábamos furtivas en el vermouth de la nochecita, y me buscaba tema de conversación cuando nos encontrábamos a la salida del palco y caminábamos todos juntos hasta el auto. ¿O era una impresión mía, inducida por el embotamiento del amor que le tenía? El hecho, pibe, es que tuve que dar media vuelta en el aire y cambiar de planes.

A los muchachos les dije que en la empresa de colectivos me habían denegado el permiso, bajo amenaza de echarme. Ellos ofrecieron quemar la terminal con mis jefes adentro, pero los disuadí entre sonrisas, convenciéndolos de que no era para tanto. A los hermanos de Mercedes les dije que mi tía la que se estaba muriendo en Formosa se había curado de repente. Celebraron y brindaron a mi salud y a la de mi tía. Al único que se lo vio medio arisco fue al tal Alberto, como si sospechara algo turbio, o como si lo hubiese desilusionado mi permanencia en Buenos Aires. Por supuesto que verlo así me llenó de alegría.

Con todas esas complicaciones de última hora no tuve tiempo de detenerme a pensar seriamente en las dificultades de presenciar ese clásico histórico en la tribuna visitante. ¿Entendés, chiquilín? Primera dificultad: que me reconociera la gente del Gallo. Solución: anteojos negros, cuatro días sin afeitarme y un amplio sombrero para protegerme del sol. Segundo problema: llegar en medio de los visitantes y ser reconocido pese a mis camuflajes. Solución: entrar a primera hora, solo, y esperar en las gradas la llegada de la tribu de Merceditas, bien escondido en el extremo de la popular opuesto a la zona de plateas. Quedaba un tercer problema, pero éste no tenía solución posible: soportar noventa minutos en nuestra cancha en silencio, o moviendo los labios acompañando a los energúmenos estos, mientras del otro lado del césped los nuestros descargaban su justo rosario contra esos malparidos y sobre todo contra Gatorra, su más pérfida y reciente adquisición. Y mientras tanto rezar, rezar para que nadie se diera cuenta de la impostura, para que Gatorra estuviese en una mala tarde, para que ganáramos el clásico, para que la derrota le torciese el humor al padre de Mercedes y cancelara la salida al cine de la noche en el auto del tarado de Alberto. Demasiados pedidos para un solo Dios en un solo rezo. Pero, ¿qué iba a hacer, pibe?

Cumplí mi plan a la perfección. Llegué a la una en punto, recién abiertas las puertas. Completé mi atuendo con un piloto verde y amplio que había sido de mi difunto tío. No sabés la facha, pibe: sombrero ancho, anteojos negros, capote militar y barba de varios días. Cuando me vio salir de casa a la viejita casi le da un soponcio. Tuve que sacarme todo de raje para mostrarle y convencerla de que no era una aparición de San La Muerte.

¿Qué te contaba, pibe? Ah, sí. Que llegué temprano y me acomodé bien arriba en las gradas a esperar. Cuando fueron llegando los de Chicago no hablaban de otra cosa: jorobaban con cuántos goles nos iba a meter Gatorra, practicaban los cantitos alusivos, hacían gestos, no sabés, pibe. Una tortura. A eso de las dos cayeron los hermanos de Mercedes. Tuve que hacerles señas mientras me acercaba a ellos para que me reconocieran. Aduje una extraña reacción cutánea que me obligaba a protegerme del sol. "¿Qué sol, si en cualquier momento llueve?" No podía faltar el inoportuno de Alberto para buscarle la quinta pata al gato. "Secuela de la operación, por la anestesia, sabés." Los otros lo codearon, enternecidos por mi sufrimiento, y lo obligaron a callar.

Cuando faltaban quince minutos, en la tribuna visitante no cabía un alfiler. La verdad, ellos habían traído a todo el mundo. Y a la luz de cómo fueron los hechos hicieron bien, ¿no? Imaginate pibe: ser testigo de una goleada bárbara con tres tantos de un tipo que traicionó a tus enemigos y ahora juega para vos. ¿No parece un cuento de hadas, pibe?

A Merceditas la ubiqué enseguida gracias al enorme paraguas negro que el viejo de ella abrió cuando empezó a chispear, faltando cuatro minutos. Levanté un brazo a modo de saludo, y ella me contestó con una sonrisa que me levantó la temperatura debajo del capote verde. ¿Cómo hizo para ubicarme con semejante indumentaria? En ese momento me dije que era el amor el que la guiaba con sus dictados. No pongás esa cara, pibe, ya sé que uno es cursi cuando habla de amor, pero qué querés. Si la hubieses visto como yo la vi. Nunca más volví a ver a una mina tan linda como estaba Merceditas esa tarde. Llevaba un vestidito verde con cartera y zapatitos negros (y qué querés, si la pobre no conoció otro cuadro) que le quedaba que ni pintado. Y el pelo recogido en un rodete. Y los labios rojos. Me hubiese quedado mirándola el resto de la tarde. Bah, el resto de la vida.

Pero cuando salieron a la cancha los ojos se me fueron a Gatorra. El muy guacho iba bien erguido, encabezando la fila. Recibía los insultos casi con gracia, con elegancia. Cuando enfiló para el medio miró hacia la hinchada visitante que se vino abajo. En esa época los equipos no solían saludar desde el medio, pero el soberbio este se tomó el tiempo de alzar los brazos en dirección a las vías del Sarmiento, para que a sus espaldas un rumor de rabia se alzara como un incendio desde la barra enfurecida. Yo rezaba debajo de mi disfraz para que lo partieran a la primera de cambio. Pero se ve que Dios andaba en otra cosa. Porque este malnacido, este traidor imperdonable, eludió a cuatro tipos y la tocó suavecita a la salida del arquero. Alrededor mío los fulanos se subían unos a otros, lloraban, gritaban como energúmenos, levantaban los brazos gesticulando obscenidades. Sintiéndome Judas tuve que alzar los brazos, para no botonearme tanto. En cuanto pude miré para el palco y la vi a Mercedes aplaudiendo con la carterita colgada del antebrazo izquierdo y sonriendo hacia donde yo estaba; y solté dos lagrimones de dolor que me corrieron bajo los lentes oscuros. La impotencia, ¿sabés?

Veinte minutos más y ¡zas! Córner y un cabezazo del cornudo de Gatorra. 2 a 0 y de nuevo el delirio. Ahí yo empecé a pensar que en realidad todo era un castigo por mi traición; y que la culpa de esa humillación colectiva la tenía yo, el Judas moderno del fútbol argentino. Decí que cuando terminó el primer tiempo y todos los tipos se apuraron a apoyar el trasero en algún huequito libre de los escalones, yo me hice el otario y me quedé parado. Me pasé los quince minutos hablando por gestos con Merceditas, a través de la distancia. Ya sé, flaco: alrededor mío tenía cinco mil tipos convencidos de que yo era un pelotudo. Pero qué querés, si era un primor la piba. Aparte, de vez en cuando, lo relojeaba de costadito al tal Alberto y estaba hecho una furia, no sabés.

En el segundo tiempo nos pegaron un peludo inolvidable, pero estaba por terminar y no nos habían vacunado de nuevo. Yo miraba el reloj cada veinticinco segundos, desesperado por que terminara de una vez por todas el suplicio chino. "Quedate tranquilo, Nicanor, que están muertos", me tranquilizaban los hermanos. "Ya sé, ya sé", contestaba yo, en una mueca semisonriente, y con ganas de descuartizarlos con una sierra de calar. Yo los veía a los nuestros, al otro lado del océano verde, y el pecho se me hinchaba de orgullo. Seguían cantando e insultándolo a Gatorra en cuatro idiomas, indiferentes a las burlas y al oprobio. ¡Qué no hubiera dado por estar entonces del otro lado! Pero de inmediato giraba hacia mi derecha y la veía a ella, tomadita del brazo del viejo, indefensa, pura, increíblemente hermosa, y me decidía a tolerar unos minutos más.

Pero lo que pasó entonces fue demasiado. Faltaban cinco. Se escapa Gatorra y enfrenta al arquero. Le amaga y lo pasa. Se detiene. La hinchada visitante grita enloquecida. El arquero vuelve sobre sus pasos. El Traidor, con la sangre fría de un cirujano, vuelve a enganchar y el guardameta pasa como una tromba para el otro lado. A mi alrededor deliran. Pero falta. Porque el inmundo ese se da vuelta con las manos en jarra, observa parsimoniosamente a la heroica hinchada del Gallo, y le da a la bola un tacazo disciplicente en dirección al arco vencido. Para terminar de perpetrar su osadía, se acerca al alambrado y empieza a besarse el harapo verdinegro que los turros esos usan de camiseta.

Uno de los hermanos de Mercedes me estampó tal apretón que casi me arranca el sombrero. Delante mío dos tipos lloraban abrazados. Yo miraba sin poder dar crédito a mis ojos. Enfrente, la hinchada de mis amores en un silencio de sepulcro. Alrededor estos fulanos con una chochera de mil demonios. Y al pie de las gradas Gatorra besuqueándose la casaca con cara de chico bueno y cumplidor. Es el día de hoy que aún recuerdo la sensación de fuego que empezó a subirme desde las tripas, y que terminó casi quemándome la piel de la cara. Y para colmo van los nuestros, primero sueltos, algunos pocos, luego más, por fin todos, dándole al "¡El que no salta es de Chicago... el que no salta es de Chicago!", y a mí se me empezó a dar vuelta el estómago como si me estuviesen mirando a mí a través de todo el largo de la cancha; como si ni el sombrero ni el capote ni los lentes oscuros hubiesen bastado para tapar la traición delante de los míos. Supongo que tratando de encontrar fuerzas para seguir corrompiéndome, miré hacia la platea para verla. Allí estaba, como siempre en todo ese año de mi perdición: bella, perfecta, inolvidable. Sonriendo hacia donde yo estaba, quemando el cemento desde su sitio hasta el mío con las chispas de sus ojos incandescentes. Le pedí a Dios que me hiciera nacer de nuevo. Que me cambiara de vida. Que me arrancara para siempre la memoria. Pero algo adentro mío, algo empezó a crecer mientras escuchaba los cantos del otro lado y las burlas de éste, una mezcla de vergüenza y de pudor y de rabia por saber al fin definitivamente que no podía, y que por más que quisiera y lo intentara nunca jamás de los jamases podría cambiar de vereda, aunque la perdiese a ella para siempre, aunque me pasase el resto de la vida lamentándome semejante cuestión de principios, porque tarde o temprano todo iba a saltar, porque un martes u otro les iba a terminar cantando las cuarenta en esa sede de mierda que tienen ellos, o un sábado del año del carajo me iba a pudrir de aplaudir castamente los goles de ellos, y porque aunque no les partiera una botella en la sabiola a todos los hermanos y al tal Alberto, tarde o temprano en la jeta se me iba a notar que no, que nunca jamás en la puta vida voy a ser de Chicago, porque mis viejos me hicieron derecho y no como al turro malparido de Gatorra. Y cuanto más me calentaba conmigo, más me calentaba con él, porque mientras se besaba la camiseta más y más yo sentía que me decía: "Vení, Nicanor, vení conmigo acá al pastito, dale vos también algunos chuponcitos a la camiseta, dale, Nicanor, no te hagás rogar, si vos y yo somos iguales, si los dos somos un par de vendidos, yo por la guita y vos por la minita, pero somos iguales; dale, Nicanor, qué te cuesta, dale, sacate el disfraz y vení, que estamos cortados por la misma tijera, pero por lo menos yo no me ando escondiendo".

Cuando tuve a mis hijos me puse nervioso, es cierto. Pero nunca sufrí tanto como esos dos minutos de los festejos del tercer gol de Gatorra en cancha nuestra. Te lo juro. Volví a levantar los ojos. Todo seguía igual. Alrededor mío la hinchada de Chicago comenzaba a apaciguarse: se destrenzaban los abrazos, algunos se sentaban para reponer energías, otros se ajustaban la portátil a la oreja para escuchar los detalles. Enfrente bailaban las banderas rojiblancas. A mi derecha, Mercedes me acunaba en sus ojos. Abajo, el traidor prolongaba un poco más la burla hacia mi gente.

De ahí en más no pude controlarme. Miré por anteúltima vez a la platea e hice un gesto de adiós con la mano. Después me erguí en puntas de pie. Hice bocina con ambas manos. Respiré hondo. Entrecerré los ojos. Y cacareé con todas las fuerzas de mi alma renacida un: ¡¡¡¡¡GATORRA VENDIDO HIJO DE MIL PUTA!!!!! que se escuchó hasta en la Base Marambio.

No tuve ni tiempo de disfrutar la sensación de alivio que me sobrevino apenas lo mandé al carajo, porque en el instante en que me enfrié un poco tomé conciencia del sitio donde estaba: ahí solito con mi alma, en medio de los leones, listo para ser devorado.

Cuando miré a las fieras, había por lo menos sesenta pares de ojos clavados en mi pobre persona, y por los cuchicheos se iba corriendo la voz gradas arriba y gradas abajo. "¿Qué dijiste?", me encaró de mal modo el tal Alberto, desde el escalón inferior al mío. Lo miré. A fin de cuentas yo estaba ahí por su culpa: ¿no estaba en ese antro en un intento desesperado por evitar su salida nocturna con Merceditas? El maldito no sólo iba a salir con ella: después de lo de hoy tendría el camino definitivamente libre de obstáculos. Sin pensarlo dos veces le mandé un directo a la mandíbula. El muy zopenco cayó hacia atrás organizando una pequeña avalancha en los tres o cuatro escalones subsiguientes.

Mi vida pendía de un hilo: no sólo acababa de deschavarme delante de cinco mil enemigos. Acababa también de surtirle una linda piña a un socio querido y respetado de la institución. Sin pensarlo dos veces, tomé la decisión que finalmente y pese a todo terminó salvándome la vida. Salí disparado escalones abajo, aprovechando el claro dejado por mi contrincante semidesvanecido. Llegué al alambrado y me prendí con ambas manos como si fueran tenazas. Ya detrás mío distinguía con claridad los primeros "atájenlo que es de la contra", "párenlo que es un vendido", "vení que te reviento la jeta a patadas". Con los mocasines me costó enganchar los pies en los rombos del alambre. Encima no faltaban los comedidos que sin saber muy bien del asunto igual trataban de atajarme por la ropa. Perdí el sombrero de una pedrada. Los anteojos se me cayeron forcejeando con un viejito sin dientes que no me soltaba la pierna derecha. Gracias a Dios, en esa época el alambrado era más bajo. Me pinché hasta el alma cuando llegué a la cúspide. Me arqueé hacia atrás para verla por última vez en mi vida. No fue fácil, pibe. ¿Sabés lo que fue saber que estaba renunciando a ella para siempre?

Para ese entonces ya me tiraban con serpentinas sin desenrollar. Igual me encaramé como pude en el alambrado y, en acto penitencial y al grito de "¡Sí, sí, señores, yo soy del Gallo!", obsequié floridos cortes de manga a derecha e izquierda, hasta que me acertaron un cascote en plena frente, perdí el equilibrio y me fui de cabeza. Gracias al cielo, caí del lado de la cancha. Si no, estos tipos me cuelgan ya sabés de dónde.

El resto me lo contaron, porque permanecí inconsciente como cinco días. Mi vieja batió el récord de velas encendidas en la Catedral, pobrecita. Cuando abrí los ojos estaban todos. El Negro, Chuli, Tatito. Me habían cubierto con la bandera del Gallo. Primero pensé que estaba muerto y que me estaban velando; pero los muchachos me convencieron, en medio de mis lágrimas, de que estaba vivito y coleando. "La

clavícula, tres costillas y cinco puntos en la sabiola
—me decían—, la sacaste rebarata, Nicanor."

Sí, pibe, como lo escuchás. Yo soy ese tipo del
capote verde que se tiró desde la cabecera visitante
a la cancha el día de ese clásico espantoso de los tres
goles de Gatorra. Sí, capaz que lo hacés ahora y te
pegan tres tiros y no contás el cuento. Yo qué sé, eran
otros tiempos.

Yo era joven, y aparte no sabés. Si la hubieses visto a Mercedes... Nunca volví a conocer a otra
mujer como ella. Pero, bueno, qué le vas a hacer, así
es la vida. Igual sufrí como un condenado, no vayas
a creer. Los muchachos me decían que no lo tomara
así, que minas hay muchas pero Gallo hay uno solo,
y todas esas cosas que son verdad, pero, qué querés, a
mí esa piba me había pegado muy hondo, sabés. Eh,
chiquilín, no te pongás triste. ¿Qué se le va a hacer?
Hay cosas que podés hacer y cosas que no.

A ver, dejame fijarme un poco. Sí, por acá ya
se están parando. Me rajo que quedó un caminito.
Dale, pibe. Ayudáme a levantarme. No, ya me tengo
que ir, dale. ¿No ves que acaba de terminar el partido de reserva? Ya sé que ahora empieza el partido
en serio. No, flaco, en serio. Tengo que rajarme. No,
pibe, ¿qué corazón, ni qué carajo? Del bobo ando
hecho un poema.

Pero qué querés. Promesas son promesas. Y si
me quedo capaz que no puedo contenerme y falto a
mi palabra. El sábado que viene me contás. No, pibe,
en serio. Tengo que irme. Permiso, permiso, gracias.
Hasta el sábado.

Creéme, pibe. Te digo en serio. ¿Cómo qué
promesa, pibe? "Vos jurame que nunca más gritás

un gol de Morón contra Chicago. Nunca en la vida. Y yo le digo a papá que le guste o no le guste nos casamos igual."

¡Chau, pibe!

El castigo

"Ya vas a ver cuando venga tu padre." Las palabras de la mujer habían barrido como un viento helado el alma del chico. Ahora, sentado en la bañera blanca de patas gruesas y destartaladas, el chico destilaba las gotas ácidas de la angustia. Ya se había bañado. Breve, velozmente, para ahorrar el gas del tubo, como siempre le señalaba su madre. Había cerrado las canillas, pero la de agua fría estaba mal reparada y dejaba escapar gruesos gotones parsimoniosos. El estallido de las píldoras de agua le salpicaba de mil gotitas heladas las puntas de los dedos de los pies. Tenía la cabeza gacha, rendida en el hueco que, como una jarra, formaban sus brazos en torno de las piernas flexionadas. No tenía ánimo de levantarse.

El temor de lo que se le venía encima se mezclaba con la rabia impotente de lo que acababa de sucederle. Cerraba los ojos con fuerza imaginando una vez y otra que en lugar de doblar por Gorriti hacia el campito del Arroyo seguía hasta Honduras para buscar algunos buenos cantos rodados para la gomera, en la obra nueva. Porque a esa hora de la siesta, de ese miércoles de enero tórrido, por Honduras no andaban ni los perros, y él no se habría cruzado con los García; como sí se los cruzó apenas doblando la esquina por Gorriti.

Después del incidente había caminado hasta su casa pensando en la cara de su madre, en las palabras de ella, y en las explicaciones que iba a intentar darle. La última cuadra la había caminado a paso de oruga, recitando varias veces la versión de los hechos que, a fuerza de repetirla, había terminado por parecerle suficientemente sólida y exculpatoria. Pero cuando pisó el zaguán, y la penumbra fresca lo arrebató al sol inclemente de las cinco, e intuyó a su madre cosiendo en la salita lo ganó una tristeza súbita ante la inminencia de mentir. Se acordó de la única paliza que le había propinado su padre, cuando él había mentido sobre la rotura del macetero de malvones. Y le surgió en las tripas una necesidad urgente de decir la verdad.

Cuando entró a la salita y su madre levantó la vista y enarcó las cejas en un gesto que primero fue interrogativo y después fue incrédulo y por último fue colérico, se le cruzaron las ideas y se le trastocaron las palabras y se largó a tartamudear. Hacía meses que no le pasaba, eso de tropezarse con su propia lengua. Y ese día, la pucha, dos veces al hilo. Odiaba ese defecto. Y presentía oscuramente que su madre también lo odiaba. Por eso resopló y se quedó callado. La mujer se incorporó de un brinco y dio una vuelta en torno de la figura maltrecha de su hijo. El chico esperó con los ojos bajos que terminara la avalancha inevitable de "¿Qué pasó? Mirate cómo estás. No lo puedo creer. ¿Adónde te metiste? ¿No te he dicho mil veces? ¡Dios mío, y ahora qué hacemos! ¡Explicate, por Dios! ¡Contestame, me cacho! ¿Qué pasó?". El chico inició algún que otro ensayo de respuesta. Pero la lengua se le hacía un nudo doliente contra el paladar, y terminaba callando.

Cuando por fin la mujer terminó de inspeccionarlo, y se quedó mirándolo de frente con las manos en la cintura y el gesto furioso, él decidió que no quería tartamudear nunca más delante de nadie más. Empleó la única técnica que conocía para ocultar su defecto: contestar la verdad en frases cortas, telegráficas, y sin apresurarse, clavando los ojos en un punto situado apenas por encima del hombro de su interlocutor y tratando de evitar las sacudidas de cabeza hacia los lados y los resoplidos.

—Me peleé.

—¿Cómo que te peleaste?

—Con unos chicos.

—¿Cómo que con unos chicos? ¡Mirá en qué estado estás! ¡La única, Dios mío, la única ropa presentable que tenés y mirá cómo la has dejado! ¿Con quién? ¿Cómo que te peleaste? ¿Por qué?

—Con los García.

—¡¿QUÉ?!—. La pregunta vociferada por la madre, su rostro incrédulo, el rojo súbito de sus mejillas, le indicaron al chico que acababa de internarse en la tempestad.

—¡¿Cómo?! ¡¿Cómo?! —la mujer repetía la pregunta como si no hubiese respuesta posible a semejante interrogante.— ¿Cómo se te ocurre? ¿Estás loco? ¿No sabés...? —la mujer se ahogaba en una mezcla de rabia y de incredulidad.— ¡¿No sabés lo que puede pasarnos?! ¡¿Estás loco, mocoso del demonio?! —la mujer iba alzando la voz, y la desesperación la envolvía más y más como en gasas pegajosas.— No... No... —había empezado a caminar por la sala con pasos de autómata. Cuando se topaba con un mueble giraba en ángulo recto y seguía andando hasta el próximo obstáculo. El chico al verla se acordó de un soldadito de cuerda que había visto en la vidriera de la Juguetería Colón, y que hubiese querido comprar aunque costaba una fortuna, pero estaba demasiado turbado como para sonreírse ante el parecido. Por fin se detuvo y lo encaró:— ¿Entendés? ¡¿Pero vos entendés lo que hiciste?!

Entendía. Seguro que entendía. Por eso sentía que ahora, en frío, la angustia iba reemplazando a la rabia que había experimentado un rato antes, durante la siesta. Él no había tenido mejor idea que trompearse con los hijos de García, el almacenero de Bonpland y Niceto Vega, donde ellos compraban fiado con la libreta. El padre del chico cobraba por quincena, y la primera del mes se le iba casi enterita en el alquiler de la casa. Por eso la madre tenía que hacer malabares para parar la olla. El chico lo sabía bien porque lo habían educado en la severa austeridad de una pobreza digna. Y porque a fin de mes la mujer lo mandaba a él a comprar para que García no se pusiese estricto con la deuda acumulada en el cuaderno grasiento que guardaba bajo la registradora. Pobre su madre. No sabía que el viejo lo miraba como si fuese una cucaracha y le decía: "Mirá, mocoso, mejor que venga tu viejo y se ponga a más tardar el sábado porque ya se recontrapasaron con la libreta. ¡Que se ponga!, ¿está clarito?". Él decía sí, está bien, pero en la casa no contaba nada. Porque sabía que igual su padre cancelaba la deuda de pasada de vuelta del trabajo, el mismo día de cobro. Y el chico no quería que sus padres intuyeran la vergüenza y el asco de sí mismo que le provocaba la mirada réproba del almacenero. Por eso decirle a su madre que acababa de pelearse con los hijos de García era más o menos como informarle que un meteorito gigante iba a impactar en el planeta Tierra, justito en la zona de Palermo.

La madre volvió a mirarlo, mientras hacía el inventario mental de las consecuencias del suceso. Las consecuencias visibles eran de por sí funestas. Su única camisa decente desgarrada en la espalda en un siete gigantesco. Los pantalones rasgados en la entrepierna y manchados de pasto y barro en las rodillas. El mocasín derecho con la media suela bailando despegada del cuero. No habría manera de reponer el vestuario en menos de cinco meses (y eso contando con que la madre siguiera recibiendo changas de costura). Pero las consecuencias más terribles serían las otras. Una posibilidad sería buscar otro almacén en las cercanías, pero no sería fácil lograr nuevamente crédito hasta el cobro de la segunda quincena. Otra posibilidad era pasar hambre y pagar al contado cuando hubiese con qué, pero era demasiado terrible para siquiera considerarla. La última opción, la más razonable, la más acertada, la más odiosa para el chico, sería concurrir al almacén junto con su madre, a pedir disculpas y a tolerar la cólera del propietario por el vil ataque perpetrado contra su descendencia. Pero ni siquiera esta posibilidad aseguraba que las cosas volviesen a ser como antes. ¿Y si García se hacía el ofendido? ¿Y si disfrutaba esa miserable venganza de dejarlos en banda?

Cuando la mujer terminó de recorrer su propio laberinto mental lo miró con una expresión que abandonaba la cólera pero que se internaba en la mucho más dolorosa del rencor, el despecho y el desengaño. Hizo un movimiento con la cabeza en dirección al baño para indicarle al chico que fuese a sacarse la mugre. Y como sentencia final pronunció aquello de "vas a ver cuando venga tu padre" que siguió martillando en la piel del chico mientras se frotaba las magulladuras y se raspaba con la uña las costras de barro.

¡Ay!, ¡si hubiese tomado por Honduras! ¡Si solamente hubiese doblado por Honduras en lugar de doblar por Gorriti! Esos dos imbéciles no lo hubieran visto venir desde el tapialcito de su casa. Y no le hubiesen dado charla. Y no lo habrían desafiado a patear esos penales. Ahora él estaría sentado en la salita tomando la leche y escuchando la radio. Y el padre le daría después de cenar el libro con los grabados de los animales de la selva. Todo en colores. De tapas duras. Una maravilla. Pero ahora nada. Porque no había seguido hasta la calle Honduras. Tarado, retarado, recontratarado. ¡Si le faltaban piedras para la gomera! ¡Si en la obra de la vuelta había un montón de canto rodado que se escapaba a la vereda, y no te decían nada si te agarrabas un puñado! Pero no. ¡Fue tan boludo de doblar por Gorriti para ver si en la canchita del Arroyo había algún picado! ¡Para ver nomás, porque, con esa ropa, jugar ni mamado! Pero ahí estaban estos dos estúpidos, en el tapialcito. Diciéndole vení, jugá, y él que no y los otros maricón, maricón. Y el chico ahora se mordía los labios de la bronca mientras desde el fondo de su desolación se miraba los pies salpicados de las gotas que caían desde esa canilla necesitada de un cambio de cuerito. Él sabía que eran dos estúpidos, dos muleros. Pero le dijeron maricón, nenita, y se tuvo que quedar. Y sabía, cuando el García grande, que tiene como quince, le dijo que él era el árbitro, que lo iban a trampear. Pero ¿qué iba a hacer?, si ya estaba ahí. Y sabía que cuando él le ganara en los penales al García chico, el otro lo iba a bombear, y que él se iba a calentar. Pero supuso que la cosa iba a terminar con un par de puteadas y listo, como siempre. Pero fue un idiota.

El sonido de la puerta de calle lo sacó de sus angustiadas cavilaciones. Sintió la voz profunda de su padre. Escuchó de inmediato los grititos contenidos de su madre. El chico pensó que estaba sonado. Si su madre hubiese esperado un poco. O si él hubiese estado presente como para mechar alguna excusa. Pero no. Ahí escuchaba con claridad el sonido de una silla de la sala en la que su padre se estaba sentando, entendiendo que el asunto venía espeso. Ahí volvían en oleadas los chillidos agitados de su madre, que iba acalorándose a medida que contaba.

El chico se incorporó. No sintió miedo, pero sintió tristeza. Se prometió no llorar, porque ya tenía doce. Se secó con rapidez. Dejó la toalla bien extendida como le habían enseñado. Fue a su pieza. Su madre había dispuesto una muda de emergencia. El chico se vistió con desgano. La camisa le sobraba por todos lados porque era de su padre. El pantalón corto era de sarga y le picaba, pero supo que debería usarlo todo el resto del verano. La madre le había dejado a mano las chancletas. Él sabía que existía otro par de zapatos que a su madre le habían dado en la parroquia. Pero evidentemente ella estaba dispuesta a mortificarlo con ese atuendo de croto. No se animaba a salir de la pieza a preguntar nada. Tal vez otro día. Terminó de vestirse y se peinó sin chistar.

Salió de la pieza. Escuchó el trajinar de su madre en la cocina. Caminó hacia la salita. Se detuvo en la puerta. Su padre estaba de pie, vuelto hacia la ventana que daba a la calle. Vestía el riguroso traje negro que su esposa planchaba todos los domingos, invierno y verano. El chico tosió y el padre se volvió a mirarlo. Su expresión era dura. Se sentó en el sillón, en la parte más alejada y oscura de la sala.

—Pase —ordenó. El chico notó con pesar la frialdad de su trato. Usualmente su padre lo tuteaba, salvo en esas ocasiones tenebrosas.

Obedeció, acercándose al centro de la habitación, pero se detuvo a prudente distancia del hombre que lo miraba desde la penumbra.

—Su madre me contó lo sucedido. —El chico sintió de nuevo deseos de llorar pero volvió a jurarse que no iba a hacerlo. Le dijeran lo que le dijeran. Aunque su padre le pegara unos chirlos, como aquella vez del macetero de malvones. Llorar iba a ser como darles el gusto a los García, y no estaba dispuesto a concederles semejante regalo.

—¿Quiere decir algo más? —El tono de voz era el mismo.

—No, padre.

—¿Está seguro?

—Sí, papá.

Se hizo un prolongado silencio. El chico notó que en la cocina los sonidos también habían cesado. El padre, evidentemente, quería escuchar las cosas de sus propios labios, porque insistió en preguntarle.

—¿Por qué no me cuenta cómo sucedieron las cosas?

El chico suspiró y decidió obedecer. Habló con frases cortas, repitiendo la receta para no tartamudear que había empleado más temprano con su madre. Contó de su salida a la hora de la siesta. La recomendación de su madre de no jugar a la pelota con esa ropa. El encuentro con los García y el desafío que le habían tirado en la cara. El padre lo escuchaba sin interrumpirlo. El chico terminó contando la mula que metieron los hermanos cuando él le ganó al más chico en los penales.

—La pelota entró clarita pero esos dos dijeron que había salido, que había pasado por afuera del palo. Y es mentira porque picó justito en la línea, tres adoquines adentro del cascote que pusimos para el arco.

—¿Y entonces?

—Y entonces yo me empecé a ir porque me di cuenta de que me estaban metiendo la mula.

—¿Y nada más?

El chico dudó. Se mordió el labio y decidió seguir.

—Y yo les dije de todo y ellos también me insultaron. Pero igual me iba, se lo juro.

—¿Y por qué volvió?

—Porque la insultaron a mamá, a los gritos.

—¿Y luego?

—Y como vieron que yo me calentaba siguieron con eso, dale que dale.

El padre no habló. Pero el chico, que a medida que hablaba recuperaba sus sensaciones una por una con una nitidez absoluta, siguió hablando.

—Y ahí, cuando me calenté, empecé a tartamudear. Y ellos se reían. Y cuanto más los oía más nervioso me ponía y más me trabucaba y más se reían...

El chico dejó el comentario inconcluso. Sus mejillas estaban encendidas. Confesar su debilidad era, tal vez, la peor parte de todo aquello. Pero no quería que su padre pensara que era un compadrito que se andaba trompeando por ahí como si nada, arruinando la ropa y dejando a la familia mal parada en el almacén donde a uno le fían.

—¿Y ahí fue cuando usted los trompeó?

—No, yo no quería. Aparte ellos eran dos. Y el más grande tiene como quince años.

—¿Y cuándo cambió de idea?

El chico pensó en no contestar. Tal vez su padre terminara de enojarse del todo. O saliera la madre de su escondite en la cocina a exigir una severidad extrema en el castigo.

—Le hice una pregunta.

—Porque empezaron a decir cosas feas...

—¿Más feas que insultar a su madre?

El chico se frenó en seco. Había metido la pata hasta el cuadril. Ahora sí que estaba sonado. Pero no había salida. Callar ahora no iba a ahorrarle ningún tormento.

—No, pero... distintas.

—¿Qué le dijeron, entonces?

El chico se tomó un largo minuto para contestar. No le gustaba insultar en su casa pero finalmente lo dijo todo de un tirón para no correr el riesgo de trabarse.

—¡Que todos los de San Lorenzo son unos tartamudos y unos pelotudos!

Cuando terminó la frase volvió a sentir el calor en las mejillas y la rabia en los puños cerrados y volvieron a asaltarlo los mismos deseos salvajes de llorar como loco, pero nuevamente se contuvo. No iba a llorar delante de su padre.

—¿Y ellos de qué cuadro son?

—Son de Boca, como usted, papá. Pero usted es distinto.

El chico no explicó más. Lo único que quería era que lo mandaran de una buena vez a la cama, con la cola caliente o sin ella pero que de una vez lo mandaran. Pero el padre, evidentemente, aún no había terminado.

—Así que usted se peleó con dos muchachotes como los hijos de García porque le dijeron eso...

—Sí, papá.

—¿Y qué edad tienen esos dos?

—El grande quince y el chico trece, papá.

El chico miraba hacia la puerta de tanto en tanto, como queriendo acercarla con los ojos.

—Comprendo... comprendo.

El padre calló. Su tono de voz seguía llevando adherida esa severidad oscura que había tenido durante toda la charla. El chico intuyó que ahora se le armaba la podrida. Acababa de crear un incidente de terribles consecuencias porque no había tolerado la calentura de que lo insultaran como lo habían hecho. Encima, pensó, la cosa iba a ponerse peor cuando fueran por el almacén. Porque el García grande le había pegado unas cuantas piñas, es cierto, pero también unas cuantas le había devuelto. Y al García chico él le había metido un directo al ojo que lo había sentado en la vereda, y el muy maricón se había ido llorando a su casa. Así que el almacenero se iba a poner bravo, la pucha.

Pasaron varios minutos que al chico le parecieron hechos de piedra. Por fin entrevió la figura de su padre incorporándose de su asiento. En el silencio escuchó el roce del traje negro sobre la pana del tapizado. El rostro permanecía en las sombras. El chico entrecerró los ojos, temeroso.

El padre caminó despacio hasta la cómoda ubicada a un lado de la ventana, y abrió el primer cajón. El chico temblaba mientras su padre hurgaba entre los trastos. Por fin halló lo que buscaba. Se escuchó el sonido inconfundible de un cofrecito de porcelana al que se le levanta la tapa.

—Venga para acá.

La voz del padre era serena. El chico obedeció.

—Tenga. —El padre extendía algo hacia las manos del chico. Cuando lo asió, comprendió que se trataba de un billete.

—Esos pesos son para que se compre una camisa nueva.

La voz del padre sonaba levemente extraña. El chico no levantó los ojos, pero supo que su padre no le sacaba los suyos de encima.

—Y ahora déjeme felicitarlo por su valor en la pelea.

El chico se sintió aferrado por dos manos fuertes que lo condujeron en vilo hacia el pecho del hombre. Sintió el perfume inconfundible de su padre, una mezcla de sudor y del jabón blanco que usaba para bañarse en las mañanas. También sintió el contacto de un beso sobre su pelo recién peinado. Y después se olvidó de todo eso porque los ojos se le nublaron mientras empezaba a descubrir que uno no sólo llora de dolor o de rabia, sino que a veces uno llora de contento.

Una sonrisa exactamente así

Hasta ahora sonreíste siete veces. Por supuesto que las tengo contadas. Hace un rato increíblemente largo que vengo mareándote con mis palabras, por estrategia o por desesperación, y verte sonreír es —me parece— la única huella que puede llegar a indicarme si voy bien o si estoy perdido.

La primera fue la más fácil. Las difíciles fueron desde la segunda en adelante. Tu primera sonrisa fue automática, impersonal. Fue un reflejo de la mía. Casi un acto de imitación involuntaria. Un tipo joven se acerca a tu mesa, se te planta adelante y te dice "hola" mientras sonríe y vos, que estabas absorta mirando hacia fuera, hacia la calle, volvés de tu limbo y contestás aquella sonrisa con una igual, o parecida.

A partir de entonces las cosas se complicaron. Fue mucho más difícil conseguir que soltaras la segunda. Porque este desconocido que era —que sigo siendo— yo, sin dejar de sonreír, te pidió permiso para ocupar la silla vacía de tu mesa. Unos minutos —prometí—, no demasiados. Un rato, porque tenía que decirte algo. Entonces de tu rostro se fue aquella sonrisa, la primera, la del reflejo o el saludo, la que era nada más que un eco de la mía. Y en su lugar quedaron la extrañeza, la incertidumbre, las cejas un poco fruncidas, un ápice de temor. ¿Qué quería este desconocido? ¿De dónde lo habían sacado?

Como te sostuve esa mirada, como aguanté a pie firme este bochorno precisamente por causa y por culpa de esa mirada tuya, no de ésa pero sí de otra nacida de los mismos ojos —la que tenías mientras mirabas hacia fuera del café sin ver a nadie, ni a mí ni a los otros, justo cuando yo pasaba corriendo por Suipacha—, como te la sostuve, digo, vi que naturalmente estabas a punto de decirme que no, que no podía sentarme a tu mesa. ¿Dónde se ha visto que una chica acepte sin más ni más a un desconocido en su mesa, sobre todo si el desconocido tiene el traje desaliñado, la corbata floja y la cara empapada de sudor, como si llevara unas cuantas cuadras lanzado a la carrera?

Ibas a decirme que no, y si no lo habías hecho aún era porque en el fondo te daba algo de pena. Fue por eso, porque se notaba en tu rostro que ibas a decirme que no, aunque te diera pena, que alcé un poco las manos como deteniéndote, y te rogué que me dejaras hablarte de los uruguayos del Maracaná.

Para eso sí que no estabas lista. No había modo de que lo estuvieras. ¿Quién hubiese podido estarlo? Te habrá sonado igual de loco que si te hubiera dicho que quería contarte sobre la elaboración de aserrín a base de manteca o sobre la inminente invasión de los marcianos. Pero la sorpresa tuvo, me parece, la virtud de desactivarte por un instante la decisión de echarme.

Y en ese instante, como en el resto de esta media hora de locos, no me quedó otra alternativa que seguir adelante. ¿Te fijaste cómo hacen los chicos chiquitos, cuando se pegan sigilosos a las piernas de sus madres mientras ellas están atareadas en otra cosa, para que los alcen a upa aunque sea por reflejo y sin distraerse de lo que están haciendo? Más o menos así me dejé caer en la silla frente a vos. Sin dejar de hablar ni de mirarte, y sin atreverme a apoyar los codos sobre la madera, como para que mi aterrizaje no fuese tan rotundo.

Para disimular no tuve más opción que lanzarme a hablar, aunque no supiese bien por dónde empezar ni por dónde seguir. Arranqué por la imagen que a mí mismo me cautivó la primera vez que alguien me puso al tanto de esa historia: once jugadores vestidos de celeste en un campo de juego, rodeados por doscientos mil brasileños que los aplastan con su griterío furioso, a punto de empezar a jugar un partido que no pueden ganar nunca.

Te dije eso y tuve que hacer una pausa, porque si seguía amontonando palabras esa imagen iba a perder su fuerza. Y noté que querías seguir escuchando, y no por el arte que tengo para contar, sino porque ése es un principio tan bello y tan prometedor para una historia que a cualquiera que la escuche sólo le cabe seguir atento para enterarse de lo que pasa con esos once muchachos.

Me pareció entonces que era el momento de agregarte algunos datos que te ubicasen mejor en esa trama. Año 1950, te dije, Campeonato Mundial de Fútbol, partido final Brasil-Uruguay, Río de Janeiro, 16 de julio, tres y media de la tarde, te dije.

Ésa fue la segunda vez que sonreíste. Una sonrisa extrañada, a lo mejor desconcertada, a lo peor compasiva, pero sonrisa al fin. Ya no tenías temor de que este tipo locuaz de traje gris fuese un asesino serial o un esquizofrénico. Podía ser un idiota, pero en una de ésas, no. Y la historia estaba buena. Por eso te seguí pintando el panorama, y te conté que los brasileños llegaban a ese partido final después de meterle siete goles a Suecia y seis a España. Y que Uruguay le había ganado por un gol a los suecos y había empatado con los españoles. Y que con el empate le alcanzaba a Brasil para ser campeón del mundo por primera vez.

Ahí yo hice otra pausa, porque me pareció que tenías datos suficientes como para que la historia fuera creciendo en tu cabeza. "¿Sabés qué les dijo un dirigente uruguayo a sus jugadores, antes de salir a jugar la final?", te pregunté. Vos no sabías, cómo ibas a saber. "—Traten de perder por poco. Intenten no comerse más de cuatro—. Eso les dijo. Les pidió que evitaran el papelón de comerse seis o siete. ¿Te imaginás?", te pregunté. Y vos moviste la cabeza diciendo que sí, y yo me quise morir viéndote así, porque estabas imaginando lo que yo te estaba contando, y era una estupidez, pero fue entonces, hace veinte minutos, que tuve la intuición fugaz de que era el primer diálogo que teníamos en toda la vida. Vos estabas ahí, o mejor dicho vos estabas ahí dejándome a mí también estar ahí porque te estaba contando de los uruguayos. Era esa historia la que me tenía todavía vivo en el incendio de tus ojos, y por eso te seguí contando.

Esos once muchachos vestidos de celeste entraron a cumplir con un trámite, te dije. El de perder y volverse a casa. Para eso el Maracaná recién estrenado, las portadas de los diarios impresas desde la mañana, el discurso del presidente de la FIFA felicitando a los campeones en portugués, la mayor multitud reunida jamás en una cancha, los petardos haciendo temblar el suelo.

"Con decirte —proseguí— que la banda de música que tenía que tocar el himno nacional del ganador no tenía la partitura del himno uruguayo", y abriste mucho los ojos, y yo te pedí que no abrieras los ojos así porque podías tumbarme al suelo con la onda expansiva, y ésa fue tu tercera sonrisa, con las mejillas un poco rojas asimilando el piropo cursi y suburbano. Supongo que yo —definitivamente enamorado— también me puse colorado, y salí del paso contándote el partido, o lo que se sabe del partido, o lo que no se sabe y todo el mundo ha inventado del partido. Un Brasil lanzado a lo de siempre: a triturar a sus rivales, a engullir seleccionados, a llenarle el arco de goles a todo el mundo, a sepultar rápido los noventa minutos que los separaban de la gloria. Un Uruguay chiquito, un Uruguay estorbo, un Uruguay que molesta y pospone el Paraíso. Un Uruguay ordenado y prolijo que le cierra todos los agujeros y los caminos, y un primer tiempo que termina 0 a 0 pero es casi lo mismo porque el empate le sirve a Brasil.

"Y empieza el segundo tiempo y a los dos minutos —continué— Friaca marca un gol para Brasil." Entonces fruncí los labios y moví las manos en ese gesto que quiere decir "listo, ya está, asunto terminado", y que vos interpretaste a la perfección, porque te pusiste un poco triste.

"Imaginate lo que era el Maracaná después del 1 a 0", agregué. Los uruguayos ya tenían que meter dos goles, y en realidad lo más probable era que Brasil les metiera otros cuatro antes de que esos pobres muchachos consiguieran llegar a la otra área.

Creo que ése fue el momento más difícil. No digo de esa final del Mundo. Me refiero a nuestra charla, o más bien a mi monólogo. Tal vez te suene ridículo —en realidad lo lógico es que todo esto te suene absolutamente ridículo—, pero evocar ese instante del gol de Friaca, con todo el mundo enloquecido y feliz alrededor de esos once uruguayos náufragos me hizo sentir a mí también el frío mortal de la derrota. Y estuve a punto de rendirme, de ponerme de pie, de ofrecerte la mano y despedirme con una disculpa por el tiempo que te había hecho perder. No sé si te ha ocurrido, eso de entusiasmarte hasta el paroxismo con alguna idea que apenas la echás a rodar se vuelve harina y es nada más que pegote entre los dedos. Así quedé yo en ese momento.

Pero entonces me salvó tu cuarta sonrisa. Al principio no la vi, porque me había quedado mirando tu pocillo vacío y el vaso de agua por la mitad. Por eso me preguntaste "¿Y?", como diciendo qué pasó después, y entonces no tuve más remedio que alzar la vista y mirarte. Tenías la cabeza apoyada en la mano, y el codo en la mesa y los ojos en mí. Y tus labios todavía no habían desdibujado esa sonrisa de curiosidad, de alguien que quiere que le sigan contando el cuento.

No me quedó más remedio —o lo elegí yo, es verdad, pero a veces es más fácil elegir cuando uno piensa que no tiene más remedio— que caminar hasta el fondo del arco y buscar la pelota para volver a sacar del mediocampo. Recién, hace quince minutos, lo hice yo; en el 50, en Río, lo hizo Obdulio Varela. El cinco. El capitán de los celestes. Te dije que según la leyenda se pasó cinco minutos discutiendo con el árbitro para enfriar el clima del estadio. Pero son tantas las leyendas de esa tarde que si te las contaba todas no iba a terminar nunca. Esos uruguayos, pobres, habrán gastado mucha más saliva, a lo largo de sus vidas, desmintiendo las fábulas de lo que no fue que relatando lo que sí pasó.

Se reanudó el partido. Y yo, contándotelo, hice más o menos lo mismo. A esa altura se supone que está todo dicho y todo hecho —te situé—: Uruguay pudo resistir el primer tiempo completo. Ahora que entró el primer gol tiene que entrar otro más, y otros dos, u otros cuatro. Ahora la historia va a enderezarse y caminar derecha hacia donde debe.

Pero el asunto se escribe de otro modo. Porque ese gol que Friaca acaba de meter no es solamente el primero de Brasil en esa tarde. También es el último. Nadie lo sabe, por supuesto. Ni los brasileños que juegan ni los brasileños que miran ni los brasileños que escuchan. Pero los once celestes sí parecen tenerlo claro.

Tan claro que siguen jugando como si nada. Como si más allá de las líneas de cal se hubiese acabado para siempre el mundo. Tal vez por eso, porque están decididos ni más ni menos que a jugar al fútbol, desborda la camiseta celeste de Ghiggia por derecha, envía el centro y Schiaffino la manda guardar en el arco de Barbosa, que no lo sabe pero acaba de empezar a morir; aunque todavía le falten cincuenta años hasta que de verdad se muera.

No sé si en otros deportes esas cosas son posibles. En el fútbol sí. Nada es para siempre, ni definitivo, ni imposible. ¿Será por eso que es tan lindo? Faltan diez, nueve minutos para que Brasil sea campeón con el empate. Pero Ghiggia se la toca a Pérez que se la devuelve profunda, como en el primer gol, por la derecha, hacia el área. El puntero celeste lo encara a

Bigode y lo deja de seña, aunque se acerca peligrosamente al fondo y eso lo deja sin ángulo de disparo. Lo lógico es que Ghiggia tire el centro. Eso es lo que esperan sus compañeros, que le piden impacientes la pelota. Es lo que esperan los defensores brasileños, que tratan de marcarlos. Y es lo que espera el pobre Barbosa, que se mueve apenas hacia su derecha para anticipar el envío.

Ahí vino tu quinta sonrisa. Fue de nervios. Faltó que te pusieras de pie para ver mejor, como hacen los plateístas en la cancha en las jugadas de riesgo. Ésa fue la menos mía de todas tus sonrisas. Pero no me molestó, casi al contrario. Esa sonrisa fue toda para Ghiggia, para alentarlo a lograr lo que en apariencia no podía salirle: sacar el balinazo al primer palo, meter el balón entre Barbosa y el palo. Prolongaste tu sonrisa para acompañarlo en su carrera con los brazos en alto, esa carrera a solas, a solas porque sus compañeros simplemente no pueden creer que la pelota haya entrado por donde no había sitio para que entrase.

A esa altura me faltaba contarte poco. El público enmudeció de pavor, y a los jugadores de Brasil el alma se les llenó de malezas heladas. Y ahí llegó tu sexta sonrisa. Ésta fue confiada. Ya habías entendido cómo terminaba la historia. Lo único que querías era que te lo confirmase. Te agregué una última leyenda, porque aunque tal vez también ésta sea mentira, de todos modos es hermosa. Con el tiempo cumplido, cayó un centro al área de Uruguay. El uruguayo Schubert Gambetta alzó los brazos y tomó la pelota con las manos. Sus compañeros se querían morir. ¿Cómo va a cometer ese penal infantil en una final del Mundo, con el tiempo cumplido? Lo increpan, lo insultan. Gambetta los mira sin entenderlos. Se defiende, tal vez a los gritos, tal vez lo hace llorando. Les dice que miren al árbitro. Les pregunta si no lo escucharon. Porque aunque parezca imposible, Gambetta es el único que ha escuchado el pitazo final. Es el único que ha sido capaz de discriminar de entre todos los ruidos —el de la pelota, el de las voces, el del pánico— el sonido del silbato. Los demás terminan por entender que es cierto: el partido ha terminado, Uruguay es campeón del mundo.

Y cuando hice un segundo de silencio después de la palabra "mundo", tu sexta sonrisa se iluminó del todo, en el alborozo de saber que esos once muchachos de celeste habían sido capaces de saltar todas las trampas del destino para volverse a Montevideo con la Copa. La tortuga que derrota a la liebre, el mendigo hecho príncipe, David contra Goliat, pero con pelota.

Si hubiese ganado Brasil nadie se acordaría demasiado del 16 de julio de 1950. Lo normal no se recuerda casi nunca. Pero ganó Uruguay, un partido que si se hubiese jugado mil veces Uruguay debería haber perdido novecientas cincuenta y empatado cuarenta y nueve. Pero de las mil alternativas Dios quiso que cayera ésta: Uruguay da el batacazo más resonante de la historia del fútbol, y más de medio siglo después yo me acerco a tu mesa y te lo cuento.

Hoy es 28 de julio. Pero si vos ahora me decís que me levante y me vaya, da lo mismo que sea 37 de noviembre. Lo del 37 de noviembre te lo dije recién, hace dos minutos, pero tu sonrisa no llegó a ser porque viste mi expresión seria y te contuviste. Porque ahora hablo más en serio que en todo el resto de esta media hora que llevo sentado enfrente tuyo. Y si vos ahora me decís que me vaya, yo me levanto, dejo tres pesos por el café, te saludo alzando una mano, me mando mudar y sigo por Suipacha para el lado de Lavalle. Y vos de nuevo te ponés a mirar por la vidriera.

Igual andá con cuidado, porque es muy probable que si reincidís en eso de mirar hacia afuera con esos ojos que tenés, otro tipo haga lo mismo que yo, se enamore y entre. Más difícil será que te cuente una historia como esta que acabo de contarte, pero algo se le ocurrirá, mientras intenta no perderte. Pero bueno, pongamos que eso no sucede, y el resto de los hombres te deja en paz, mirando hacia la calle. En ese caso, de aquí a unos minutos se te irán borrando de la memoria los tonos de mi voz y los detalles de mi cara.

Y ahora viene lo más difícil. El problema es que los uruguayos pueden acompañarme hasta aquí y nada más. De ahora en adelante es imposible. Y mirá que para esos tipos no parece haber muchas cosas imposibles. Pero lo que falta por hacer es asunto mío. O mío y tuyo, pero no de ellos.

Lo que me falta contarte es el final, o el principio, según se mire. Me falta hablarte de mí, hace media hora, corriendo como un loco por Suipacha hacia Corrientes. Tarde, tardísimo, porque hoy todo me salió al revés desde el momento mismo en que abrí los ojos, esta mañana. El despertador que no sonó, o que me olvidé de poner, el golpe que me di con el borde de la puerta en plena frente, los dos colectivos que pasaron llenos y me dejaron de seña en la parada, el subte que fui a tomar desesperado por no llegar tardísimo al trabajo y que hizo que fuera corriendo por Suipacha desde Rivadavia y no desde Paraguay, y el semáforo de Corrientes que pasa al verde diez segundos antes de que llegue a la esquina y los autos que arrancan y yo que me agacho con las manos sobre los muslos intentando recuperar un poco el aliento, mientras giro de espaldas a la calle y me topo con el bar y con tu codo en la mesa y tu cabeza en la mano y tu mirada en el vidrio pero viendo nada.

No importa lo primero que pensé al verte. O sí, pero no es el momento. Tal vez haya oportunidad, alguna vez, de decírtelo. Depende.

Lo que sí puedo contarte es que en ese momento, mientras me asaltaba el dilema de volverme hacia Corrientes y seguir corriendo hasta Lavalle o entrar a encararte, vinieron los uruguayos. Llegaron en ese momento. Los once: Máspoli; González y Tejera; Gambetta, Varela y Rodríguez Andrade; Ghiggia, Pérez, Míguez, Schiaffino y Morán.

Te parecerá tonto, pero esos uruguayos del Maracaná me sirven de talismán. No siempre. Sólo recurro a ellos en situaciones difíciles. A veces recito la formación, como rezando. O me los imagino en el momento de entrar a la cancha con cara de "griten todo lo que quieran, que nos importa un carajo". O lo veo a Ghiggia en el momento de meter el balón por el ojo incrédulo de la aguja de Barbosa. Si Uruguay pudo en el 50, me dije... en una de ésas quién te dice.

Por eso me desentendí del semáforo y de la calle Corrientes y entré al bar y caminé hasta tu mesa y te sonreí y vos, por reflejo, me devolviste tu primera sonrisa. Pero como te dije hace un rato el problema no son tus primeras siete sonrisas. El asunto es la que viene.

Tengo novecientas noventa y nueve chances de que me digas que me vaya, y una sola de que me pidas que me quede.

Porque ponele que yo ahora termino y vos sonreís: alguien lo mira de afuera y puede decir "¿y qué tiene que ver que sonría? Puede sonreír porque piensa que estás loco, o que sos un tarado", y es cierto, puede ser por eso. Y en una de ésas es verdad.

Pero también puede ser que no, que sonrías porque te gusté, o porque te gustó la historia que acabo de contarte. O las dos cosas: a lo mejor te gustamos mi historia y yo, y a lo mejor te estás diciendo que en una de ésas para vos también éste es un día especial. Un día distinto, ese día diferente a todos los otros días en que las cosas se salen de la lógica y la vida cambia para siempre, y a lo mejor pensás eso a medida que yo te lo digo y en tu cabeza se abre la pregunta de si no será una buena idea seguirme la corriente, por lo menos hasta dentro de medio minuto cuando te invite al cine y a cenar, o hasta dentro de un mes o hasta dentro de un año o hasta dentro de cuarenta.

Y puede que ahora sonrías una sonrisa que me indique a mí, que llevo media hora intentando leer las señales de tu rostro, que hoy no sonó el despertador y me pegué con el filo de la puerta y perdí los colectivos y corrí hasta el subte y vine corriendo desde Rivadavia y me cortó el semáforo y giré y vos estabas sentada en el café nada más que para esto, para que yo me atreva a rozar tu mano con la mía y vos des un respingo y me mires a los ojos con tus ojos como lunas y yo te sonría y vos también me sonrías, pero no con una sonrisa cualquiera sino con esta que te digo y que vos estás empezando a poner, ¿ves? Así: una sonrisa exactamente así.

Feliz cumpleaños

El 13 de diciembre de 1983 me despiertan los truenos. Una tormenta de verano furiosa y terca. Me levanto de la cama. Mi abuela, que plancha en el comedor, me sonríe, me besa en ambas mejillas y me aplica dieciséis tirones de orejas, con esos dedos suaves que tiene y que parecen hechos de papel.

Me asomo por la ventana y veo el patio de baldosas inundado, la santarrita con las ramas vencidas por el agua, la medianera que separa mi casa de la del vecino grisásea de tan empapada. Mis hermanos, supongo, en la facultad. Mi mamá, por supuesto, en el trabajo. Me fastidia este cumpleaños desvaído. Ese empeño de las cosas en torcerse, en enturbiarse, en cambiar para peor. Hoy cumplo dieciséis, pero me acucia la nostalgia como si fuese un viejo. ¿Cómo es posible que mi cumpleaños, que en la niñez era el día más feliz del año, se haya transformado en semejante cosa? Me falta mi mamá despertándome entre abrazos y besos. Me falta mi papá. Me falta el desayuno con mis hermanos, todos juntos. Me faltan los regalos, esperándome misteriosos a un costado de la mesa. Me falta mi papá. Mierda. Me falta mi papá.

Lo que hay es esto. Nosotros dos, mi abuela y yo, la casa sola y la tormenta. Y los demás, mi madre y mis hermanos, que vendrán cuando puedan. A la noche, para cenar, en una de ésas. Y por añadidura, mis amigos encerrados, estudiando para los exámenes. Maldito diciembre. En una de ésas habría sido preferible llevarme materias. Dos, tres. Las que hiciesen falta, para ocuparme un poco las manos y la cabeza. Pero no. Como siempre, durante el año estudié lo suficiente como para convertirme en el habitual marciano que no se lleva ninguna, y que tiene que esperar semanas a que los vagos de sus amigos puedan iniciar, de una buena vez, el dichoso verano.

Si esto es crecer, la verdad, prefiero pasar de largo. Esta frontera indecisa y cruel en la que marcha mi adolescencia es, sobre todo, una acumulación de fracasos y carencias. Tengo edad para salir con chicas, para trasnochar de vez en cuando, para deslizarme hacia ciertas indisciplinas, pero me faltan agallas. Y la niñez se aleja de mí, cada día, cada año, llevándose sus certezas y sus abrigos.

Los regalos, por ejemplo. Los regalos de ahora no tienen nada que ver con los de antes. Y no porque aquéllos fueran más caros, o más sofisticados. Los regalos de antes eran mejores porque eran sorpresas. Ahí estaba su maravilla. Paquetes cerrados de contenido incierto. Uno tenía que pesarlos, zarandearlos e interpretar sus sonidos. Sacarles, por fin, los envoltorios. Una de las peores cosas de crecer es esa pregunta de "¿Qué querés que te regale?". No me pregunten. Adivínenlo. Equivóquense. Pero no me pregunten. No me hagan saber de antemano qué regalo me están regalando. No me priven de ese instante de milagro en el que espero que mis sueños se cumplan o, mejor, ese instante en el que compruebo extasiado que me regalaron algo mejor que lo que me prometían mis sueños. Ahora que he crecido los regalos se han convertido en expedientes administrativos. Certezas sin brío. Dinero en un sobre. Y yo limosneo sorpresas. No me importa su precio. Pero que me sorprendan.

Por supuesto que no lo digo. Me lo callo, como todo lo demás. No quiero que me acusen de pedigüeño, o de ambicioso, o de vaya a saber uno qué cosa. Por eso, mejor me callo. Además, no quiero que me expliquen que así es la vida. Ya sé que la vida es así. Y así de injusta. Pero no me interesan las excusas que tenga la vida para ser injusta.

Mi abuela deja la plancha y me prepara el desayuno. Charlamos un poco, aunque no la tenemos fácil, con mi abuela, en este tiempo. Ella pasa muchos días en mi casa, ahora que mi mamá tiene que trabajar a todas horas. Y yo le dedico, a mi pobre abuela, lo peor de mi adolescencia. Mis malos modos, mi humor de patíbulo, mi vagancia, el caos de mi pieza. A mi madre la preservo de esas iniquidades. Seguro que mi abuela lo sabe, pero no lo dice. Pasarán unos cuantos años antes de que yo advierta lo injusto que soy con mi abuela, en este tiempo. Por suerte la vida nos dará tiempo de sobra para repararlo.

Pero hoy —o ese lejano hoy que es el 13 de diciembre de 1983— mi abuela se sobrepone a nuestros chispazos recientes y tiene un gesto rotundo y maravilloso. Vuelve de su pieza con dos paquetes, pequeños y pesados. Los tanteo. Los sopeso. No tengo ni idea de lo que contienen. En otras palabras, entran en la categoría "regalos" como Dios manda.

Desarmo con cuidado los paquetes, porque en mi casa todo papel de regalo debe ser preservado para que podamos usarlo otras tres, cuatro veces. Y ahí están. Un ajedrez y un backgammon "de viaje", como se les llama todavía en ese tiempo a los juegos de mesa de dimensiones reducidas, fichas magnéticas y tableros de metal. El ajedrez me viene bárbaro. Me he pasado todo tercer año jugando con mis compañeros de escuela, durante las horas de clase. No tengo ni idea del Poema del Mio Cid ni de geografía americana, pero he mejorado notablemente mi apertura con peón rey y caballo dama. El backgammon me dará bastante trabajo, porque no lo conozco. Mejor dicho, lo he visto en una publicidad de cigarrillos LM, pero no tengo ni idea de cómo se juega. Le doy las gracias, sinceras y profundas gracias. Ésos sí que son regalos.

Sigue lloviendo toda la mañana. Para el mediodía ya tengo más o menos claras las reglas del juego nuevo, aunque me quedan un par de dudas. De todas maneras, voy a tener que esperar por lo menos hasta el viernes para que alguno de mis amigos termine con sus exámenes y podamos empezar a jugar. Y mi abuela se luce por segunda vez en el día: papas fritas y huevos fritos. Un almuerzo de sultán. Lástima ese silencio, esa sensación de casa vacía, o de náufragos los dos, mi abuela y yo.

Después de comer busco algo de dinero que tengo guardado y me voy al Centro, que en Castelar significa caminar unas cuadras hasta los escasos negocios que rodean la estación de tren. Llego a la florería antes de que cierren para almorzar. Pregunto cuánto sale una docena de rosas. Me espanta la respuesta. "¿Y los claveles?", pregunto. Reviso el dinero que traigo. Serán claveles. Seis rojos y seis blancos. El florista me pregunta si quiero agregar una tarjeta. Digo que sí. Me alcanza una en blanco, junto con una lapicera. Me apoyo sobre su escritorio. Me tuerzo para que no vea lo que escribo. Temo que piense que es una tarjeta de amor. Me da vergüenza el equívoco, porque esas flores son para mi madre. Pero también me daría vergüenza decirle al florista la verdad. Mejor así. Esconder con el brazo izquierdo lo que escribo con la diestra. Extenderle la tarjeta vuelta hacia abajo. Rezar para que la abroche al celofán sin leerla. Así. Perfecto.

En las cuadras de vuelta a casa voy implorando que ningún conocido me vea. Ahora es una bendición la lluvia, que ha perdido la furia de la mañana, pero persiste y mantiene las calles casi desiertas. "Lluvia de mediodía, lluvia de todo el día", dice uno de los muchos refranes de mi abuela. Si es así, hay muchas horas de lluvia por delante.

Llego a mi casa con las flores. Mi abuela sonríe. Ésa es una costumbre que copié de mi padre. A mis hermanos y a mí nos hacía regalarle un ramo de flores a mi madre, el día de nuestro cumpleaños. Como agradecimiento para ella. Buena idea, la de papá. Ahora que mi padre no está, jamás olvido sostener ese rito. Creo que mi madre lo agradece. Y a mí me hace sentir bien cualquier cosa en la que pueda imitar a mi padre. Con mi abuela, sin desarmar el ramo, ponemos las flores en un jarrón, para que mi madre encuentre los claveles frescos cuando llegue.

Abrigo la esperanza de que entonces mi cumpleaños mejore. Ya no estaremos solos, mi abuela y yo. Y seguro que a mi madre la hacen feliz esos claveles y la tarjeta que le escribí. Y después vendrán mis hermanos y cenaremos juntos. Y tal vez hagan como mi abuela, y me regalen algo por sorpresa.

Pero cuando llega mi madre las cosas salen de otro modo. Entra a casa llorando. Ha tenido un día atroz en el trabajo. Ha discutido con sus jefes. Así, en plural, porque son varios. Mi abuela prepara unos mates, mientras mi madre se descarga y llora. Relata los pormenores de su discusión. Con mi abuela intervenimos de vez en cuando, para conocer los detalles. A mi madre la alivia hablar. Creo que ella está tan perdida como yo, en esos años. Ni ella ni yo esperábamos que el mundo cambiase tanto en tan poco tiempo. Afuera arrecia la lluvia, como dándole la razón al refrán de mi abuela. Truenos nuevos. Otra vez el aguacero.

Al rato llega mi tía, que es también la hermana de mi madre y la hija de mi abuela. Abrazo, tirón de orejas y sobrecito con dinero. Se lo agradezco. Pobre mi tía, que tampoco tiene por qué saber que odio esos regalos sin sorpresa. Como mi madre sigue muy angustiada, enseguida vuelven a hablar de su discusión en el trabajo. Por fin llega mi hermana, que me regala una tarjeta que dibujó ella misma. Eso está bueno, porque también es una forma de sorpresa. Después llega mi prima.

Lo bueno es que la casa se ha llenado de voces. Lo malo es que a veces tantas mujeres juntas me fatigan un poco. Se me ocurre pedirle a mi tía, que vive enfrente, las llaves de su casa. A menudo hago eso. Cuando mi casa se llena de las mujeres de mi familia, huyo a la casa de mi tía, un caserón de dos pisos que me parece enorme y me encanta disfrutar en soledad. Pero esta vez no me dejan. Me dicen que tengo que quedarme a atender el teléfono, porque muchos familiares van a llamarme para saludar. Es cierto. Y yo odio esos llamados repetidos. No sé cómo responder la pregunta: "¿Cómo la estás pasando?". Mejor dicho:

no logro concebir cómo es posible que todo el mundo me pregunte lo mismo. Una buena respuesta podría ser: "Y, acá estoy. Contestando por vigésima vez la pregunta de cómo la estoy pasando". Claro que jamás respondería de ese modo. Tengo una buena educación, y muy pocas osadías.

Así que nada de huir hacia lo de mi tía. Ahora ya son cinco las mujeres que conversan sobre la discusión que tuvo mi madre en el trabajo. Para colmo en esa época en mi casa —como en casi todas las casas— hay un solo televisor, y está en el comedor de diario. Y el comedor de diario es precisamente el lugar que eligen las mujeres para conversar. A mí me encantaría que se fuesen al living. Pero el living de mi casa —como el de casi todas las casas— es un lugar casi sagrado que se mantiene cerrado a cal y canto, con el piso encerado y la persiana baja, a la espera de vaya uno a saber qué magnos acontecimientos que casi nunca se producen.

A las cinco de la tarde el té de las mujeres toma su impulso definitivo. Aparecen unas facturas, unos sándwiches, una Coca de litro. Me apresuro a zamparme un vaso, que ésos no son lujos de todos los días. Y la conversación de las mujeres no amaina. Mi madre sigue refiriendo pasajes de la discusión que mantuvo con sus jefes. El resto de las mujeres intercala comentarios, opiniones, o pide aclaración sobre alguno de los puntos. A esta altura, yo podría recitar cada una de las líneas que tuvo ese diálogo tormentoso entre mi madre y sus superiores. Tantas veces lo han repetido durante la tarde. A mí me resulta un poco extraño ese afán de las mujeres por hablar. Por volver a decir lo que ya han dicho. Por volver a oír lo que ya han escuchado. Es como si tuvieran una fe distinta en las palabras. Como si les sirviesen para ordenar el mundo. Yo no. Yo las miro sin entender esa confianza. Para mí las palabras no sirven para casi nada. ¿Pensaré así porque soy hombre, o simplemente porque soy yo?

Afuera deja de llover. Y al rato sale el sol de diciembre. El refrán de mi abuela, hoy por lo menos, no se ha cumplido. Quedan varias horas de luz. Varias horas de 13 de diciembre. Y serán al sol.

Salgo al patio. Ese patio chico, típico de las casas en esquina como la mía. Me acerco a la medianera y aguzo el oído. Si mi vecino Roberto no tiene la radio encendida significa que todavía no hay novedades. Vuelvo adentro. Me pregunto a qué hora se jugaba ese partido. No tengo a quién preguntarle. Ni mi madre ni mi abuela ni mi tía ni mi hermana ni mi prima tienen la menor idea de fútbol. Peor para ellas. Aunque en este caso, también peor para mí, porque no sé a qué hora se juega ese partido. En realidad, llamarlo "partido" es una exageración. No es un partido lo que se juega esa tarde. Son quince minutos de un partido. Los quince minutos finales de un partido. El resto, los primeros setenta y cinco minutos, se jugaron hace más de diez días. Y para mí esos quince minutos que faltan son enormemente trascendentes. Para mi vecino Roberto, también. Aunque por motivos diferentes.

En su cancha, Ferrocarril Oeste tiene que jugar los quince minutos que le faltan del partido contra Racing Club de Avellaneda. En la porción que ya se jugó, Ferro va ganando uno a cero. Pero alguien le tiró un piedrazo al juez de línea y el partido fue suspendido cuando faltaban quince para el final. Tal vez en otro contexto se habría dado por terminado con ese resultado. Pero sucede que Racing está al borde del precipicio. Está a punto de irse al descenso. Y rescatar algún punto de ese partido puede tener, para Racing, una importancia vital. Para Racing y para mi vecino Roberto, que es hincha de Racing. Pero sucede otra cosa más, agregada a esta que estoy contando. A Ferro le está yendo muy bien en el campeonato. Estupendamente bien. Tanto, que está peleando cabeza a cabeza la posibilidad de salir campeón, faltando un puñado de fechas. Pelea con otros dos equipos. Uno de esos equipos es San Lorenzo de Almagro, que acaba de regresar desde la Primera B, y en una campaña inolvidable puede conseguir la hazaña de salir campeón en las dos categorías de manera sucesiva. Pero el asunto es el otro equipo. El tercero de los que pueden salir campeón. Porque ése, el otro, es Independiente de Avellaneda. El equipo que yo quiero por encima de casi todas las cosas. Y por muchas razones. Voy a decir una sola: es el equipo que mi papá me dejó. Y con esa razón alcanza y sobra.

Qué difícil es encontrar el pasado, tal como fue, en los pliegues intrincados de nuestra memoria. Muchos hinchas de Independiente reverenciarán esa formación de 1983. Y muchos hinchas de otros cuadros serán capaces, también, de recitar completo ese equipo, desde Goyén hasta Barberón. Y sin embargo, a ese equipo destinado a quedar en la historia le está costando muchísimo construirse una. Hasta hoy, 13 de diciembre de 1983, aún no ha ganado nada. Peor aun: ha perdido dos campeonatos consecutivos. Segundo puesto en el Metropolitano 82, detrás de Estudiantes de La

Plata, por diferencia de dos puntos. Segundo puesto en el Nacional 83, otra vez detrás de Estudiantes, aunque ahora por diferencia de un gol en la final. Mis amigos llevan un año burlándose de mí, con esa crueldad exquisita con que sabemos tratarnos.

Desde que empezó el Metropolitano 83, en junio, yo me revuelvo entre la esperanza y la decepción, la rabia y la algarabía. No quiero que las cosas vuelvan a terminar mal, aunque sospecho que sí, que van a terminar del peor modo. ¿O acaso cosas mucho más importantes de mi vida no han terminado así, de la peor manera?

El domingo pasado Independiente dejó pasar una oportunidad estupenda para alejarse en la punta de la tabla. Con ganarle a Vélez, en Avellaneda, habría alcanzado. Pero no. Apenas pudo empatarlo.

Salgo otra vez al patio en el que empiezan a levantarse el calor y la humedad. Inquieto, repaso los números que ya me sé de tanto estudiarlos, de tanto darlos vuelta para arriba y para abajo. Independiente tiene un punto de ventaja sobre Ferro, y dos sobre San Lorenzo. Faltan dos partidos, es decir, cuatro puntos (todavía no se otorgan tres puntos por partido ganado). Pero el Rojo tiene que jugar contra Talleres en Córdoba. Y yo estoy seguro de que no vamos a ganar ese partido. Independiente juega buen fútbol ese campeonato. Pero empata mucho. Empata tanto como gana. Y estoy seguro de que, desde Córdoba, volveremos con un punto, en el mejor de los casos. Y Ferro juega con Unión en Caballito. Triunfo seguro, calculo. Y adiós Independiente puntero. Eso me digo. Eso pienso. Y no hay nada que pueda salvarme de ese peligro. Nada, excepto el azar improbable de que Racing consiga empatar ese partido, en esos efímeros quince minutos que tienen que jugarse la tarde de mi cumpleaños.

Entro una vez más a mi casa para buscar la radio. Es una Phillips azul, con estuche de cuero. Es la que mi padre usaba para seguir los partidos. A veces pienso que mi vida es nada más que seguir huellas. Atrapar ciertos símbolos para conservarlos conmigo.

Las mujeres siguen hablando. Mi madre, de a ratos, todavía llora. Las otras la consuelan. Si por mí fuera, querría escapar a un sitio sin lágrimas de nadie. Aunque no hubiese, ahí, ningún cumpleaños.

No puedo escapar demasiado lejos. Pero puedo salir otra vez al patio y sentarme contra la pared del lavadero, un poco a la sombra de ese sol caliente de diciembre. Para el folclore del siglo XXI tal vez suene raro, pero en la tarde de mi decimosexto cumpleaños, yo hincho por Racing. Será que me crié con certezas que después se extraviaron, pero me interesa mucho más mi propia alegría que el dolor ajeno. Lo que me importa es que Independiente salga campeón. Y si para eso hace falta que Racing gane, pues que gane. Y si para eso hace falta que Racing se salve del descenso, pues que se salve.

Me cuesta seguir, esa tarde, los pormenores del partido. No soy ningún experto en jugadores de Ferro y de Racing. Conozco apenas algunos nombres de cada equipo. El resto me son desconocidos. Y uno no puede hilvanar un relato radial con apenas esos retazos. Me concentro todo lo que puedo. Racing tiene una situación de gol, pero fracasa. Y es entonces cuando escucho los nerviosos insultos de Roberto, mi vecino de al lado, que se lamenta por la oportunidad perdida. Por hoy, sólo por hoy y medianera de por medio, los dos queremos que Racing meta un gol. Un milagro, considerando que el partido va a durar un cuarto de hora.

Y de repente, sucede. Esas cosas que no pasan casi nunca, pero a veces sí. Orte que lanza un centro casi frontal, un poco desde la izquierda. Alguien que toca la pelota en el área. Y Caldeiro que empata el partido para Racing.

Ésos son los regalos que me gustan. Los que son una sorpresa. Ni mi vecino Roberto ni yo habíamos imaginado, jamás, que nos íbamos a encontrar, alguna vez y medianera de por medio, gritando el mismo gol. Y sin embargo, eso fue lo que pasó el 13 de diciembre de 1983. Al final, parece que la vida se comporta así. Nos sorprende con tragedias que jamás imaginamos. Y nos entrega, no sé si como retribución, o porque sí, alegrías que ni siquiera pedimos.

Ese día de diciembre de 1983 yo ignoro, todavía, algunas cosas importantes. Todavía no sé que mis temores con respecto al partido de Independiente en Córdoba se verán justificados, porque el Rojo apenas rescatará un empate contra Talleres. También ignoro que Ferro, ateniéndose a mis cálculos, le ganará a Unión en Caballito. Y que será gracias al gol de Racing, ese gol improbable de Caldeiro, que Independiente mantendrá un punto de ventaja, clave para la última fecha del torneo. Y que el jueves 22, nueve días después de mi cumpleaños, le ganará a un Racing ya descendido para coronarse campeón del fútbol argentino con 16 partidos ganados, 16 empatados y cuatro perdidos, 54 goles a favor y 38 en contra.

Tampoco lo sé, pero faltan unos pocos meses para que mi adolescencia abandone esa racha funesta de melancólicas derrotas que tanto tienen que ver con la soledad. Para que empiece a iluminarse con algunos amigos nuevos. Para que algunas chicas dejen de tratarme como un sapo sin encantamiento mágico.

Ignoro todo eso, pero me voy a dormir con la sensación de que no todas, no siempre, van a terminar saliendo mal. Y que mi decimosexto cumpleaños no ha sido tan malo, ni tan anodino, ni tan predecible. Por el ajedrez, por el backgammon y por el gol de Caldeiro en ese mini partido de quince minutos. Y por el grito salvaje y feliz con que acompañé ese gol. Como si hubiese sido de los míos.

Benito en cuatro meses

Benito dobla la esquina caminando rápido. Llega hasta el tapial y golpea las manos. Espera, como siempre, escarbando el cemento pegoteado entre las hileras de ladrillos. Es Yénifer la que abre la puerta. Lo mira desde el umbral. La puerta de chapa hace ruido al cerrarse a su espalda. Avanza por el caminito de cemento pero sin la soltura alegre de otras veces. Benito se pregunta si tiene derecho a esperar otra cosa y no sabe responderse. Pero le molesta su frialdad, su ceño fruncido, ese detenerse dos pasos al otro lado de la reja.

—A qué venís —pregunta ella.

Lo pregunta afirmando, hosca, sin el menor rastro de toda la ternura que ha sabido demostrarle en el año que llevan juntos. Benito se enoja. La piba no entiende nada. Nada de nada. Hace que todo sea más difícil. Más cuesta arriba.

—No vine a nada. A verte, vine. Capaz que no te alcanza.

—Listo. Está peleando. Yénifer le sostiene la mirada. Después pone la cara de costado. Aprieta los labios, como si mordiese su propia boca.

—Entonces tomatelás.

Benito resopla, mientras siente crecer la rabia. No es justo que Yénifer lo trate así. Con todo lo que le pasó a él. Con todo lo que le sigue pasando.

Se le pasa por la cabeza decírselo. Reclamárselo, pero se contiene. Ya han discutido suficiente. Además, ella todavía tiene algo que decir.

—Si vas a seguir con esos vagos, no vengas más. Andá con ellos.

Lo dice señalando con el mentón a espaldas de Benito, más allá de la esquina, a la vuelta, al kiosquito de Conga, donde lo esperan sus amigos.

—Tenés razón —dice Benito, y ya no le importa que en la voz se le note la bronca y el resentimiento—. Mejor me voy, como decís vos. Me voy y no vuelvo más.

Ella vuelve a mirarlo, como si quisiera asegurarse, viendo su expresión, que ésas y no otras han sido sus palabras. Benito piensa que si avanza dos pasos, abre la reja, le pide perdón y la abraza, las cosas podrían ordenarse. Como volver el contador a cero. Aunque también puede ser que ella lo rechace, se proteja de su abrazo con los codos, le dé vuelta la cara para esquivar su beso, y lo deje pagando. Termina quedándose quieto. Yénifer niega apenas con la cabeza ¿Qué niega, la tonta, si él no dijo nada? Se da vuelta y se mete otra vez en su casa.

Benito escupe en la calle de tierra, apuntándole a una botella de plástico aplastada. Erra por medio metro. Recién cuando a sus espaldas escucha el portazo, camina de regreso hasta la esquina. Compone la mejor cara de indiferencia de la que es capaz, porque teme que alguno le diga algo. El Chilo, por empezar. Pero están los tres encerrados en un silencio raro. Un silencio nuevo, como si se hubieran callado al verlo llegar.

—Acá el Chilo pregunta si vamos o no vamos —dice Damián, y enseguida da un trago grande a la cerveza.

Demora en pasarle la botella a Johny, que la espera con el brazo tendido. Ni él ni el Chilo dicen nada. Es evidente que lo que tuviesen que decir entre ellos tres está dicho. Falta Benito. Que diga que sí o que diga que no. Se acuerda de Yénifer, de sus dientes apretados. De lo que le ha dicho.

—A mí no me gusta. Ya se los dije —suelta Benito, y oculta su turbación con un largo trago de cerveza.

Johny y el Chilo cruzan una mirada, a propósito de su comentario, pero no dicen nada.

—¿Y no te gusta por qué? —interroga Damián.

Benito demora en contestar. Se queda como estaba, sentado en la vereda del kiosco, leyendo sin prestar mucha atención las ofertas del pizarrón. "Yerba dos kilos x 20 peso." "Pan dulse primera marca 18,99 peso." Algo no le cierra. ¿Cuál es la palabra mal escrita? Preguntarle a la Conga es inútil. Si lo escribió así, supondrá que está bien escrito. Y a sus amigos lo mismo. No sólo no sabrán, sino que les molestará que salga con semejante pavada. Vuelve a mirar a Damián, que enarca las cejas dándole a entender que sigue esperando una respuesta.

Una respuesta de por qué no le gusta. Benito tiene un montón de razones. Para empezar, le da miedo. Miedo de que los agarren. Miedo de que García no diga la verdad, y terminen en cana, o peor. Le da miedo el tipo ese. Cuando habla no mira a nadie. Te mira por encima del hombro, a un lugar que queda en ningún lado. Benito, hablando con él, ha probado de moverse, a ver si así lo obliga. Pero no. García sigue siempre como si los ojos de uno estuvieran en el aire, un cachito por encima del hombro. Como si no le hablara a nadie, o como si se hablara a sí mismo por el gusto de escucharse. O peor, como si los estuviera empaquetando como pelotudos. ¿Cómo saben ellos que García no los está cagando?

No pregunta en voz alta porque no quiere volver a escuchar las respuestas de Damián. Ya sabe lo que tiene para contestar a cada una de sus objeciones. Que si los hubiera querido cagar ya los habría cagado la vez pasada, o la anterior, o la primera. Que no había pasado nada. Que al contrario. Que les había dado el auto y el fierro. Que les había dicho por dónde buscar y por dónde no. Que les había asegurado que no habría polis por el lado de la curva de la ruta, y que no había habido.

Benito sabe todas esas respuestas. Y son verdad. Pero no quiere escuchárselas a Damián. No sabe por qué, pero no quiere. Damián siempre lo convence. Bueno, por algo están donde están, hablando de lo que están hablando. Y si no lo hubiera convencido no habrían hecho lo que hicieron, no una, sino tres veces. Lo que pasa es que a Benito hay otras cosas que no le cierran. Pero no le cierran de un modo confuso, vago, apenas esbozado. Demasiado impalpable como para darle forma de preguntas y que Damián las conteste. Por un lado eso de los ojos de García, eso de no mirar cuando te habla. Y no escuchar, tampoco. Porque García no te escucha cuando le hablás. Es de esos tipos que preguntan algo, una estupidez, de vez en cuando, pero no dan tiempo para que uno conteste, que ya están hablando ellos otra vez. Benito sospecha de la gente así. A veces es simpática, esa gente. Pero tarde o temprano te acuestan, piensa Benito. Como el Turco Nabile.

A Benito lo inquieta ese recuerdo, porque si García es, en el fondo, como el Turco, ellos están perdidos. Turco hijo de puta. Benito sigue pensando mientras lee, por enésima vez, los carteles del pizarrón de Conga, tratando de dilucidar qué es lo que está mal escrito. Benito no va a decir nada, porque no quiere discutir. Si dice en voz alta lo que piensa del Turco, es para quilombo. Damián capaz que no dice nada. Pero el Chilo lo va a defender, al Turco. Y Johny le va a dar la razón al Chilo, como hace siempre, por todo. El Chilo va a decir que, con él, siempre se portó como la gente, el Turco. Que no fue su culpa que lo dejaran libre. Que los hijos de puta son los dirigentes. O Ricardi, el coordinador de las divisiones inferiores. Pero que no es culpa del Turco. Benito no quiere discutir, pero sigue pensando que el Turco los acostó. O los abandonó, que para el caso es lo mismo. Que algo pudo haber hecho para que no los dejaran libres. Esas cosas se saben con tiempo. No ellos, pero el Turco tenía que saberlo. Traen a quince pibes del Interior a la pensión del club. Todos con edad de quinta. Quince pibes. Cualquiera sabe que tienen coronita, ésos, los que traen de las provincias, porque el club les tiene que pagar el alojamiento, los estudios, los libros. Benito no entiende, o no acepta, que el Turco pudiera no saber. Además Benito habló con uno de los pibes, un misionero que trajeron de marcador de punta. Y el misionero le dijo que el Turco los había ido a ver, y que él, el misionero, había firmado con él para que fuera su representante. Y eso Benito después se lo contó a sus amigos. Que el Turco representaba a varios de los pibes nuevos, y que cómo podía ser. Se suponía que si era el representante de ellos, de

ellos cuatro, los tenía que defender, en lugar de traer
pibes nuevos.

Algo va a salir, quédense tranquilos, les había dicho, el hijo de puta. En septiembre, les había
dicho. Y era enero, ahora. Los van a llamar de Argentinos Juniors. Y minga los habían llamado. Ni de
Argentinos ni de ningún lado. Y Benito piensa por
qué es el único que se siente mal por eso, el único
que se siente estafado por el Turco. Es Yénifer, que
te llena la cabeza, se dice. Pero es lo que le dijeron
los otros, de mal modo, cuando vinieron de hablar
con García la primera vez y él, Benito, dijo que no
se prendía. Dijo eso, y lo corrieron por el lado de Yénifer, y Benito se enojó y le puso un empujón feo al
Chilo. No le pegó. Nunca se habían ido a las manos
en serio, entre ellos. Pero fue un empujón que lo sentó
de culo en la calle ahí mismo. Benito gira la cabeza y
fija la mirada en el lugar en el que aterrizó el Chilo,
en la entrada de autos de la casa de al lado del kiosco
de Conga, y se acuerda de que Damián lo agarró a él
mientras Johny lo ayudaba al Chilo a levantarse y le
decía a él, a Benito, que no fuera forro, que el Chilo
tenía razón y que se dejara de joder con esa minita
que le llenaba la cabeza.

Capaz que tienen razón. Las minas son jodidas.
En el fondo, acaba de dejarlo pagando. Él fue a verla,
a charlar, a darle un beso, y ella le cortó el rostro mal,
de la peor manera. Pero Yénifer le había dicho que el
Turco era un hijo de puta mucho antes de que pasara
lo que pasó. Mucho antes de que llegaran los pibes
del Interior y los dejasen libres a ellos cuatro. A ellos
cuatro y a otros tres. A siete, clavaron en septiembre.
Pero ahí está. Llegaron quince y liberaron a siete. No

a quince. Y Benito piensa por qué. Y repasa, y los que quedaron en el club tenían otros representantes. Ninguno era jugador del Turco. Y él lo dijo, discutiendo con sus amigos, pero Damián le dijo que bueno, que podía ser que el Turco se hubiera movido mal, y que por eso los habían cagado a ellos y no a otros. Pero Benito había retrucado con lo del misionero, que cómo podía ser que el Turco fuera el representante. Del misionero y de otros cuatro de los nuevos. En eso tenía razón. Que se fueran al carajo con defenderlo al Turco. Ahí no podían decirle nada.

Y parece mentira, pero el tema del Turco es como si hubiera pasado hace un montón de años. Todo aquello, el club, las prácticas, los partidos, otro mundo. En estos pocos meses la vida parece otra.

El que vino con lo de García fue Johny, de cuando cayó por lo de la bicicleta. Estuvo como quince días en la comisaría hasta que lo largaron. Y ellos se ofrecieron a la madre para llevarle cosas. Algo rico de comer, cosas así. La madre primero se quiso encargar ella y les dijo que gracias pero que así podía visitarlo. Pero después se le empezó a complicar con el trabajo y les dijo que sí. Y entonces fueron. Cagados en las patas, pero fueron. Ninguno dijo nada, pero ir a la taquería, hacer la cola en el portón, pasar al patio, darle el paquete a los ratis, que pincharan el paquete por todos lados. A Benito le había dado ganas de decirle: "Dejate de joder, si el pibe robó una bici de motocross, te pensás que se va a fugar". Pero no dijo nada, ni esa vez ni las siguientes. Y Benito no lo habría imaginado nunca, pero a la cuarta o la quinta vez ya medio que charlaban con los canas. Damián, sobre todo, que es el más simpático y siempre que hay que hablar con alguien se encarga él. Por eso cuando el cana les dijo que el subcomisario les quería hablar, medio se quedaron, pero Damián al final dijo está bien. Y esa vez charlaron, nomás. Todos. Bah, hablaron García y Damián. García le sacaba charla, porque parece que Johny había hablado del club, de que todos ellos eran jugadores de fútbol, todo eso. Y uno lo veía a Damián y parecía que había estado en una taquería hablando en la oficina del subcomisario toda la vida. Faltaba que pidiera una birra para tomar. Hacía chistes, comentaba, hablaba de fútbol con García.

—No sé. No me gusta —vuelve a decir Benito.

No quiere pasar de ahí, de esas pocas palabras. Se distrae con los gritos, medio en broma, de Johny y de Conga. Johny le pide otra cerveza fiada, y Conga le dice que no, que ya le debe doscientos pesos. Johny le dice que ya le va a pagar. Esta noche. Esta noche le paga los doscientos y le deja otros cien a cuenta para el fin de semana. Conga le dice que no, pero con esa voz de que está por aflojar. Johny se da vuelta hacia ellos y hace una mueca, porque también sabe que la tiene casi convencida. El Chilo alza el pulgar, y Johny repite el gesto. Benito lo mira. Parece otro, Johny. En cuatro meses engordó unos cuantos kilos. También, si vive en pedo. No se cuida nada. Si viniera el Turco, ahora, a decirles que vayan a fichar en Argentinos, Johny cagó la fruta. No debe poder parar una pelota. Benito lo supone, no lo sabe, porque hace cuatro meses que no juegan. Ninguno de ellos. No lo hablaron. No fue que se pusieron de acuerdo. Pasó así, nomás. En el barrio les dijeron varias veces. Pero ellos dijeron que no. Hacen rancho aparte, sin proponérselo. Pero con los otros pibes algo se ha roto.

Antes no. Antes no había problema en mezclarse a jugar, aunque ellos fueran jugadores en serio, y los otros no. No en temporada, porque entre los entrenamientos y los partidos ellos cuatro no tenían tiempo ni ganas de jugar. Pero en los veranos sí. Jugaban todos juntos, los otros pibes del barrio y ellos, y no había problema.

En cambio ahora, desde que quedaron libres, las cosas cambiaron. El hermano de Damián, el otro día, dijo algo de jugar un domingo de éstos. Que en la canchita de la ladrillera, allá en el fondo, se hacía un torneo por plata. Buena plata, había dicho el hermano de Damián, si querían ir. Ellos contestaron que capaz, que iban a ver. Pero ni siquiera lo hablaron entre ellos. Algo había cambiado. Algo se había roto. Benito no sabe si es del lado de ellos o del lado de los otros, los demás pibes del barrio. No tiene manera de saberlo. La cosa es que Johny está hecho mierda. Ocho, diez kilos arriba de su peso. Siempre tuvo problemas con eso. En quinta. En sexta, sobre todo. Casi lo cuelgan, pero el entrenador lo había esperado. El físico no me ayuda, Benitín, le explicaba Johny en el colectivo, a la vuelta. Vos viste cómo es mi viejo, y mis hermanos. Y se agarraba la panza, como dando a entender que la herencia no lo ayudaba.

Ya pasaron cuatro meses, y Johny parece cualquier cosa menos jugador de fútbol. Aunque si es por eso, él tampoco. Por la cabeza, pero él tampoco. Al principio salió a correr. Solo, porque le ofreció a Damián salir juntos pero dijo que no. Varias veces, salió. Un día fondo, un día pasadas. Un día fondo, un día pasadas. Pero no era lo mismo que en el club, cuando es el profe el que te dice qué hacer, y están los demás, y alguno dice alguna boludez y te cagás de la risa, y el tiempo se te pasa más rápido.

Bueno, si es por eso del paso del tiempo, ahora se pasa volando. Los dejaron libres hace cuatro meses, lo de Johny y la bicicleta fue hace tres, y lo de García empezó hace algunas semanas. Hasta ahora fueron tres veces. Todas iguales, a la nochecita, en el auto que les dio García. Que ésa es otra cosa que a Benito le hace sospechar. Que el mismo tipo te preste el auto.

Pero cuando se lo dijo a Damián el otro lo entendió al revés. Que justamente. Que si pudiera salir mal, el tipo no te va a prestar el auto, para que vos vayas y le digas al fiscal que el auto te lo prestó un cana. Porque saltaría todo y el primer perjudicado sería García. Y el Chilo dijo claro, y Johny también. Pero cuando se lo contó a Yénifer ella estuvo de acuerdo con él, con Benito. Se puso como loca y le dijo que eran unos idiotas y que los dejara de ver. Y eso a Benito lo jodió mucho, porque una cosa es que tu novia te dé la razón y otra cosa que te diga con quién te tenés que juntar. Qué sabe, la mina. Ella te conoce desde hace un año. Y tus amigos son tus amigos desde hace diez. ¿Y resulta que ella sabe más? Ni en pedo.

Por eso le frenó el carro y le dijo no te metás. Pero Yénifer tenía tal embale que seguía, dale que dale, que te van a arruinar la vida, que no te prendas con eso, Beni, que me lo tenés que jurar. Y Benito se arrepintió de haberle dicho nada. Al final, las minas, un quilombo. Y se lo prometió. Y cuando se lo prometió ya sabía que no iba a cumplir. No iba a olvidarse de diez años de amistad por una mina. Por ninguna. Aunque la mina fuera Yénifer.

Y salieron en el auto de García, y volvieron y no les pasó nada. Damián estaba como loco de la alegría. Dejaron el auto donde García, y Damián arregló, y se fueron a lo de Conga y festejaron y se agarraron un pedo histórico. Otra que fiame una cerveza. Y Benito al día siguiente se levantó tardísimo y cuando se dio cuenta de que no llegaba para buscarla a Yénifer a la salida del trabajo, no tuvo mejor idea que irse al centro de Merlo al negocio de celulares y le compró un teléfono nuevo.

Y a Yénifer primero cuando lo vio se le iluminaron los ojos pero enseguida le cambió la cara y le preguntó de dónde lo sacaste. Y como Benito tardó en responder y no se le ocurrió ninguna mentira ella se lo devolvió de un manotazo y se metió en su casa y le dijo no lo quiero.

Ahora Benito juguetea con el celular, que al final se tuvo que quedar él, en la vereda de lo de Conga, mientras Johny pone en circulación la cerveza que finalmente le aflojó la kiosquera. "¿A qué hora tenemos que estar?", pregunta el Chilo, refregando la boca en el hombro para secarse después de tomar su trago. Damián responde mientras se desata una zapatilla: "Nueve y media." Termina de desatársela, le da un fuerte tirón a los cordones y vuelve a atársela. Benito no puede creer lo que ve. Porque ése era el gesto de Damián en el vestuario, antes de los partidos. No importaba cuán bien atados tuviese los botines. Antes de empezar su amigo se los desataba y se los volvía a atar, muy ajustados. Benito siente crecer la angustia. La sensación de estar en el lugar equivocado, preparándose a hacer algo que no deberían hacer. ¿Lo piensa porque lo piensa, o lo piensa porque Yénifer le llenó la cabeza?

La otra vez, la tercera, la última hasta ahora, a la vuelta de verse con García, Damián lo acompañó hasta su casa. Le había preguntado, Damián a él, qué le pasaba, por qué esa cara de culo. Y Benito había dicho que nada, que no le pasaba nada. Dos, tres veces. Pero el otro había insistido y Benito le había dicho que estaba mal, que iban a terminar mal. Que cada vez que salían con el auto de García estaban más… lejos, había dicho Benito. Lejos de qué, había preguntado Damián. Y Benito no había sabido contestar. Lejos, la palabra lejos, le venía enseguida. Así se sentía. Cada vez más lejos. Lejos del club, lejos de jugar al fútbol, lejos de su propia vida y de la vida de sus amigos. "Lejos de todo", había contestado por fin.

Damián no había respondido. Habían cruzado en silencio la última calle antes de su casa, saltando de piedra en piedra porque acababa de llover y estaba todo embarrado.

"Y qué querés", arrancó Damián por fin. "Culpa mía no es. Yo no quise que las cosas pasaran así. Decile al Turco. Decile a los del club. Decile…", dejó la oración sin terminar. No hablaron más. Benito se esperanzó con que esa vez, la tercera, hubiese sido la última. Que García no los llamara más. Que buscara otros pibes. Pero era el único que quería eso. El Chilo y Johny, cada vez que se juntaban en lo de Conga o en el cíber, lo volvían loco a preguntas a Damián. Que si te llamó, que cuándo, que por qué, que llamalo vos, que pasemos por la taquería a ver qué onda.

Benito sabe que en enero, con los clubes, no pasa nada. Que si pasa algo, pasará en febrero. Debería haber pasado en diciembre, y no los llamó nadie, de ningún lado. Por eso dejó de salir a correr, también.

Es mala señal que no haya pasado nada. Pero Yénifer dice que a lo mejor en febrero los llaman. Turco y la puta que lo parió. Benito se siente como en esos partidos que sabés que los vas a perder. Que lo sabés antes de que te emboquen. A lo mejor lo vas empatando. O hasta lo vas ganando. Pero sabés que no. Que lo vas a perder. Que hagas lo que hagas, caminás hacia ahí. Niega con la cabeza y el Chilo le pregunta por qué. "¿Por qué qué?", responde Benito. "¿Por qué decís que no con la cabeza?" "Por nada", dice Benito, que se da cuenta de que sí, que mientras pensaba movió la cabeza diciendo que no.

Que no hay salida, que nadie los va a llamar, que la puta madre que lo parió al Turco, que si no es García será otro, y que ahora que el tiempo empezó a volar, tarde o temprano los que van a volar van a ser ellos.

A Benito le gustaría volver atrás, volver a julio del año pasado, cuando estaban en quinta y entrenaban todos los días y jugaban los fines de semana y la Yénifer no lo miraba con la bronca que lo mira ahora ni le cerraba la puerta en la cara como hizo recién.

Damián se pone de pie, se sacude el pantalón y dice: "Vamos". Los otros lo siguen y Benito también. Son las nueve y cuarto. Caminan de lo de Conga hasta la ruta y cruzan por el semáforo. Siguen del otro lado hasta la casa que les dijo García. No vive ahí, el taquero. Esa casa mugrosa, cuatro chapas y las paredes sin revocar. Pero debe ser de alguien de su confianza. Ahí guarda el auto, un Peugeot bastante lindo. Maneja Johny y Damián va de acompañante. Benito se sienta atrás con el Chilo. El primero que se baja siempre es Damián.

Llegan al tapial y el Chilo golpea las manos. García se asoma a la puerta y les hace gestos de que pasen. Entran en fila india. Benito piensa en el sonido que hacen sus pasos en el caminito de cemento y se acuerda del ruido de los tapones de los botines y casi le dan ganas de llorar. La puta que te parió, Yénifer, a vos también. La putea porque también se acuerda de ella, y de su boca mordida y de cómo lo dejó plantado y le dijo andate. García los hace pasar y les ofrece tomar algo pero Damián contesta por todos y dice que no. El cana saca un paquete de un cajón y se lo alcanza. Los fierros son dos. Damián se guarda el que llevó las otras veces y el Chilo se apura para quedarse con el segundo. Lo sopesa y lo guarda en la cintura, atrás, y Benito piensa si ya anduvo con armas o repite lo que vio en alguna película, el pelotudo. No está seguro. Cada vez sus amigos son más distintos a como fueron antes. ¿Y él? ¿Benito también es distinto? Si se guía por la cara de Yénifer, sí. Ya no lo mira como antes ni la pasan como antes, cuando están juntos. Siempre tiene algo para decirle, ella. Y lo que dice arruina todos los momentos. ¿Es él? ¿Son ellos? ¿O es el fútbol?

Salen de la casa y Damián, que juguetea con el llavero, hace un mal movimiento y se le cae en la zanja, junto a la rueda del auto. Salvo Benito, todos se agachan para buscar entre los pastos altos. Benito se queda todo el tiempo atrás. Es mala señal, esa del llavero justo antes de subir al Peugeot. Las cábalas existen por algo, piensa Benito. ¿Y si lo dice en voz alta? Pero cuando trata de tomar valor y decirlo, el Chilo levanta el llavero con gesto de triunfo.

Desde que empezó a jugar en sexta se ató una tobillerita roja en la pantorrilla izquierda. Siempre.

Todos los partidos. Todo sexta división. Y en la fecha diez del campeonato de quinta el cinco de Ferro le entró fuertísimo en el mediocampo y lo tuvieron que sacar en camilla. Y Benito se miró la pierna, cuando le bajaron la media y le sacaron la canillera, y la cintita roja había desaparecido. Para él que fue por eso, la patada y la lesión. Apenas volvió, se consiguió otra cinta, igual a la que había perdido. Yénifer, bah, se la consiguió.

Si Yénifer estuviera ahí le diría bajate, no seas tonto. Miralos. Ya no son tus amigos. Son distintos. Son otros pibes. Pero Benito no se resigna. No puede haber salido todo tan mal. La vida no puede irse a la mierda así, en cuatro meses.

Salen a la ruta. En el semáforo de la Shell se detienen junto a un Bora flamante. Benito, desde su lugar, no ve al conductor. Damián se da vuelta y lo mira al Chilo, que asiente. Después lo mira a Johny. Benito siente que es ahora o no es nunca. Ese buscapié que mete un compañero en cancha barrosa, faltando nada para que termine, y un montón de piernas que se estiran tentando el destino. El mundo empieza y se termina ahí. No importa el pasado y no hay mañana. O la pierna llega y toca, o la bola sigue de largo y alguien la quema, un poco más allá del segundo palo. Benito ni siquiera se detiene a pensar si esa comparación tiene algo que ver con lo que está pasando, o le nace porque es tan bruto que no puede construir ninguna metáfora menos básica y ridícula.

—No —dice de repente, cuando el semáforo está poniéndose en verde.

Johny duda. El Bora azul arranca. Damián dice:

—¡Dale! —para que el otro lo alcance.

—¡Dale, pelotudo! —reafirma el Chilo.

Benito vuelve a hablar:

—No.

No grita. Pero lo dice en voz alta, y no dice nada más. Y esa palabra parece suficiente para contrarrestar la catarata de gritos de Damián y del Chilo, que lo instan a Johny para que se apure de una vez. El auto de atrás les toca bocina. Dos veces. Johny pone primera y enciende la baliza. Se aproxima a la banquina de la ruta. Por el retrovisor, mira a Benito, que le sostiene la mirada.

Querría decirles algo. A todos. Que algo tiene que pasar. Que algo tiene que cambiar. Que no puede ser todo tan la mierda en que todo se ha convertido en los últimos cuatro meses. Que no importa el Turco, ni el club, ni jugar en cuarta. Ni el fútbol. Pero no puede. No le salen las palabras. Nunca le salen. Ojalá fuera capaz de hablar como Damián. Pero ahora hasta Damián está callado. Ni siquiera hay reclamos, dentro del auto. Los cuatro están en silencio.

Benito abre la puerta, pero permanece sentado. Un segundo, diez segundos más, veinte, como para dar la chance de que alguien ponga una palabra que le dé sentido a alguna cosa. Pero nadie dice nada. Porque sí, o queriendo significar algo, el Chilo se acomoda la pistola que guarda atrás, en la cintura.

Benito, por fin, se baja. Johny arranca haciendo chirriar las cubiertas. Sin querer, lo han dejado casi a la entrada del barrio. Cruza la ruta. Al alejarse por la calle de tierra las luces se hacen escasas y pobres. Algún perro ladra. Cuando le toca pasar por lo de Conga se cuida de ir bien por el medio de la calle.

El kiosco sigue abierto. Vuelve a leer los carteles de las ofertas. "Yerba dos kilos x 20 peso." "Pan dulse primera marca 18,99 peso." Algo está mal. O yerba es con ve corta, o dulce va con ce.

Benito se pregunta si, dentro de un rato, sus amigos irán ahí a emborracharse. Siente una mezcla de rabia y de melancolía que le sube por la garganta y le nubla los ojos, pero no llora. Benito no llora nunca. Aunque quiera.

En la esquina, Benito duda. Para su casa le falta seguir derecho otras dos cuadras. Pero no va a su casa. En el auto no dijo que no porque sí. Dijo que no por algo. Dobla la esquina y llega hasta el tapial. Golpea las manos. Mientras espera que alguien le abra, escarba en el cemento pegoteado entre las juntas de los ladrillos. Alguien se asoma por la ventanita de la cocina, que da al frente. Pasa un minuto largo. La puerta de chapa se abre con ruido. Yénifer lo mira desde el umbral. Debe haberse bañado antes de cenar, porque el pelo negro, denso, le cae, lacio y mojado, sobre los hombros y la espalda. Yénifer se acerca por el caminito de cemento hasta la entrada. Apenas se ve su rostro, iluminado desde lejos por uno de los pocos faroles de la calle. Sus ojos negros, enormes, están clavados en Benito.

—A qué venís —le pregunta, como le preguntó hace un par de horas, cuando todavía había luz del día que estaba terminando.

Parece mentira, piensa Benito, que hayan pasado, nomás, dos horas. El tiempo es algo raro. Cuatro meses que parecen cuatro años. Dos horas que se le hicieron como dos siglos.

Benito no sabe contestar. Le gustaría contarle todo lo que pensó. Todo lo que sufrió. Todo lo que espera. Todo lo que necesita. Ella lo sigue mirando, y Benito piensa que mientras esa pendeja tenga esos ojos él va a ser capaz de aguantarse cualquier cosa. Lo que venga. Que el Turco se vaya a la puta que lo parió. Y el club lo mismo. El fútbol no. Al fútbol va a salir a buscarlo. En algún sitio lo va a encontrar.

— A qué venís —repite Yénifer la pregunta.

Y de repente, el balón ese que viene embarrado y esquivo se abre paso entre el enjambre de piernas, y Benito entiende que le va a quedar a él. Y que ahora es tiempo de equilibrar el cuerpo para recibirlo de zurda con el costado del pie, para matarle el efecto.

Benito le sostiene la mirada.

—A qué venís —le pregunta ella por tercera vez.

Pero la voz de Yénifer es distinta. Ya no pelea, y su enojo se ha hecho agua. Es bruja, la pendeja. Es bruja. Porque se ha dado cuenta, antes que Benito, de que Benito acaba de encontrar las únicas dos palabras que, de verdad, necesita decir.

—A cambiar —contesta, al fin, Benito.

Yénifer sonríe, y eso es todo.

La vida que pensamos

Atendí yo y era el abuelo. Al principio apenas conseguía escucharlo, porque a mis espaldas seguía la letanía de reclamos recíprocos entre mis hermanos y mamá. Que en esta casa nadie atiende el teléfono, que me tengo que ocupar de todo sola, que le tocaba atender a Lautaro, que Mariano estaba sin hacer nada, que mejor que atendió Agustina que jamás en la vida levanta la mesa, que ustedes tres me van a volver loca.

Tanto era lo que gritaban que tapé el tubo y les grité yo que se callaran, que era el abuelo y que no escuchaba nada. Algo de caso hicieron. De todas maneras no me resultaba fácil escuchar lo que me decía. Porque el abuelo me hablaba en voz baja. Tanto, que un par de veces le tuve que pedir que me repitiera. Mi abuelo siempre habla bajito. No es de esos viejos que gritan de puro sordos. No. Desde chiquita me acuerdo eso del abuelo. Siempre te habla como si vos y él fueran los únicos en la Tierra, ajeno a todo lo demás.

Pero esta vez su voz era un murmullo, tanto, que por fin entendí que me estaba hablando en secreto. Imaginé que la abuela andaba cerca y que quería mantener nuestra conversación en el mayor de los sigilos. Y yo, como una tonta, empecé a murmurar también, en ese reflejo automático que tenemos: si alguien nos grita porque no nos escucha, gritamos. Y si alguien bisbisea, bisbiseamos. Qué tarada que soy:

el verbo bisbisear no se utiliza desde hace cuarenta y cinco años, y yo lo incorporo en esto que estoy escribiendo. Deformación profesional, diría mamá, a la que le encanta usar esa palabra: "profesional". Ella es psicóloga, y le encanta hablar de los profesionales, de lo que hacen los profesionales, de lo que dicen los profesionales, e imaginar cuando su hija también sea una profesional. En plural, "profesionales" me suena al western de la década del 60 que se llamaba así. Y en singular, a alguien muy serio, de delantal o de portafolio, que me escruta con ojos sapientes pero amenazantes. Sapiente. Ahí va otra palabra sacada del arcón de los recuerdos. O de los olvidos. Mi mamá dice lo de la deformación profesional porque estudio periodismo, y en la nebulosa de sus certezas eso viene a significar: "La nena quiere dedicarse a escribir pero, claro, con la literatura se moriría de hambre, así que mejor periodismo". El razonamiento de mamá concluye con un "Claro, Agustina siempre leyó mucho". Yo la dejo, total. Con sus pacientes será muy psicóloga, pero en casa y con nosotros es toda una mamá de las de antes, de ésas de chismes y batón.

De todas maneras, si yo le mostrase esto que estoy escribiendo a cualquier profesor de la facultad, aun al más improvisado de los improvisados, me diría que no le encuentra el hilo. Y tendría razón. Empecé hablando de la llamada de mi abuelo (porque eso es lo que quería contar) y ahora estoy hablando de mí, de las confusiones de mamá y de palabras perimidas. Tomá, "perimidas", ahí tenés.

Vuelvo. La cosa es que así, en tono de secreto, fue como me habló el abuelo. "Tengo que preguntarte algo", me dijo. "Invitarte a algo", me aclaró. "¿Qué tenés que hacer el viernes a la noche?", me preguntó. "A eso de las ocho." "No tengo nada", le dije. Si la pregunta me la hubiese hecho una amiga le habría dicho que tenía pensado salir a bailar. Pero a bailar una sale a la una de la mañana (qué feo queda ese "una" repetido como pronombre y como adjetivo numeral, soy un asco). La gente grande como el abuelo no concibe siquiera que una chica pueda iniciar una salida a la madrugada. Decirle "Me ocupo recién a medianoche" es como decirle "Hay vida en Venus". Da lo mismo. De manera que le dije que no, que no tenía nada. Fuera lo que fuese que el abuelo tenía para proponerme, el tiempo me daba para salir con él y volver a casa a bañarme, vestirme y arreglarme. "¿Adónde me querés invitar?", le pregunté. "A la cancha", me contestó. Y con eso, la verdad que consiguió sorprenderme. Mi primer impulso fue preguntarle por qué no les decía a los mellizos, o a alguno de los dos, que son tan futboleros como él y tan hinchas de Gimnasia como él. Pero mi cromosoma feminista me detuvo a tiempo: una voz, recóndita, que me indicaba: "Ah, qué fácil lo hacés, Agustina. Algo te sorprende y de inmediato buscás una figura masculina para restablecer el equilibrio". Así que no sucumbí al impulso de transferir la invitación a Mariano o a Lautaro. Pero el abuelo advirtió mi vacilación (supongo que, para que la notara, colaboró que yo me quedase con el monosílabo eeeeeeehhhhhhh colgado de la boca durante larguísimos segundos). "No te preocupes, Bochita. Era una idea, nomás."

Yo no sé si algún hombre, alguna vez, conseguirá rozar las profundidades más reservadas de mi alma como hace mi abuelo cada vez que me dice Bochita.

Por empezar, es un sobrenombre que usa únicamente él. Nadie más lo conoce. Jamás me lo dice delante de otra persona. Y jamás me lo dice en circunstancias triviales. Es una especie de clave. Sólo nosotros dos. Sólo en situaciones importantes, importantísimas. Bochita es un puente entre nosotros dos, que nadie más conoce.

Bochita me decía cuando me llevaba al jardín de infantes y yo montaba un escándalo con aullidos, mocos y manos aferradas a la reja. O cuando me pasé cuatro días al rayo del sol a la orilla del mar, a los cinco, convencida de que esa masa de agua rugiente era una porquería monstruosa. O a los catorce, cuando me encerré en mi habitación decidida a que nadie, nunca, jamás, tenía que ver que me estaban creciendo tetas. O a los diez, cuando mi papá decidió que tenía que vivir su vida, darse una oportunidad de ser feliz y toda esa pelotudez con Florencia y la puta que la parió. Advierto, con cierta preocupación, que este texto no sólo se aleja de su objetivo inicial de narrar lo que sucedió la semana pasada, a partir del llamado telefónico del abuelo, sino que, además, se está llenando de expresiones vulgares, como la que acabo de endilgarle a la pobre Florencia, que dedica su vida a hacer feliz a papá. En fin, que se vayan los dos ahí mismo adonde la mandé a Florencia.

Calma, Agustina, calma. Retomemos el hilo. Cuando el abuelo me dijo Bochita fue como si todo lo demás desapareciera. Todo. Hasta los idiotas de mis hermanos que se peleaban, a los gritos, por el control remoto. Volví a chistarlos y me llevé el teléfono lo más lejos que pude. El largo del cable me dio hasta la puerta del pasillo, de manera que me refugié al otro lado. En mi casa no hay teléfono inalámbrico. A mí se me da por los anacronismos verbales, y mi madre es afecta a las reliquias tecnológicas. En fin. Regresemos.

Parapetada detrás de la puerta del pasillo pude hablar un poco más tranquila. Entonces le dije que no, que sí, que era buena idea, sólo que me había sorprendido su invitación, porque me imaginé que preferiría la compañía de los mellizos, que saben de fútbol y siguen al Lobo como él, y seguí con una confusa reseña del eslabonamiento de mis dudas que el abuelo escuchó con paciencia y sin interrumpirme. Terminé repitiéndole que sí, que me encantaba la idea y que contase conmigo. Cuando nos disponíamos a colgar lo escuché hablando con la abuela. "Con Agustina", oí que decía. "Nada, una cosa que me pidió y yo me había olvidado", agregó, y colegí que la abuela no estaba al tanto de sus planes y que el abuelo pretendía mantenerla en la ignorancia. Después nos despedimos.

Cuando colgué el teléfono mamá se extrañó de que el abuelo no me hubiese pedido que le pasara con ella. Hasta los tarados de mis hermanos interrumpieron una sesuda discusión sobre el programa Soñando con bailar, bailando con soñar, soñando con soñar, o como se llame, y se me quedaron mirando. Yo me dispuse a ensayar un mohín de espía rusa en los Estados Unidos del macarthismo, pero me pareció un poco excesivo y hasta sospechoso. De manera que pretexté que era por unos libros que él tenía y yo necesitaba para la facu, y eso fue todo.

Pero me quedó rebotando esta cosa de sigilo que le había puesto mi abuelo a su llamada. Y en los días siguientes me dediqué a indagar, con mucho tacto, en lo que podía saber mi madre al respecto. Indagar a mi madre es más fácil que la tabla del uno.

Existen dos ocupaciones que a mamá la predisponen a la verbalización de sus elucubraciones: el lavado de platos y la interacción con la computadora. No sé por qué, ni llego a comprender qué extraños vínculos pueden suscitarse entre ocupaciones tan disímiles a simple vista. Pero mientras refriega la vajilla ahogando la esponja en detergente, o se muerde el labio inferior con el rostro iluminado por el monitor, mamá parece especialmente predispuesta a contar lo que le preguntes y lo que no también.

Fue en una de esas sesiones de "No sé dónde se hace click para responder" cuando esta historia abandonó la esbelta senda de la comedia para convertirse en otra cosa. Empecé por donde me pareció, uno de esos disparadores inocuos. Solté el nombre del abuelo, a raíz de ya no me acuerdo qué, y mi vieja se lanzó a hablar como si le hubieran inyectado pentotal sódico en una película de espías.

Mamá fue por el lado de la salud. La salud de sus padres, o más bien su ausencia. Claro, para mi madre la salud de los abuelos es algo de todos los días, un alerta moderado pero continuo. No es algo que comparta con nosotros, como suele hacer con sus urgencias. La cadera de mi abuela, o sus olvidos recurrentes, entran en la categoría de cosas de las que se ocupa ella y no nosotros tres. Y lo mismo con la arritmia de mi abuelo, sus problemas de presión alta, el colesterol por las nubes, el reto del cardiólogo, el pronóstico alarmante.

Mamá se detuvo mucho más en esta descripción, como si las nanas de la abuela fueran más rutinarias, menos urgentes, o más antiguas, y por lo tanto no requiriesen tanto relato. En cambio, cuando habló del abuelo, sin darse cuenta dejó el mouse, alejó la silla, apoyó el codo sobre el escritorio y clavó los ojos en el suelo. Esas cosas mamá las hace cuando hay algo con lo que no puede.

Yo no sé si la de la culpa es una glándula que las mujeres tenemos en algún sitio ilocalizable, que se activa al menor estímulo directo o indirecto. O algunas mujeres tienen esa glándula y otras no, pero yo tengo el dudoso privilegio de contarme entre las que sí. Porque esa conversación, además de preocuparme, además de deprimirme, me llenó de culpa. ¿Dónde había estado metida yo los últimos meses? Recordé —tarde, pero recordé, al divino botón, pero recordé— esas largas conversaciones que mi madre había mantenido, desde meses atrás, con la abuela, agazapada también detrás de la puerta del pasillo con la base del teléfono en la mano y el cordón tirante. Y pensé que yo jamás había sido capaz de preguntarle, aunque fuera como ahora, de costadito y a ver, qué era lo que estaba sucediendo.

Ilusa de mí, había pensado en indagar a mi madre y después lucirme delante de mis hermanos, con una frase ocurrente al estilo de "El abuelo me quiere más a mí que a ustedes". Pero a medida que entendía, o creía entender, me dominaba la angustia.

En esos meses no me había enterado de nada, ni me había ocupado de nada. Me vi en la mía, muy oronda, mucha lingüística y métodos de análisis del discurso, mucha antropología social y cultural, mucho seminario optativo y la puta que me parió, con perdón de mi santa madre, y ella, y ellos, de médico en médico y ese pronóstico de mierda y cada vez más cuidados y cada vez más prohibiciones y más recomendaciones y así están las cosas, terminó mi madre, y recién entonces levantó los ojos, una dieta estricta y una batería de medicamentos y un electro cada dos por tres y la cirugía que no y ese comentario final de "Si podés llamalo, le va a gustar". Me fui a mi pieza con la sensación de que era una idiota incapaz de ver nada, intuición femenina cualquiera, cero, nada, un horror, me quiero morir.

Eso fue un martes. El miércoles cenamos los cuatro en casa y evité cualquier comentario. Miedo a que se me notara que ocultaba un secreto. No por los gliptodontes de los mellizos, que no tienen ni idea de dónde están parados en la vida, ni con qué objeto. Pero mi vieja sí. Y no quería faltar a mi promesa de mantener el silencio más absoluto.

El jueves, como mamá salió a comer con unas amigas, supuse que contaba con el escenario propicio. Contraviniendo mi costumbre y mis principios, en lugar de pelearme con los mellizos sobre quién cocinaba, quién ponía la mesa y quién lavaba los platos, me comporté como una chica muy de su casa: horneé unas milanesas y las acompañé con puré instantáneo, y los llamé cuando tuve todo listo y la mesa puesta. Una geisha, casi. Por supuesto que no dijeron una palabra, como si disponer en su hogar de una tarada que se ocupe de todo fuese parte de su derecho viril a gobernar la Creación, pero ése es otro tema. Es otro tema pero algo tiene que ver, la verdad, porque yo me senté en un estado casi de enojo preventivo, dispuesta a clavarles una mirada furibunda (ya que no el cuchillo, esas cosas en casa no se estilan) a la primera de cambio.

Les saqué el tema del fútbol, de con quién jugaba Gimnasia. Esa parte de mi plan funcionó sobre rieles. Como dos rutinarios percherones, una vez puestos en camino con un ligero toque de la rienda, se lanzaron a hablar de Gimnasia como especialistas. De hecho, creo que es lo único en lo que esos dos son especialistas. De manera que obtuve rápida confirmación de que el Lobo jugaba el viernes a las ocho —ya lo sabía—, de que le tocaba contra Defensa y Justicia —eso lo desconocía—, y que el equipo venía de dos triunfos al hilo —yo, ni idea—, 5 a 0 a Crucero del Norte y 1 a 0 a Ferro de visitante —menos que menos—.

Como quien no quiere la cosa les pregunté si iban a ir el viernes. Lautaro dijo que sí. Mariano que no. Y lo que pasó después es un ejemplo típico de que soy una tarada y una insegura. Porque el abuelo me había dicho clarito que la invitación era para mí. Y su tono clandestino debería habérmelo dejado más que claro. Pero como soy una obsesiva de libro, me quise asegurar, y le pregunté a Lautaro si iba a ir con el abuelo a la cancha. No tendría que haber preguntado nada. Quedarme con lo que sabía y listo. Pero no, ahí tenía que ir la mina a meter el dedo en la llaga, la cabeza en la boca del león, y no pongo ninguna otra metáfora obvia porque ahora no se me ocurren más que esas dos. Porque resulta que estos dos se miran, me miran, se miran, me vuelven a mirar como si yo fuera una marciana o una estúpida, o una marciana estúpida, y me dicen: "No, tarada, el abuelo no puede ir a la cancha. ¿No sabías?".

Tendría que haberlo sabido, tonta de mí. Volví a sentirme una mujer fallada por no haberme dado cuenta de nada sobre el deterioro de la salud del abuelo. Si esos dos insanos lo sabían, toda la humanidad estaba al tanto. Toda la humanidad menos yo, aprendiz de periodista. Periodista, mama mía. Y no había sido capaz de ver lo que ocurría delante de mis ojos.

Muy femenina para sentir culpa y nada femenina para saber entender lo que no está dicho. Me caigo y me levanto. Porque con lo que me había informado mi santa progenitora debería haber caído en la cuenta de que el abuelo, con su nueva vida de cuidados, esmeros, recomendaciones y dificultades, tendría prohibido ir a morirse de calor, o de frío, o de lluvia, o de gritos y nervios en la cancha de Gimnasia. Pero que estos dos zaparrastrosos, estos dos analfabetos morales me mirasen con cara de doctos, con expresión de que "obvio" que el abuelo no puede ir a la cancha, me hizo sentir como una piltrafa.

Con una locuacidad poco habitual en ellos, tuvieron a bien informarme que la última presencia del abuelo en el estadio había sido un partido importantísimo, por la promoción, en el que Gimnasia había metido dos goles en los últimos cinco minutos y se había salvado del descenso. De esos que uno dice "un partido para el infarto". Bueno, parece que el abuelo se lo tomó muy en serio, porque quedó ahí tirado en la platea y no se murió de casualidad. Como soy tonta, pero tampoco tanto, me acordé del asunto. Pero como no había sido un infarto propiamente dicho (ahora que lo pienso, no sé cómo es un infarto "impropiamente dicho") y desde entonces habían transcurrido como dos años o más, yo no le había dado mayor importancia. "Como el viejo Casale", dijeron, y yo no entendí a qué se referían. "El cuento de Fontanarrosa", intentaron aclarar, pero me quedé tan en ascuas como antes. Cartón lleno. Lo último que estos tipos habían leído era el manual de la Play Station, y me podían dar lecciones de literatura.

Ese jueves a la noche no dormí. O me dormí tardísimo, vencida por la fatiga de la angustia, después de dar vueltas y vueltas, durante horas, en la cama. Lo lógico era hablar con mamá. O con mamá y con la abuela. Ponerlas sobre aviso.

No alcanzaba con ponerle un pretexto al abuelo para cancelar lo del viernes. Decirle que no, que me había surgido algo, que no podía, no sería suficiente. Porque si no iba conmigo, seguro que iba igual. Y si no era este partido, sería el siguiente. Había que asegurarse de que no lo hiciera. Controlarlo. Seguirlo, no sé. Algo. Y para eso era imprescindible el auxilio de mi madre y de la madre de mi madre. Y hasta de los inútiles de mis hermanos, si hacía falta. Pero el viernes a las nueve de la mañana me sonó el celular y se me desbarataron los planes. "Hola, Agustinita", me saludó el abuelo. Y yo me quedé fría y silenciosa, porque mi plan no era disuadirlo a él. No. Mi plan valiente y altruista consistía en operar a sus espaldas y resolver las cosas con mamá y con la abuela, y que fueran ellas las que se encargasen de pulverizar su proyecto. Pero ahora lo tenía ahí, con su voz de pausas, y yo con unas ganas de llorar que no podía con mi alma. "Mirá que hoy te necesito", me dijo después de algunas preguntas triviales, sobre la facu y cosas así. No dijo más. Por suerte no agregó "Bochita", porque creo que si me llamaba Bochita yo me derrumbaba o empezaba a los gritos o llamaba a la policía o a mi confesor (suponiendo que lo tuviese). Pero de tanto pensar "Ahora me dice Bochita, ahora me lo dice", fue como si efectivamente me lo hubiese dicho. Y al no decirlo, sonaba más fuerte y repetido todavía.

Nos encontramos a las siete, cuando todavía no había oscurecido, y fuimos caminando sin apuro por 117. Y en el trayecto hablamos de todo un poco, de la facu, de mamá, de los mellizos, de mis próximas vacaciones, de por qué había cortado con Lucas. Del abuelo hablamos poco, porque se cuidó de absorber el impacto de mis preguntas y derivarlas hacia zonas inocuas en las que sí se explayó con elegancia. Momento. No soy justa. Hablamos sobre todo de mí porque el abuelo tenía todas las coordenadas como para preguntarme. Y yo, casi ninguna. Él sabía de cada cosa que compone mi mundo. Y no por el solo hecho de haberle preguntado a la abuela, como quien hace los deberes. No. Eso se nota. Cuando alguien nos pregunta tipo reportaje superficial, todos esos lugares comunes a los que los adultos se sienten obligados. En cambio el abuelo preguntaba de un modo más profundo, natural. No con la intimidad de una amiga, claro. Pero sí con la confianza y la claridad de quien nos conoce las mañas.

Al principio yo intenté que la cosa fuera simétrica. Cambiar pregunta por pregunta. Pero como yo no me atrevía a preguntar por su salud, y porque no sabía sobre qué otra cosa preguntarle (en eso, ser joven es un problema), terminamos hablando de mí. Momento otra vez. Soy injusta. No sólo terminamos hablando de mí por mi incapacidad de preguntar lo correcto. Lo hicimos porque empecé a disfrutarlo. Ese viejo panzón y petisito me escuchaba con una atención, y me preguntaba con una perspicacia, y me dejaba hablar con una libertad, y me interrumpía con

una exactitud cuando me iba de tema, que hizo que
hablar fuera... profundo. No sé cómo decirlo mejor.
Esa gente que, cuando le hablás, te hace que hables
con vos misma. Lo releo y suena estúpido. Cuando
corrija este texto voy a tener que cambiar todo este
párrafo, porque suena obvio y encima no se entiende. Pero así me sentí a lo largo de todas esas cuadras
por 117 hasta cruzar la avenida 60.

El abuelo me pidió disculpas por llevarme a
la platea. Fue la única alusión que hizo a su salud.
Se señaló las rodillas, disculpándose, y me dijo que
prefería que nos sentásemos más o menos cómodos.
Me alegró su decisión. Por un lado, siempre me dan
un poco de miedo los amontonamientos. Y por otro,
nos poníamos a salvo de encontrarnos con Lautaro en
la popular.

Subimos y nos ubicamos. El abuelo saludó
con un gesto a un par de viejos sentados un poco
más allá. Comentamos la mucha gente que había. El
azul y blanco por todos lados, los gritos, los bombos.
Yo me esforzaba por no quedar como un antropó-
logo que visita una tribu paleolítica, hace preguntas
tontas y saca conclusiones erradas. Después de todo:
¿cuántas veces había ido a la cancha? Las podía contar con los dedos de una mano. No me acuerdo, pero
parece que me llevaron en el 95, cuando el Lobo estuvo a punto de salir campeón. Y cuando yo tenía catorce años y otra vez anduvimos cerca. Pero el fútbol
nunca fue lo mío.

"Viene mucha gente porque el Lobo va puntero", dijo el abuelo. Y a mí me gustó esa modestia en
el decir. No se llenó la boca inventando que la cancha
está siempre llena, como me decía el inútil de Lucas

hablándome de Boca (inútil no por eso, sino por todo lo otro). Y me repitió lo que me habían anticipado mis hermanos. Viene de ganar los últimos dos, contra los misioneros y contra Ferro. Y puso cara de "esperemos seguir así". Y yo me mordí el labio y cerré los ojos para pedir que sí, que siguiera la fiesta. Que mi abuelo y yo nos merecíamos que ese partido fuese inolvidable. Además, me preocupaba que el abuelo se pusiera muy nervioso.

A los cinco minutos, cuando Gimnasia tuvo una situación de gol que terminó mal, lo vi incorporarse y volver a sentarse, después de golpearse el muslo. "¿Estás bien?", le pregunté. Me miró un poco sorprendido. "Sí. Bastante mejor que el burro este con los pies redondos", me contestó.

Yo no soy de ir a la iglesia. Pero sí soy de rezar. Como algo mío. Algo entre Dios y yo. En silencio, sin que mi abuelo lo notara, empecé a pedirle a Dios que nos regalara una noche inolvidable, un glorioso triunfo tripero, un recuerdo de éxtasis feliz que a mí me durase para siempre y sirviese, para mi abuelo, como una perla para atesorar.

Bueno. Pues parece que Dios no estuvo de acuerdo. A los veinte del primer tiempo, más o menos, un delantero de Defensa y Justicia le pegó desde afuera del área. Un tirito así nomás, fuerte pero a las manos del arquero. Nada grave. Nada grave, salvo que se desvió en un defensor, le cambió el palo al arquero y se metió en el rincón, abajo, maldita sea tu estampa, delantero de verde y amarillo. En nuestro silencio, escuchamos perfectamente los gritos de los visitantes, allá enfrente. Lo miré a mi abuelo, temiendo que el disgusto le alterara los signos vitales. Pero no.

Miró el reloj y murmuró algo tranquilizador, como que recién empezaba y había tiempo. Y de hecho, al rato, empató Gimnasia. Desde afuera del área, lindo gol. Y lindo, hermoso más bien, saltar de la butaca, abrazarme al abuelo, sonreírme con los de alrededor, comentar el zapatazo, aun sin tener la menor idea de cómo se patea una pelota, prenderme en los cantitos nacidos de esa algarabía, verlo al abuelo feliz pronosticando que ahora lo dábamos vuelta, sentir en el fondo de mi alma que mejor así, que hay algo más lindo que ganar un partido de entrada, y eso más lindo es darlo vuelta, arrancar perdiendo y sufriendo y lamentando y después torcer ese destino, cambiar las cosas, llenarse de palabras que significan hazaña, epopeya, milagro y cosas así. De vez en cuando, de todas maneras, me volvía hacia el abuelo como para asegurarme de que estuviese bien. De haber tenido un tensiómetro le habría tomado la presión cada cinco minutos, o con cada avance frustrado de Gimnasia. Pero tenía buen semblante, insultaba muy de vez en cuando, aplaudía.

En el entretiempo me ofrecí para buscar unas gaseosas. Nos las tomamos atrás, acodados en la baranda, mirando al bosque. Y de nuevo la charla, y la sensación de poder hablar un milenio sin parar, con ese viejo. Volvimos a tiempo y apenas nos sentamos el abuelo me miró y me dijo, empequeñeciendo sus ojos chiquitos: "Quedate tranquila. Con lo que sé de fútbol, te garantizo que lo ganamos". O sintió que se quedaba corto con el pronóstico, o mi expresión arrobada le sugirió que corroborase mis mejores esperanzas, porque agregó: "Por goleada".

Se equivocó. Gimnasia jugó un segundo tiempo espantoso y a los treinta, de contraataque, Defensa le metió el segundo. Otra que hazaña. Aposté las últimas hilachas de mi fe a un empate agónico. En una de ésas se nos daba, quise suponer. Quedaba un ratito, todavía. A veces en el fútbol pasan cosas, especulé, filosófica. Pasan, efectivamente. A los treinta y siete otra vez contraataque y otra vez gol de Defensa y Justicia. El abuelo dejó de insultar faltando tres minutos. Apoyó el mentón en los puños, se acomodó la gorra y se limitó a negar de vez en cuando, como si lo que veía fuera demasiado. Y yo me quise morir, porque sentí que todo se había ido a la mierda.

Y ya no me importa que esta crónica se llene de vulgaridades como la palabra mierda. Porque ahí se había ido todo. El plan del abuelo, la noche, la despedida. Porque era eso. Y yo sabía que era eso. Tácita, profundamente, eso era una despedida. Y todo lo lindo, todo lo tristemente bello que encerraba ese gesto del abuelo, se perdía por ese partido mugroso y esos tres goles de Defensa y Justicia, mal rayo los parta, dónde se ha visto un club que se llame así.

Cuando terminó el partido el abuelo me sugirió que esperásemos a que se fuera la gente. Y yo temí que se estuviese sintiendo mal, y que estuviese intentando regularizar su respiración, acomodarse las pulsaciones. Y esperamos. Dejamos que salieran los visitantes. Y que se abrieran las puertas para la gente del Lobo. Y que las tribunas se vaciasen. Y que los otros viejos que estaban sentados cerca se alejasen después de murmurar un buenas noches. Y que descolgaran las redes de los arcos. Y que se llevaran los carteles de la publicidad.

"Me encanta la cancha así", dijo el abuelo, señalando el verde iluminado, los panes de pasto salidos de su sitio, una serpentina inútil detrás del arco que da a la Avenida 60, el enjambre de bichos alrededor de la torre de luz. Y a mí se me anudó la garganta. Le di la mano y hundí la cabeza en su hombro, sin nada para decir, sin nada para querer, con ganas de que el tiempo no pasara nunca.

"Ya está", dijo el abuelo, no sé después de cuánto tiempo. Me incorporé y me sequé las lágrimas. Me sonrió. Se puso de pie y dijo algo sobre sus rodillas de porquería. Echó un último vistazo y encaró la salida sin mirar atrás. Bajamos los escalones. Ni una sola vez se dio vuelta para mirar la cancha. Le propuse tomar un taxi y me miró extrañado. "¿Ya te tenés que ir?", me preguntó. Dije que no.

Caminamos varias cuadras, pero no hacia el lado de casa, sino para el lado de la 55 y la 7, por ahí. Nos detuvimos en un bar antiguo y casi vacío. Ocupamos una mesa del fondo, lejos de las vidrieras. Nos atendió el dueño, que salió detrás del mostrador. Se saludaron por el apellido y el abuelo me presentó como su nieta más grande. Comentaron apenas el partido. Por lo que dijo el otro tipo me di cuenta de que era de Estudiantes. Se lo pregunté al abuelo y me dijo que sí. Le hice notar que no se había burlado de la derrota de Gimnasia. El abuelo volvió a asentir. "Es un tipo que sabe de fútbol. Por eso no me dijo nada." El dueño volvió con una bandeja tan grande que ocupó casi toda la mesa. Se miraron con el abuelo, que asintió complacido. Era la picada más grande que yo jamás hubiera visto. Se la había encargado con tiempo, seguro. Debía haberle llevado una hora prepararla. "¿Cerveza?", me preguntó el abuelo. Asentí. El dueño fue hasta el mostrador y volvió con una botella helada y dos vasos grandes. Miré en detalle lo que nos había traído. La cuarta parte de esa picada era una bomba capaz de noquear a cualquiera. Recordé las prevenciones de mi madre. El sucinto detalle de las dolencias de mi abuelo. "Te va a hacer mal", me atreví a decir. "Peor me hizo el 3 a 1, y acá me tenés", respondió el abuelo, con dulce sarcasmo. Y con un escarbadientes pinchó una rodaja de salame como un modo de dar por inaugurado el banquete.

Lo que comió ese hombre. Lo que comimos, en realidad. Lo que bebimos. Como enfermera me moriría de hambre. Y se suponía que me había propuesto cuidarlo y evitarle los excesos. A la segunda cerveza me dio por el lado de la borrachera feliz. Cantamos cantitos de cancha, porque yo insistí, un poco porque sí y un poco de puro pendenciera, para provocar al dueño, que siguió inmutable. Hablamos tanto que no me acuerdo de qué hablamos. Apenas me acuerdo de la sensación. La sensación de no querer que termine. De que fuese para siempre. De tener claras palabras importantes para decir y callármelas justo antes de pronunciarlas. Pero no por vergüenza sino porque no hacía falta. Esa noche, en ese bar, no hacía falta nada. Cuando los otros clientes se fueron, el dueño bajó la cortina metálica y vino a sentarse con nosotros. A instancias de él, y como si fuera mi casa, pasé detrás de la barra y saqué un Gancia que nos liquidamos entre los tres, con parsimonia y un poco de limón y hielo. Ellos hablaron de fútbol. Jugadores viejos, clásicos inolvidables. De vez en cuando se detenían a explicarme algún detalle, como para no dejarme afuera de los sitios a los que los conducía la memoria.

Poco antes de la medianoche nos levantamos. El dueño nos sonrió. Mi abuelo le estrechó la mano, ceremonioso, y le dijo adiós. Yo también le estreché la mano. Cuando salimos al fresco de la noche me ganó una angustia súbita. Despejada, sentí que nos habíamos metido en un callejón sin vueltas de ninguna especie.

"Caminemos hasta casa", dijo mi abuelo, como un modo de sacarme de mi posición de estatua. "Abuelo", empecé. No dije más. Pero supongo que mi voz estaba llena de alarma, porque se llevó un dedo a los labios para darme a entender que me callara. Y me rodeó el hombro con el brazo, y caminamos por la medianoche de la ciudad hasta su casa.

Cuando llegamos a su puerta me dio un beso y un abrazo y me dijo que me fuera. Lo abracé muy fuerte. Rendida, me puse a llorar como una nena. Le dije que lo quería. Le pedí que no se fuera. Le ofrecí quedarme con él hasta la mañana. Le dije que nunca había hablado así con nadie. Le dije que lo necesitaba. No me respondía. Me palmeaba la cabeza, y murmuraba mi nombre, como si supiera que yo no estaba esperando ninguna palabra.

Pero era todo tan triste que terminé enojándome. Maldita noche. Maldito Gimnasia y Esgrima de La Plata. Malditos jugadores, incapaces de regalarnos una victoria. Por qué no habían ganado, justo el único partido en la vida que vamos a la cancha con el abuelo. Maldita yo, muy ocupada con la facu y con el idiota de Lucas y con mis amigas y con salir a bailar y con mis dramas. Maldita vida que hace que uno haga todo mal y se dé cuenta tarde.

El abuelo demoró en responderme: "No te calentés, Bochita. No te enojes. Una cosa es la vida que pensamos. Pero después cambia. Se tuerce. Es otra cosa. Al final, la vida hace lo que quiere." Abrió la puerta, sonrió, hizo un vago saludo con la mano y se metió en su casa.

Me pasé la noche llorando, sin pegar un ojo. A eso de las nueve de la mañana empecé a escuchar movimiento en la cocina. Mi mamá debía estar desayunando. Yo no quería salir de mi pieza. Anticipaba, enfermiza, una vez y otra, el sonido del teléfono. Tenía claro lo que iba a pasar. Mi mamá, extrañada de un llamado en sábado a la mañana. Mi abuela, la voz angustiada, sus explicaciones desbocadas, mi mamá sentándose y tapándose la cara enrojecida y empezando a llorar, mis hermanos sin entender nada, yo en el umbral de la cocina sabiendo todo, todo el dolor y toda la culpa, porque ayer las cosas tenían un sentido, la noche, el partido, la charla, el bar, un final deseado, elegido, honroso y digno en su melancolía, pero hoy sábado, con la luz del día, lo único que quedaba era el dolor descarnado, lo inútil de todo, el deseo rabioso de que la vida no fuera la mierda que es.

Y como si mis pensamientos pusieran en marcha los acontecimientos, sonó el teléfono. Salté de la cama y en dos pasos estuve en el umbral de la cocina. Mis hermanos alzaron la vista hacia mí. Mamá estaba empezando a incorporarse. La detuve con un grito. Me miró entre el asombro y un miedo nuevo. Crucé la habitación. Cuando dijera "hola" mi abuela iba a confundirme con mi madre. Cuando le aclarase que era yo, Agustina, conteniéndose a duras penas me pediría que le pasase a mi mamá. Mi abuela nos sigue tratando como chicos. No querría darme a mí una noticia así. "¿Vas a atender o no?", me sobresaltó la voz alarmada

de mi madre. Caí en la cuenta de que me había detenido junto al teléfono, incapaz de alzar el auricular.

A veces la vida hace, nomás, lo que quiere con
nosotros. Yo estaba lista para escuchar a mi abuela. Su
dolor, su angustia, su necesidad de decírselo primero
a mi madre. Para lo que no estaba lista, lo juro, era
para esa voz de hombre, calma, bajita, sigilosa, que
me preguntó:

"Hola, Bochita. Averiguate con quién jugamos
la próxima fecha de locales."

Dominó

Cuando se apea en el andén, Rodríguez se queda quieto. No hace como los otros pasajeros, que buscan las escaleras de salida de la estación. De pie, con las manos en los bolsillos del pantalón, observa el tren que se aleja hacia San Antonio de Padua. Un punto cada vez más chico, cada vez menos ruidoso, en la línea del horizonte. Enciende un cigarrillo en la estación desierta de las dos de la tarde del domingo. Se pregunta si no será mejor permanecer ahí, en esa cinta de cemento vacía, esperando un tren que lo devuelva a Buenos Aires, a su vida de todos los días. Pero sabe que es una especulación, una manera de mantener una ventana abierta en una habitación opresiva. Pero nada más. Rodríguez sabe que no va a atreverse.

Después de la última pitada arroja la colilla a las vías, junto a otras miles. Alza la vista. El panorama no es muy distinto del que vio la última vez que visitó el pueblo. Han demolido algunas casas para edificar locales comerciales. El resto está igual. Las construcciones bajas, la línea del horizonte bien a mano, mucho cielo, las copas invernales de los paraísos y los sauces. "Acá no cambia nada", se dice, y no consigue decidir si eso es algo bueno o algo malo. Enciende otro cigarrillo y se sienta en un banco de listones grises. El guardabarreras toca una campana y acciona una palanca. El aire se llena de los bufidos del tren que va hacia la Capital. Mientras fuma, Rodríguez lo ve detenerse en el andén de "Trenes hacia adentro". Lleva menos pasajeros aún que el que lo trajo a él. El guarda hace sonar un silbato y el tren abandona lentamente la estación. Se alza la barrera. Con un movimiento rápido Rodríguez descarta la colilla.

Ahora sí camina hacia el extremo del andén. Un hombre trepa de dos en dos las escaleras, se vuelve hacia el lado de Castelar, divisa el tren en la lejanía y hace un gesto de contrariedad. Después se quita el sombrero y se enjuga el sudor de la cara con la manga del saco mientras recupera el aliento. Cuando pasa a su lado cruzan un vistazo y Rodríguez hace un gesto, una mueca que no llega a ser una sonrisa, pero que le indica al otro que entiende su fastidio.

Baja los diez escalones, cruza el paso a nivel y enfila por la calle Juncal hacia la casa de sus padres. Las veredas están desiertas en la inminencia de la siesta. De tanto en tanto, desde alguna ventana de las que dan hacia la calle, le llega el rumor de los platos a medio lavar en las cocinas, conversaciones de sobremesa, el prólogo de las transmisiones deportivas de la radio. Al cruzar Mansilla consulta el reloj. Las dos y veinte. Va puntual. Ha fallado la manida profecía ferroviaria de su padre, ésa que asegura que los trenes, desde que son propiedad del estado argentino, han abandonado su británica puntualidad. Verificar que su padre, al menos hoy, al menos esta vez, se ha equivocado, le inyecta un sarcástico entusiasmo del que se arrepiente enseguida: ¿no es penoso que él siga pendiente de las sentencias de su padre, por más tiempos y distancias que intente poner entre ambos?

Llegará a la casa a las dos y media. Su madre saldrá a recibirlo secándose las manos limpias en el repasador a cuadros. Rodríguez se inclinará para recibir su beso y retribuírselo. Ella comprobará, con un vistazo, que su aspecto general, su peso, el color de su piel y el brillo de su mirada sean los de un hombre sano y fuerte en la plenitud de la vida. Recién entonces lo hará pasar, mientras le pregunta por Susana y por las chicas.

Cruza Olazábal, sigue hasta Lavalle. Por fin la casa. Toca el timbre y de inmediato oye el tintineo de las llaves. Rodríguez abre el portón y avanza por el jardín mientras la puerta se abre. Ese gesto explica su sitio en esa casa. Si fuera la suya, no habría tocado el timbre. Si no fuera la de sus padres, aguardaría en la vereda a que saliesen a recibirlo.

Su madre se asoma sonriendo, y Rodríguez ve cómo se le iluminan los ojos. Es el momento de encorvarse y del beso en la mejilla. La deja hacer mientras aguarda el escrutinio. Evidentemente está aprobado, porque ella vuelve a sonreír mientras cuelga su sobretodo en el perchero de la entrada y le pregunta, en voz un tanto alta, por su mujer y por sus hijas. ¿Qué pasaría si Rodríguez desenmascarase la impostura? ¿Acaso su madre no los visita en Buenos Aires todos los miércoles a la tarde, a escondidas de su padre? ¿Acaso no sabe ella que Susana y las chicas están tan saludables y felices como hace tres días, cuando ella llegó de visita con el budín de frutas secas? Rodríguez no llega a comprender por qué lo fastidia esa pantomima. Tal vez porque es otra evidencia del poderío tenaz de su padre, ese hombre viejo cuyas sentencias son indiscutibles. Pero no tiene sentido desenmascarar el fingimiento de esa mujer que sigue empeñada en cuidarlo, de manera que le contesta que Susana y las chicas están bien, y que le envían cariños.

Necesita concentrarse para que su tono suene natural, cotidiano, desprovisto de tensión, angustia o resentimiento cuando pregunta, también en voz alta: "¿Y papá?". Su madre, antes de soltar la última línea que le toca decir, se estira hasta la alacena para buscar tres tazas del juego bueno.

"En la galería. O con la quinta, andá a saber", contesta después, mientras enciende un fósforo y lo acerca a la hornalla.

Mientras atraviesa la cocina y sale al patio, Rodríguez repara en lo tranquila que suena siempre la voz de su madre. ¿Será fingida esa calma, o sinceramente no teme que su esposo y su hijo terminen trenzándose en una de esas discusiones horribles que parecen su único modo de vincularse? Rodríguez se demora un segundo con la puerta abierta y la ve poner la pava al fuego, colocar la manga en la cafetera, verter en ella tres cucharadas colmadas de café. Tal vez sea cierto que está tranquila, y contenta de que sus dos hombres pasen juntos la siesta del domingo. Tal vez las mujeres saben transitar las cosas de un modo que los hombres ignoran por completo.

Rodríguez cierra detrás de sí la puerta del fondo. Así se llama ese sitio en su casa, en su familia. "Fondo", y esa palabra abarca el patio de baldosas, el jardín minúsculo, la quinta de verduras contra la medianera de atrás. Su padre está ahí, encorvado sobre la hilera de tomates, con las manos hundidas en la tierra barrosa. Cuando advierte su presencia se incorpora, se limpia las manos y regresa hacia el patio. Rodríguez lo ve como siempre: flaco, bajo, serio, fuerte. Se estrechan la mano, y el hijo siente la rudeza de esa piel que siempre le hace acordar a la superficie porosa y árida de un ladrillo. Se sostienen la mirada, porque su padre jamás baja los ojos y porque Rodríguez, sabiéndolo, se propone tampoco claudicar ante esas piedras pequeñas y azuladas que lo escrutan sin prisa.

"Cómo estás." La pregunta suena chata, como si no fuese una pregunta. "Bien, papá. Y usted." Rodríguez también, si se lo propone, puede ser neutro. "Su madre pensó que tal vez viniera a la hora del almuerzo", dice su padre mientras acomoda una de las sillas de hierro y se sienta.

Rodríguez sabe que no es cierto. Su madre sabe perfectamente, porque lo acordaron el miércoles, cuando ella estuvo de visita en su casa del Centro, que llegaría a las dos y media, a la hora del café, para irse a más tardar a las cuatro. Una hora y media. Un lapso plausible para estar sin discutir, para permanecer sin pelear. Rodríguez siente un minúsculo impulso de decirlo, de desenmascarar la realidad de que ambos saben que serían incapaces de permanecer todo un almuerzo en armonía. Pero calla. Tal vez la madurez sea esto: dejar los silencios como están.

La puerta de la cocina se abre con cierta violencia porque su madre, que lleva la bandeja con las cosas del café, ha tenido que abrirla con el codo. Rodríguez se acerca a ayudarla. Los tres se sientan a la mesa de cemento y patas de hierro. En realidad su madre permanece de pie mientras sirve, y su esposo paladea el primer sorbo, y aprueba con un gesto. Recién entonces ella toma asiento entre los hombres.

Después de algunos titubeos, la conversación se pone en marcha. Los tres andan con cuidado, Rodríguez el primero. Nada de religión, ni de política, ni de normas para la crianza de los niños ni de planes para su educación futura. Su madre, de todas maneras, es una aliada perspicaz en la espinosa labor de conducir la nave de la visita por entre los arrecifes mortíferos que él y su padre se han pasado la vida construyendo. Hablan del trabajo de Rodríguez, de las buenas perspectivas que se abren en la oficina con la apertura de la sucursal de Flores. Su madre le cuenta un capítulo más del culebrón de los Mendoza, sus vecinos, que ya no saben qué hacer con la hija mayor, esa descarriada. Hablan de ese otoño suave y seco que están teniendo. De la enfermedad de la tía Clara.

Rodríguez hace un gesto hacia la quinta y elogia las lechugas. Su padre asiente y comenta que tendrá que cubrirlas antes de que caiga la primera helada.

"¿A ti te apetece otro café?", le pregunta su padre. Rodríguez dice que sí, mientras piensa lo diferente que es el perfecto español que habla su padre, con sus tús, sus "tis" y sus zetas, con respecto a su propio español porteño, saturado de voseos y de verbos acentuados en la última vocal que lastiman el oído: "mirá, vení, tomá, salí". Otra herencia fallida, otro puente roto entre los dos.

Están solos en el patio, porque su madre ha saltado como un grillo de su asiento, de vuelta hacia la cocina, al escuchar que quieren más café. Rodríguez quiere consultar su reloj, pero teme que su gesto sea demasiado ostensible. Tal vez falte poco para las cuatro, para dejar esa casa otra vez a su espalda, para caminar a paso rápido hasta la estación, para subir al tren y dejarse caer en un asiento vacío y colocar la radio en el marco de la ventanilla y escuchar el partido.

"¿Le parece que el kiosco de los Varela estará abierto el domingo a la tarde?", pregunta de repente. La cadena de sus pensamientos lo ha llevado a concluir que necesita pilas para la portátil, no sea cosa de que se le agoten en plena transmisión. Su padre parpadea, tal vez sorprendido. Rodríguez le explica lo del partido y las pilas. Completa la explicación hurgando en el bolsillo y dejando la radio sobre la mesa. Es un aparato bastante grande, que lleva cuatro pilas chicas. Es mucho más caro escuchar la radio a pilas que la vieja radio eléctrica. Pero ese rato a solas, con el relato del partido por encima del traqueteo del tren, mientras regresa a su casa y a su vida, a Rodríguez se le antoja la gloria misma, y el de las pilas es dinero bien gastado. Claro que no dice nada de eso a su padre, que sigue con los ojos fijos en el aparato negro de bordes plateados.

"Pues lo dudo. Domingo a la tarde… Me temo que estará cerrado", concluye su padre. De nuevo hacen silencio. Rodríguez, con los ojos fijos en la huerta, desea que su madre vuelva pronto.

"¿Hoy jugamos con Boca, cierto?", pregunta repentinamente su padre. Rodríguez deja de mirar la hilera de lechugas. "Sí", responde Rodríguez, y le queda la incomodidad de haber dado una respuesta demasiado breve, como si su padre hubiese hecho un gesto hacia él, un gesto profundo y meditado, y él no hubiera sido capaz de apreciarlo. Esa primera persona del plural. Ese "jugamos". Por eso, porque se siente confusamente en falta, Rodríguez agrega: "De visitantes", y alza las cejas como dando a entender que el partido va a ser difícil. Su padre, voluntariamente o no, reproduce su gesto, mientras asiente. Desde la cocina llega la voz de la madre, que pregunta si la azucarera ha quedado ahí en la mesa. "Sí, mujer. Aquí está", alza la voz el padre, levantando el recipiente y volviéndolo a posar en su sitio, como si su esposa pudiera verlo desde adentro.

"Difícil…", dice su padre, y Rodríguez entiende que se refiere al partido contra Boca, en la Bombonera, partido que está a punto de empezar y que él no podrá escuchar si no abandona la casa en los próximos diez o quince minutos. Pero algo lo detiene. Una piedad infrecuente, que le impide dejar que el comentario de su padre se pierda en el silencio. "Dificilísimo", coincide Rodríguez. Y siente que su respuesta sigue siendo demasiado exigua. Por eso agrega: "Y para peor, no juega Cosentini".

Su padre ladea la cabeza y frunce la boca, pensando. "¿Ah no?", pregunta por fin, mientras fija en él las piedritas azules de sus ojos. Esta vez Rodríguez responde casi con naturalidad: "No, papá. Se lastimó el domingo pasado contra San Lorenzo. Y el suplente es De Santis". "¿De Santis, ese que trajeron de Quilmes?", pregunta su padre. Rodríguez asiente. "Es malísimo", sentencia su padre, y Rodríguez sonríe y asiente. Su padre sonríe también, apenas.

Rodríguez consulta su reloj con ademán veloz, disimulado, pero su padre lo nota. "A ti se te hace tarde, ¿no es cierto? Y yo aquí dándote la lata…" Rodríguez lo mira y demora en responder, porque necesita saber si lo ha dicho con sinceridad o con ironía. Concluye que no hay sarcasmo en lo que su padre ha dicho. "No", dice Rodríguez, y agrega: "Yo no tengo apuro… pero a usted se le hace tarde para el dominó".

"Sí, es cierto", responde el padre, y carraspea. Levanta la azucarera y la apoya otra vez en el mismo sitio. "Se me había ocurrido...", vuelve a carraspear su padre. "Tú dirás... pero si a la radio le faltan pilas... puedes quedarte a escucharlo aquí, y luego te vas." No dice "luego" sino "logo", cerrando la palabra en ese español que se ha traído desde Galicia y lo acompañará para siempre. Rodríguez demora en responder porque está sorprendido. No sólo lo sorprende la propuesta de su padre. Lo sorprende, sobre todo, darse cuenta de que sí, de que quiere quedarse.

Se abre la puerta de la cocina y su madre viene otra vez con la bandeja. Rodríguez se pregunta si notará la turbación que sienten él y su padre. "Se te va a hacer tarde para el dominó, Fermín. Ya son las cuatro", dice, mientras restriega los pocillos entre las manos, como para mitigarles un poco el frío, antes de llenarlos otra vez.

El padre carraspea por tercera vez. Sus ojos vuelven a cruzarse con los de su hijo. Rodríguez hace que sí con la cabeza, y su padre habla con la cara vuelta hacia la pared de los rosales. "Hoy no voy, Beatriz. Antonio se queda en casa a escuchar el partido por la radio." El hijo no dice nada. Echa un vistazo a su padre, que tiene el ceño fruncido, el rostro colorado, las piernas estiradas, el mentón hundido contra el pecho.

Rodríguez pestañea varias veces para evitar que se le humedezcan los ojos. Clava también la mirada en la única rosa fría de pétalos abundantes que florece en los rosales de la medianera. Le acomete una ansiedad súbita. Ojalá ganen el partido. O que al menos empaten, porque de visitantes en la Bombonera, el empate no es un mal resultado.

Casi a su espalda, su madre termina de servir los cafés, y comenta algo de que va a ir hasta la panadería a comprar unas facturas. Medialunas no, porque el panadero de ahí a la vuelta las hace muy secas. Pero sí facturas. Vigilantes y sacramentos. Y su tono de voz es absolutamente sereno, natural, como si la tarde fuese una tarde como cualquiera, y lo que está sucediendo ocurriese todos los días.

Cuando se quedan solos pasa un largo minuto en el que los dos hombres permanecen quietos en silencio. Por fin el padre se incorpora y entra en la cocina. Rodríguez escucha sus pasos alejándose hacia las habitaciones. Casi enseguida lo oye volver. Su padre carga la radio eléctrica, la de siempre, la de carcasa verdosa. Rodríguez se apresura a hacer sitio sobre la mesa del patio, para que pueda apoyarla.

Epílogo
(Oración con proyecto de Paraíso)

Querido Dios:

A veces se me da por pensar cómo será el Paraíso. Ya sé, Dios, ya sé que no va cualquiera, ya lo sé. Pero pongamos que uno se ha portado más bien que mal. Y que finalmente la cosa tiene premio.

¿Qué pusiste vos del otro lado? ¿Cómo será el asunto? ¿Será un único Cielo para todos? ¿Andaremos todos juntos, encontrándonos y despidiéndonos después? ¿O será más bien algo hecho como a medida, una especie de Cielo personal, para que uno vaya y le ponga lo que más le gusta, como cuando uno es chico y tu vieja te pregunta de qué querés la torta de cumpleaños? O a lo mejor son las dos cosas: en la calle te encontrás con todos, y tu casa la armás a tu gusto.

Vaya uno a saber. Pero por si acaso, y supongamos que uno pueda hacer peticiones, yo ya tengo dos preparadas. Las tengo de memoria, por si acaso en el momento de rendirte cuentas me trabuco y se me piantan.

Primero: no quiero que transmitan los partidos. Te lo pido por favor. Nada de estar comiéndome los codos con la campaña de Almirante. Ya me banqué bastantes amarguras acá abajo, la pucha. Aparte, mirá si pasa algún delegado tuyo y me manyan puteando al lineman o al perro ese que acaba de errar un gol hecho. Y después se me arma un lío de novela con vos, y yo qué sé, ponele que me rajan.

Y lo otro es que haya una cancha. Una cancha posta, ¿sabés? Con el pastito bien verde y parejito. Capaz que ahí nadie juega. Capaz que andan todos en otra, cantando, tocando el arpa, vos debés saber. Aunque no haya con quién juntarse a patear, a mí no me importa. Pero que la cancha esté. Y que haya un balón, claro. Porque si voy al Cielo quiero hacer lo que más me gusta en la vida. Y otra cosa: que en la cancha llueva, porque con lluvia es más lindo. ¿Te imaginás? El trotecito corto. El agua resbalándome por la jeta. El olor al pasto mojado. La bola cortita y al pie. ¿Qué más se te puede pedir, decime?

No te pido más nada, Dios. Lo demás que sea como vos dispongas. Pero por favor, en serio, por favor: que la cancha esté.

Índice

Alfaguara es un sello editorial del Grupo Santillana

www.alfaguara.com

Argentina
www.alfaguara.com/ar
Av. Leandro N. Alem, 720
C 1001 AAP Buenos Aires
Tel. (54 11) 41 19 50 00
Fax (54 11) 41 19 50 21

Bolivia
www.alfaguara.com/bo
Calacoto, calle 13 n° 8078
La Paz
Tel. (591 2) 279 22 78
Fax (591 2) 277 10 56

Chile
www.alfaguara.com/cl
Dr. Aníbal Ariztía, 1444
Providencia
Santiago de Chile
Tel. (56 2) 384 30 00
Fax (56 2) 384 30 60

Colombia
www.alfaguara.com/co
Calle 80, n° 9 – 69
Bogotá
Tel. y fax (57 1) 639 60 00

Costa Rica
www.alfaguara.com/cas
La Uruca
Del Edi cio de Aviación Civil 200 metros
  Oeste
San José de Costa Rica
Tel. (506) 22 20 42 42 y 25 20 05 05
Fax (506) 22 20 13 20

Ecuador
www.alfaguara.com/ec
Eloy Alfaro N33–347 y 6 de Diciembre
Quito
Tel. (593 2) 244 66 56
Fax (593 2) 244 87 91

El Salvador
www.alfaguara.com/can
Siemens, 51
Zona Industrial Santa Elena
Antiguo Cuscatlán – La Libertad
Tel. (503) 2 505 89 y 2 289 89 20
Fax (503) 2 278 60 66

España
www.alfaguara.com/es
Av. de los Artesanos, 6
28760 Tres Cantos, Madrid
Tel. (34 91) 744 90 60
Fax (34 91) 744 92 24

Estados Unidos
www.alfaguara.com/us
2023 N.W. 84th Avenue
Miami, FL 33122
Tel. (1 305) 591 95 22 y 591 22 32
Fax (1 305) 591 91 45

Guatemala
www.alfaguara.com/can
7ª Avda. 11–11
Zona n° 9
Guatemala CA
Tel. (502) 24 29 43 00
Fax (502) 24 29 43 03

Honduras
www.alfaguara.com/can
Colonia Tepeyac Contigua a Banco
  Cuscatlán
Frente Iglesia Adventista del Séptimo Día,
  Casa 1626
Boulevard Juan Pablo Segundo
Tegucigalpa, M. D. C.
Tel. (504) 239 98 84

México
www.alfaguara.com/mx
Avda. Río Mixcoac 274
Colonia Acacias,
03240, México, D.F.
Tel. (52 5) 554 20 75 30
Fax (52 5) 556 01 10 67

Panamá
www.alfaguara.com/cas
Vía Transísmica, Urb. Industrial Orillac,
Calle segunda, local 9
Ciudad de Panamá
Tel. (507) 261 29 95

Paraguay
www.alfaguara.com/py
Avda. Venezuela, 276,
entre Mariscal López y España
Asunción
Tel./fax (595 21) 213 294 y 214 983

Perú
www.alfaguara.com/pe
Avda. Primavera 2160
Santiago de Surco
Lima 33
Tel. (51 1) 313 40 00
Fax (51 1) 313 40 01

Puerto Rico
www.alfaguara.com/mx
Avda. Roosevelt, 1506
Guaynabo 00968
Tel. (1 787) 781 98 00
Fax (1 787) 783 12 62

República Dominicana
www.alfaguara.com/do
Juan Sánchez Ramírez, 9
Gazcue
Santo Domingo R.D.
Tel. (1809) 682 13 82
Fax (1809) 689 10 22

Uruguay
www.alfaguara.com/uy
Juan Manuel Blanes 1132
11200 Montevideo
Tel. (598 2) 410 73 42
Fax (598 2) 410 86 83

Venezuela
www.alfaguara.com/ve
Avda. Rómulo Gallegos
Edificio Zulia, 1°
Boleita Norte
Caracas
Tel. (58 212) 235 30 33
Fax (58 212) 239 10 51

La vida que pensamos

Esta obra se terminó de imprimir en junio de 2013
en los talleres de Impresora Tauro S.A. de C.V.
Plutarco Elías Calles No. 396 Col. Los Reyes Iztacalco
Delg. Iztacalco C.P. 08620. Tel: 55 90 02 55